小説伊勢物語

業平

髙樹のぶ子

日本経済新聞出版

春日野の若紫のすり衣
しのぶのみだれかぎり知られず

［初冠］

［雨そほ降る］

起きもせず寝もせで夜を明かしては
春のものとてながめ暮らしつ

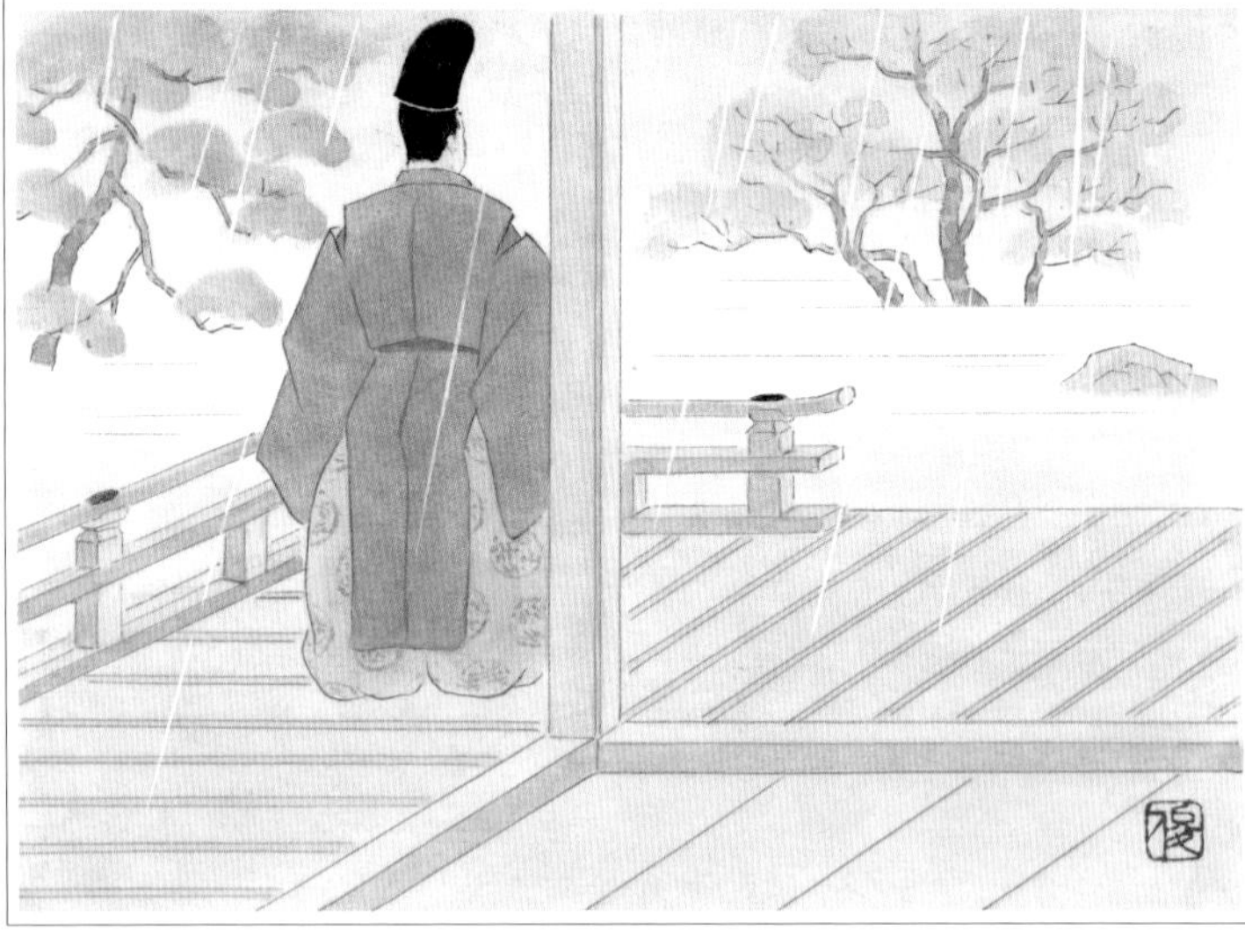

くれがたき夏のひぐらしながむれば
そのこととなくものぞかなしき

［蛍］

［長岡］

あれにけりあはれ幾世の宿なれや
住みけん人のおとづれもせぬ

葎生ひてあれたる宿のうれたきは
かりにも鬼のすだくなりけり

うら若み寝よげに見ゆる若草を
　人の結ばむことをしぞ思ふ

初草のなどめづらしき言の葉ぞ
　うらなく物を思ひけるかな

［若草］

［これをや恋と］

老いぬればさらぬ別れのありといへば
いよいよ見まくほしき君かな

世の中にさらぬ別れのなくもがな
千代もといのる人の子のため

人知れぬわが通ひ路の関守は
宵よひごとにうちも寝ななん

［みそかなる］

［忍ぶ草］

月やあらぬ春や昔の春ならぬ
わが身ひとつはもとの身にして

小説 伊勢物語

業平

目次

本作品の主な登場人物（検証が不可能な流説を含む）

（ ）は重載
数字は天皇の代数

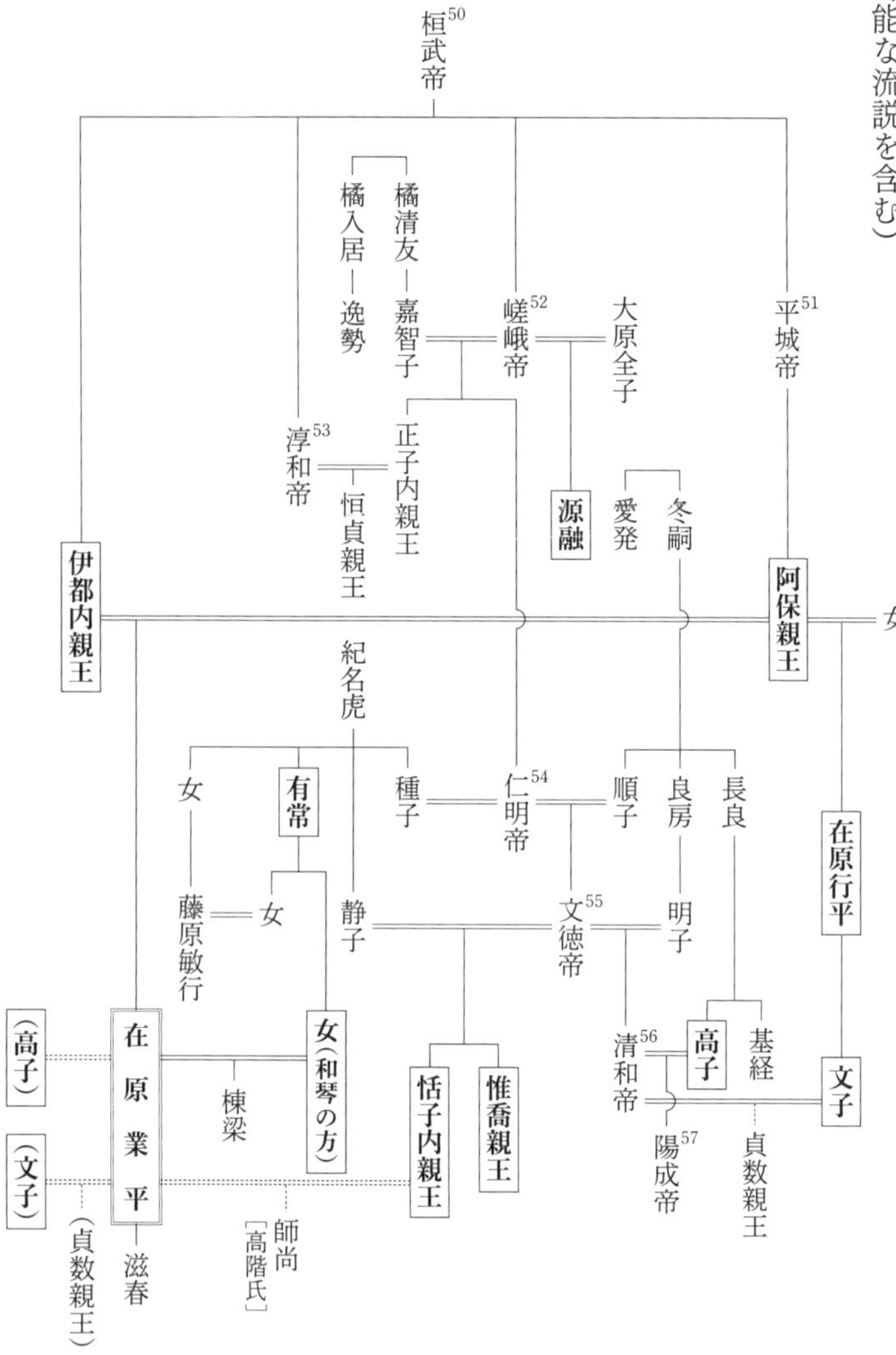

小説 伊勢物語

業平

挿画　大野俊明
装画　大竹彩奈
題字　村田順子
装幀　芦澤泰偉

初《うい》冠《こうぶり》

春真盛りの、大地より萌《も》え出ずる草々が、天より降りかかる光りをあびて、若緑色に輝く春日野の丘は、悠揚としていかにも広くなだらか。

その斜面を取り巻く樫《かし》や山桃の枝葉を払い潜《くぐ》るようにして、勢い良く駆け出してきた若い男ひとり、額を輝かせ頬を汗で濡らした様が、若木の茎を剝いたように匂やかでみずみずしい。

追いかけて、暗い森から数人の男たちと馬二頭が走り出てきます。馬も人も空の明るさにはっとたじろいだあと、中のひとりが息はずませて若い男に近づき、声をかけました。

「……若君さま！　そのように急がれては、警護のものたちが困ります。鷹飼《たかがい》や犬飼たちも追いつきませせぬ」

「憲明《のりあきら》はいつも遅すぎる。何かにつけて、ゆっくりなさいませ……慎重になさいませと……」

「その通りでございます。羽合わせの頃合いも、いささか早すぎます。鷹は鷹飼の呼吸にならされておりますゆえ、若君さまの合図が早いと、飛び立つ羽根が風に泳ぎます。羽根を合わすと申すのは、雉《きじ》や鴨《かも》の羽根の動きを見計らい、同時にわずかな風にも機敏に応じ、動きを重ね合わせることで……」

鷹は風下よりそのようにして獲物に飛びかかり、共に落下して組み敷く。

「良く解っている。兄からも同じことを言われる。しかし見事に雉五羽、鴨八羽を仕留めた。犬どもも良く働いたではないか」

憲明と呼ばれた男、苦々しい笑顔ながら、若者の気負いや勢いが嬉しくてたまらない様子で、頬を染め、狩衣《かりぎぬ》の裾を手で払いました。

馬たちも目の前にひらけた景色に、目くらましでも喰らったように、前足の蹄《ひづめ》で草を蹴り黒土を撥《は》ね上げ、いなないたために、離れた木々から鳥が羽音をたてて飛び立ちます。犬も吠えます。

差縄《さしなわ》を持ち直す馬副《うまぞい》四人は、萎えた烏帽子《えぼし》に水干《すいかん》小袴《こばかま》姿で足には藁沓《わらぐつ》を付け、このような成り行きは思いもよらなかった様子の荒い息。やれやれ、と言う気配。

在原業平《ありわらのなりひら》は十五歳。初冠《ういこうぶり》の儀式を終えたばかりで、伴《とも》の憲明は、業平の乳母《めのと》山吹の長子で業平より五歳年上。業平と同じ乳を飲んだ弟は死に、憲明は業平を実の弟のように親しく可愛がってはきたものの、今や身分の違いは、この天地ほども明らかなのです。

業平の鷹狩り一行には、二十人を下らない供人がいます。食料や衣類の替えを収めた唐櫃《からびつ》を、杪《おうご》と呼ばれる天秤棒で運んで来た下人たちは、春日野の麓にある宿所に控えており、業平たちの帰りを待っております。狩り場への一大行列を好まない業平の命なので、京からの道中はともかく、狩り場への同道を控えるのはやむを得ないこと。とはいえ山賊の出没は恐ろしく、前夜の宇治での中宿りの折りは、篝火《かがりび》を焚き、警護六人が交代で番をいたしました。

春日野の狩り場は業平の所領内にあるので、宇治より安全とは思われるものの、無事戻られたお顔を見て、控えの供人たちもようやく安堵。それなのに業平は、京から引いてきた替え馬に乗り替えると、ふたたび出て行こうとします。慌てて憲明も馬副《うまぞい》を連れて追いかけます。

「若君さま、春の宵は短くもうすぐ暮れ落ちます。今日はゆっくり夕餉《ゆうけ》を召し上がって、お休みになられてくださいませ。警護の者も休ませねば」

「案ずることはない。今少し身体のほとぼりを冷まして宿所に戻りたい」

「では私もお伴をいたします。どちらに参られますか」

「……私が生まれる前の、平城帝があれほどまでに懐かしく思われた古《いにしえ》の都は今、どのような夕暮れかと」

憲明ははっとなり口を噤《つぐ》みました。狩り場での業平とは別人のように、声の端々に憂いがあったからです。その憂いの中には、若い貴人の心を曇らせる出来事が、春霞《はるがすみ》に混じって浮き沈みしているのが見て取れたからでもあります。

業平は父親阿保《あぼ》親王、その父である平城帝の話題になると、突然無口になる。桓武帝から平城帝、そして阿保親王から業平へと、まぎれもなく貴種直系なのに、それを恥とする曇り心が胸をよぎる様子。

憲明はその曇り心が少しばかり解るのです。

平城帝は妃の母親薬子《くすこ》と深い仲になるという不始末をおかし、譲位後に都を平安京から奈良に戻そうと企てて失敗した。業平の父親阿保親王もこれに連座し、長く大宰府に配流の憂き目。都人《みやこびと》の評判は決して良くはありません。そのような評判は若い業平の耳にも入《はい》る、誇りを打ち砕くばかり。

「平城京は若草が匂う……それともこの匂いは女人の香りか……」

憂いを紛らわすように深く息を吸うと、業平は大人びた口ぶりで呟《つぶや》きました。

半馬身遅れて馬を進める憲明を、気遣うように時折振り返る業平、その仕草や後ろ影に憲明は溜《た》め息《いき》をつく。

すでに初冠を済ませた成人男子、ではあるけれどまだ少年のような痛ましさも腰のあたりに纏《まと》わり付いてあり、やはり帝の血は気高く受け継がれていると惚れ惚れするようでもあります。

「若君さま、今日はことさら身体がほてりますな」

水を向けてみる。先ほどの業平の言葉を返したまでなのですが。

「良い女人は、宇治より南にしか居《お》らぬと父上が言われたが」

「そのようなことはありませせぬ。宇治より南には、趣《おもむ》きを解せぬ田舎女ばかりで、優れて美しい人など軒端を一つ一つ覗いて一里を歩こうとも、見つかるものではございませぬ。お父上は若君さまをおからかいになられたのです」

いやそれは違う、あれはからかいなどではなく、父上の言い方の中には多少の妬心が含まれていた。望まぬ人生を送る人特有の拗《す》ねた心が、口の端に匂った。

「私も美しい女人は、平安の都以外には居らぬと思う。とは申せ、奈良の都は長く栄えたのだから、若草の香りのような人がどこかに居ないとも限らない」

業平は馬を降りて鄙《ひな》びた通りを歩きだす。憲明が追う。後ろからそっと馬の口を取る馬副たちが従います。

どの家も板葺《ぶ》きの屋根に草が生え出ている。屋根を押さえるために載せた丸太や石ころにさえ、春の若草が絡んでいて、業平にはそれが見苦しいというより妙に美しいのです。

この高揚は山野で鷹が獲物を追い詰める息遣いから伝わってきたのか、それとも初冠《ういこうぶり》の夜から身内に目覚めたものか、業平自身にも判らないままに、なぜか足が動きます。

荒く編んだ柴垣《しばがき》にも、春の草が匂うような気がして顔を寄せたとき、柴の隙間から家の縁《えん》が垣間見えました。縁の奥に蘇芳《すおう》と紅梅の色がさらりと動いた気がする、まるで流れを透かし見たときに二色が重なり縺《もつ》れるような。

春らしい色目の御衣《おおんぞ》か。さてこの田舎暮らしにこの襲《かさね》とはまた見事な。

目を凝らすと女人が二人、何かの遊びに打ち興じていて、手前の庭には紫草《むらさき》が野放図に繁っておりました。

柴垣の隙間より垣間見ている業平の傍らに、いささか下品な笑みを浮かべて近寄ってきた憲明ですが、

「どれどれ」

と言いつつ同じ隙間から覗き見ているうち、

「あれは姉妹と見えます」

かつて見知った家のような様子で申します。

「姉妹であろうか」

「なかなか仲睦《むつ》まじそうで、若君は姉の方がお好みでしょうか」

「どちらが姉であろうか。憲明はなにゆえ、そのようなことが判るのか」

「あれは碁にふけっております。姉はゆったりと構え、妹は必死で目の色も冴え冴えと挑んでおります。ほうら、眉間に皺を寄せて考えているのが妹で、ゆったり受けておる方が姉に違いありませぬ」

業平はあらためて柴垣に目を寄せ、このような奈良の田舎にも、美しい女人は居るのだと、ふと父阿保親王の言葉を思い出します。あの折りの父上は正しかったのだと。

父が大宰府から赦《ゆる》されて都に戻った翌年に、桓武帝晩年の娘である伊都《いず》内親王を母として業平は生まれました。その来し方を思えば、あのころ父上は、都のすべてが美しく見えたはず、とは申せ

その美しき都への反発もまた、父上の胸に渦巻いていたのでは、などと若き貴人、あれこれ想像を巡らせております。

大宰府とやらはこの奈良の地よりさらに鄙びておるのでしょうし、紫草は、この家の庭に生えているよりさらに凄《すさ》まじく荒れ果てた風情で繁っておるのではなかろうかと。

柴垣の隙間は業平の目より細く、あたかも縁取られた景色のように、今は女人二人が笑いさんざめいております。

業平は聞き耳をたて、声を得んとして身を乗り出したとき、かすかな物音に笑顔を収めて柴垣に目を寄越し、あら、と何やら気づいた様子で二人同じく、袖で顔を覆いました。その仕草の素直で愛らしいこと。

「どうなされましたか」

憲明が耳元で問うと、しずかに、と息を潰して命じる様子は、すでに成人男子の低い声なのです。

「気づかれたのではないか姉妹に」

「そのようでございます。とは申せ、何やら嬉しげでもあります。若君が都人《みやこびと》であること、察しておる様子で……このような荒れた家に、春めく色目の襲《かさね》を身につけておるところを見ると、都の男が通い来て、世話をしておるのかも知れませぬ……良き人は、良き人の香に賢《さと》い、柴垣越しにも察せられるものです」

やわらかに風が動いております。紫草がゆれ、京とは異なる古都の春風です。

「あの姉妹は都人だと察しておろうか。ならば都人の証しを見せねばならぬ」

業平は自らの狩衣《かりぎぬ》を見下ろし、前裾の裂け目に気付く。鷹狩りの折り、小枝に引っかけたものと思われます。それをたちまち片手で引き裂き、憲明から手渡された刀子《とうす》で切り落としました。

「どうなさいます」

憲明は怪訝《けげん》そうに見ております。

「書き付けるものを持っておらぬか」

憲明は狩衣のふところから筆を取り出し若い主人に手渡しました。

伴の者の心得として常に用具を携えておりますのは、狩りの成果や旅にかかる路銀を記すためだけでなく、主人のこのような突然の申し出にもすぐさま応ずることが求められているからです。

業平は引き千切られた布の切れ端を手にし、ひととき紫草のそよぎに心を奪われておりましたが、やがてその布に筆を走らせます。文字は、乱れる草を思わす忍摺《しのぶず》りの模様の上に、すっきり清《さや》けく流れております。

春日野の若紫のすり衣
　しのぶのみだれかぎり知られず

春日野には紫草のみならず、あなた方の匂い立つ若さが充ち充ちて、私の心もお二人の美しさあでやかさに染まってしまいました。この布の忍摺り模様のように、私の心は限りなく乱れ、野の草々ならばやがて静まるものを、この布の模様は消えてはくれないのです。ひたすら忍んでおります。

と切ない気持ちを詠んだところ、憲明は感嘆しこの布を押しいただく。早速に文使《ふみづか》いの役目を果たすのでした。

憲明が文使いの役目を果たして戻ってくると、どのようであったかと問いたげな業平の前にかしずき、

「上首尾でございました」

との報告はあったものの、

「返歌はいただけませんでした。いかにもおおどかな若い姫君たちはいささか幼く頼りなげで、若君の御歌の素養がどれほど届きましたやら心許《こころもと》なく……一人の姫君を才気ある女房たちが取り囲む京の都とは、やはり違いがございます。このまま立ち去るのがよろしかろうと」

春の野を覆う草々は匂やかで、そのまま口に含みたくなるほどであっても、野の草は所詮、野の草なのか。

その草を愛《め》でてみたい思いは業平の胸の底で、忍摺りの文様のように入り乱れてはいるものの、はや暮れが迫ってきており、立ち去るしかありません。馬に戻ります。

「誰《た》そ、追ってくる文使いはおらぬか」

未練とはこのようなもの。

「誰もおりませぬ。奈良は消えてしまうことはございませぬので、若君とふたたびあの柴垣より垣間見る折りもありましょう。それより先ほどのあの御歌、見事でございました」

「憲明は覚えておらぬか、源《みなもとの》融《とおる》殿が詠まれた御歌を。あれはどこの歌会《うたかい》であったか」

「源融殿の……それはどのような御歌で」

みちのくのしのぶもじずり誰ゆえに
　みだれそめにし我ならなくに

馬の背で業平は、うたうように声にしてみせます。

みちのくの信夫《しのぶ》の里にはしのぶ草が生えていて、その草の汁で乱れ模様に染められているのと同じに、あなたのせいで心乱れております。この乱れは私ではなくあなたのせいなのですよ。

「さようでしたか。さすが若君」

憲明は感服してみせるものの、自分とさほどの年の差もない源融の歌を、業平がうまく取り入れてみせたのはいささか不本意、ふん、と鼻で息をはいたのです。

得意満面の業平は、伴の鬱屈には気付いておりませんでした。

宿所までの馬の背は、眠りを誘うほどの心地良さ。足元から指貫《さしぬき》を伝わり太股《ふともも》にまで這《は》い上ってくる馬の温かさに業平は、初冠の儀式を済ませた夜、乳母山吹の妹が、お温め申し上げます、と言いつつ新しくととのえられた夜具に滑り込んできた。決めごととは申せ、あのときのえもいわれぬ柔らかな気配と酔いをもたらすばかりの香が、今、馬上の業平に蘇《よみがえ》ってくるのです。

あの日は万事晴れがましく、心根《こころね》を研ぎすませていたため顔色も一段と白く、神々しい形《なり》であったと、みなが噂しきりで、業平も特別の一日であったと思い返しております。

角髪《みずら》に結っていた左右の髪は頭上に髻《もとどり》としてまとめられ、冠の中に引き入れるお役目の加冠《かかん》とども、無事終わったあとは疲れ果てて、傍に臥《ふ》す女の甘やかな息の中で夢さえ見ずに寝入ってしまったのは、なにやら口惜しくもありますが。

あの紫草が繁る家の姉妹は、幼いばかりの愛らしさ明るさで業平を惹きつけたものの、歌など返されてそれが上手であったなら、柴垣を越えて家の中へと入ることになり、さて、そのさきには憲明も来ず、導き手もおらずで、どのような成り行きを作れば良いのかと、無駄になった忍摺りを思いつつも、確かに立ち去るのが上々であったようにも、思えてくるのです。

そのような業平の胸のうちを知らぬ憲明は、しきりに業平の歌の才に心を巡らせておりました。

先人の歌を引いてくる作歌は、言葉を追い重ねるだけでなく、何よりもその趣きそのものを深く身に沈め、血肉にしておかねば、ただの言葉の戯れにしかならないことを憲明は知っております。

業平のひとかたならぬ才は、わずか三年年長である源融《みなもとのとおる》の歌をそらんじていたことばかりでなく、その切ない心情が乱れる草文様に譬《たと》えられ、いやさらに、その切なさを切ないままに自らの情《こと》として受けとめることが出来るという、特別の才なのです。

憲明はなにやら総毛立つものを、馬上の主人に覚えました。このお方は、自らのとぼしい体験などとは関わりなく、成人や老人、いえ女人の心の動きまで、言葉の穂先で撫で表すお力をお持ちのようだと。

雨そほ降る

朱雀大路より西は、大内裏から南に見下ろして右半分、ゆえに右京と呼ばれております。

唐の都を模して桓武帝がおつくりになった平安の都ではありますが、いまだ遷都のあとの年月も浅く、京の西には家々も少ないありさま、七条あたりまで下れば市などで賑《にぎ》わいもありますが、三条、四条あたりはまだ家並みも揃《そろ》わず、閑散としております。

その一隅に築地をめぐらせた、あたりではいくらか整った屋敷が、このところの降り続く雨の下にひっそりしずまっておりました。

長雨でそこかしこ、築地から土が流れ出してはおりますが、檜垣《ひがき》柴垣より確かな家囲いに違いはございません、住まっている女人がけして卑しくないのが想像されます。

この家を夜更けて訪れた男がおります。

警護の供人を含めても四人ばかり、いかにも密《ひそ》やかな訪問と申せます。

門の外にて案内《あない》を請い、邸内に引き入れられてからは、供人たちに待つように命じました。

業平、このとき十六歳。初々しさは残しながらも、はや青年らしき丈たかき姿。粉となって降りかかる雨のせいで、しっとり和らいで見えます。

先に人をつかわして訪れを告げた折り、女主人に仕える人からの応えに、今宵《こよい》はひとまずよろしいけれど、などの遠慮がちな躊躇《ためら》いがうかがえて、他の訪問者のある身だとあらためて思いいたしました。

業平、いささかの痛みも伴います。

もとはといえば、誰それが足繁《しげ》く通っておられる、いや、他の殿方も、などの、嘘か誠か判らぬ噂《うわさ》。

それほどまでにすぐれた女人らしい、などの評判が春風に乗って業平に届いたのが始まりで、さてそのような良き人とは、果たしてどのような、という好色《すき》な心から始まっておりましたので。

業平の胸底で絡まった蔓草《つるくさ》は、春日野で柴垣より垣間見た恋のようにはほどけてくれず、およそ年下の業平は強引にも、数度の逢瀬《おうせ》を重ね、またしても今宵の訪れとなったのです。

この西の京の女人が、業平の心をとりこにしたのは、明け方早くに蔀《しとみ》の隙間から差し入る光りを思わず受けとめ、白く浮き上がった面立ちを見てのことではありません。引いた眉よりいくらか下方に、元からの眉の抜きあとが浮いて見えるのも、けして興趣《きょうしゅ》のあるものではありません。

それらの外見では推し測れないほどの、優れたものが、たしかにあるのでした。

文の中を泳ぐ筆先や、その紙にたきこめた梅の香もすぐれて心に染みこみ、たちまち女人の声を蘇らせてしまいます。

筆や紙がなぜ声を蘇らせるのかと不思議な心地して、あらためて深く息を吸い吐き直してみるのですが、やはり綿毛のようなやわらかく捕まえどころのない声が、耳元に聞こえて参るのです。

中門廊から上り簀子《すのこ》を滑るように動き進めば、女童《めわらめ》が言いつけどおりに紙燭《しそく》を持ち寄り、業平の足元を照らします。

そのように教えられている理由を女童は知らぬはずですが、こうして照らせば建物の内が見えなくなるのです。灯りはそこに在るものを照らすのみならず、几帳《きちょう》やその奥を隠す役目もございました。

女童の制止も無視して業平は妻戸へと向かい、開けて廂《ひさし》に入ろうとして立ち止まり、

「御消息、お聞きいたしたく」

と念をいれ訊ねます。

もとよりそれに声はなく、女童の慌てぶりに笑みを浮かべながら強引にも妻戸の内に入り、

「どちらにおわしますか」

と声をかけます。三カ所の几帳の向こうに灯りが揺らめいているのです。

立ち尽くしておりますと、花模様の几帳の陰より、気配がございました。

女童の細い棒のような声が謡うように流れます。

「お待ちくださいませ」

その声でどこからか衣擦れの音がさらさら、ひたひたと寄ってきて、女童を連れ去りました。たちまち、一つの灯りを残してほかの灯りが消えます。その一つの灯りも、几帳の手前に動かされております。

これでその人の在りかが判りました。

業平は、手前の灯台が輝かせている几帳の裏の、逢いたい人の姿かたちを思い描きます。けれどすぐには窺《うかが》わず、膝をつき、かすかに流れくる香りを味わいました。

「……お待ちくださいませ……とのあの女童の声が、わたしの気持ちを搔《か》き立てます……あの声は逸《はや》る心のわたしには、お待ちしておりました、と聞こえてしまうのです」

几帳の向こうから、含み笑んだ息が伝わり、やがて長い溜息に変わります。

この反応、業平には身体が揺らぐほどの酩酊《めいてい》をもたらします。拒まれているようで受け入れられてもいる溜息。声にならぬ息の余韻。

「そちらに参りましてもよろしいでしょうか」

たまらず業平が声を出します。

「……いましばらく……」

とあって、暗闇から数人の女があらわれると、女人の身支度を調《ととの》える気配。

業平はまた、こうして待たされるひとときさえも、この女人が意図したじらしであろうかと思われて、またまた身体中の血が熱くなって参ります。思わず膝が動いてしまうありさま。

「お入りくださいませ」

の侍女の声を合図に人の気配が、退き波のように消えました。

「……またこうして参りました」

紫色のけぶる闇の中に、その人の影があります。小袿《こうちぎ》の赤い裾がぞろりと動きます。脇息《きょうそく》に寄りかかり両足を斜めに流している姿が、裾のかたちから見てとれました。

「お喉をうるおされましては」

そのかすかな声で、奥から灯りを添えた折敷《おしき》が運ばれてくる。

「……餅はお出し致しませぬ」

との声のあとで、またしても含み笑いが零《こぼ》れきて、その意味深さに業平は参ってしまいます。正式な婚姻とは別の逢瀬《おうせ》、三日夜餅などとは無縁の訪れだと、これもなじるような、求めるような、いえ突き放すような。

閉め忘れた妻戸より、薄い雨の気配が流れ込んできて、それが冷たくも暖かくもなく、ただひたすらゆるゆると甘いのです。

白湯を啜り、女人にも飲ませたくて小袿の中に手を差し伸べて引き寄せます。

女人はされるままに身体を傾けると、業平が差しだした器に口をつけました。

襟元から湿り気のある香りが立ちのぼります。

「良い香ですね。唐《から》ものですか」

「はい」

「……伽羅《きゃら》のほかにも麝香《じゃこう》の」

と業平は女人の首に顔を近づけて謎を解くふり。香の調合にも長けていて、あらためて上等な人と思われる。

良き人は自らの温《ぬく》もりや身体の匂いを知っていて、香を合わせるのです。

髪の色艶、長さは、この闇ではさだかには判らぬものの、肩の辺りで削いだ鬢《びん》の毛は、たっぷりと豊かで手に余るほどです。

横たわり、今宵《こよい》は眠らずにこの人とあれこれ胸の内を話したい。それが赦される気がするのは、あきらかに業平より年上、そして人妻であるからで。

「……わたしの思いをお話したくて参りました」

「御歌のなかに、すべてございます……あらためて御歌をここで頂けるのですか」

といくらか拗ねたつぶやき。それも妙にきっぱりしている。

わたしの思い、などとあからさまに打ち出した業平……自らの歌が充分に伝わっているのを確かめようとなさってか、あるいはご自身の歌の素養を、今宵ここでお示しになろうとのお気持ちか。

わたくしを軽んじなさいませぬよう、という矜持《きょうじ》の切れ端も、声の中に含まれているのです。

業平、いつもながらこの人は一筋縄ではいかぬ、情のかたちが見えにくい、けれどそのぶん、声に変化《へんげ》の力があるし、油断すれば見事に本音を鷲《わし》づかみにされそうだと、さらに魅入られてしまうのです。

「そうではありませぬ、あなたの傍らにて歌など詠みませぬ。歌は離れておりますから詠めます。ほれここに、あなたのお身体がございます。それなのになぜ歌など……」

若い業平、何事につけても逸る心をもてあまします。鷹狩りの折りも馬を走らすときも、先へ先へと、気持ちが飛び行くのです。

けれど今は、静かに語らねばならない宵だと、自らに言い聞かせました。

この女人からみれば、業平の葛藤が触れあう衣《きぬ》の近さゆえわかるのです。息の荒さで伝わります。

「……お話になりたいとは、どのようなお気持ちを」

と助け舟を差し出してもらえた業平、素直にその舟に乗りました。

「わたしの母君のことです」

「御母君」

とさすがに驚いた様子で、それでも落ち着いて業平の思いを引き寄せ、

「御母君とは、伊都《いず》さまのことでございますね……さて何事かおありで」

「京を離れたいと」

「京にはご都合の悪いわけが、おありなのですか」

「それがわからないのです」

桓武帝の皇女伊都《いず》内親王は、長く婚姻相手に恵まれませんでした。桓武帝の血筋でありながらこうした縁に薄かったのは、思い込みの強い気性が災いしたのか、それともご先祖様に御仏の心に反する行いがあったのか。

取りざたはあれこれございました。とは申せ、桓武帝の皇女は皇女、やがて相応のお相手が選ばれ、大宰府より赦し戻された阿保《あぼ》親王の妃となりました。

翌年業平を産んだものの、阿保親王とどれほどの親密さが続いたのか、はなはだ疑わしいところがありまして、阿保親王はすでに大宰府に配流《はいる》のときより親しんだ妻も子もある身、九州の果てにて不遇のころ馴染んだ女人とくらべれば、皇女は有り難くとも心底馴染むには、いささか高すぎる人だったかも知れません。

そのせいか、この玉のような男児をひたすら愛《め》で、慈しみました。西国の匂いと配流の汚名から、玉のような貴種男児を守りたかったとも思えます。

いま同じ衾《ふすま》の中にて睦《むつ》み合おうとする女人に、生母伊都内親王の話を持ちかけている業平は、自らの心細さがそうさせているとはいえ、やはり常なることとは思えず、なにやら女人に甘えている心地もしてきて申し訳なさがつのります。

とは申せ、業平にとりこの人よりほかに、こうした話が許される相手はおりません。

業平の初冠《ういこうぶり》より幾年《いくとせ》か前のこと、伊都内親王の母である藤原平子《ひらこ》と業平が、時をおなじくして病に伏したことがありました。伊都内親王にしてみれば、母君と大切なひとり子が、明日をも知れぬままに危ない命の淵を歩いている日々は、これ以上の心細さはなかったと思われます。

北山からたびたび祈禱《きとう》師が呼ばれ、医師《くすし》からも幾種類もの煎じ薬を与えられました。

寒気が運んできた流行《はや》り病であった業平は、やがて熱も冷めて参りましたが、平子の方はまるで業平の身代わりのように薨《こう》じてしまわれたのでした。

「……わたしの身代わりとなって平子さまがお隠れになったと……母君は思い込まれました。わたしの熱が冷めて参りますにつれて、平子さまの胸の病は重くなられました……平子さまは自分を身代わりにして欲しいと、仏に祈っておられたとか……」

部屋の隅に置かれた灯台の芯が、流れ込んでくる湿った微風に揺らぎます。灯心を短く浸しているせいで、天井にも四隅の床にもひっそりと身を潜めている何者かが居る気配。風の化身か雨の幻か。

「平子さまの胸の御病のこと、耳にいたしておりましたが、あが君さまの流行り病のこと存じず、平子さまのお隠れのことのみ耳に届いておりました……」

この女人、業平が八歳の折りの出来事を覚えておられる。それを隠す様子もなく、御身の年齢のことも、業平に明らかになるのを承知で気にもかけられない。

業平はその真っ直ぐで深いゆとりのお気持ちに、親しさを越えて心を委ねてしまいたい情が、いまさながら湧いて参ります。あが君さま、との耳元での声がなんとも心地良く。

「母君はそれほどまでに平子さまに深い思いを持たれておりました。わたしの方が祖母君の身代りにあの世へ参った方が、母君は心安らかであったかも知れませぬ」

業平は甘えた声になる。女人は、その甘えを低い含み笑いで受けとめます。

「……自らをお産みになられた御母君、さらに自らがお産みになったお子……いずれも同じお心と執着をお持ちだと思われますが、あが君さまが、そのようにお感じになられるのは、御母君のお心を独り占めになさりたく、駄々子のようにお気持ちを放《はな》っておいでの証しでございましょう」

「駄々子とは」

「御母君を恋うるお姿が」

そのようなことがあろうか、と業平は自らの心の裡《うち》の様を眺め入ると、確かにそのような様子にも見えてきます。

けれど駄々子とはあまりな。

「一の乳母《めのと》はどなたさまでしたか」

「山吹と申す紀氏からの出で、その子は憲明《のりあきら》と申して、わたしに仕えている。良く気の付く乳母親子で、山吹と憲明を見ていると、ときに羨ましくなります」

「伊都さまとあが君さま、そして乳母親子とではご身分が違いましょう。伊都さまはご自分のお乳でお育てできない方なのですから」

「わたしには母君のお気持ちがわからない。なぜ都から離れたいと思われるのか……わたしを疎ましく思われてのことか……問いかけてもお答えはなく、いつしか祖母君のお話になっております。そのたびにわたしは、生き残った自分が申し訳なく思えてきて」

「その折り耳にしましたのは、山階寺に御荘《みそう》など大変な御寄進をなさりましたとか。さすが桓武帝の御皇女伊都さまだと褒めるものもいますが……藤原のお寺にそれほどまでの御寄進に、どのようなわけがあろうかと訝《いぶか》る方々のお声も耳にしております」

息子たちに在原姓を頂くことで東宮となる意志のないことを早々に示した父阿保親王を、やはり母君は軽く思われているのか。風評に流れるほどの山階寺への寄進も、自らの出自を誇示するあまりかと、業平は哀れな心地さえして参るのです。

「雨は朝まで止みませぬ、明けてもこの雨では、鶏は鳴きませぬ。少しお休みなさいませ」

女人は母への複雑な思いが駆け巡る業平の胸の内を、そっと撫《な》でつけるように囁《ささや》きます。

「いや、こうしていたい。わたしは母君と添い寝をしている心地がする」

「なんと有り難きお言葉。ここは西の京、昼間は牛車も通りませぬ。そのような女に母君さまのお姿を重ねられるとは」

灯台の芯はいよいよ短く、紫の闇は揺れ、ひたと寄せている身体が母君のように思えてきて、この女人に叶《かな》うことも母君には叶わぬのだと、なにやら怒りにも似た、自らへの絶望と裏表の思慕の念に突き動かされ、単衣《ひとえ》のみの女人の身をひらき、自らを押し当てます。

身をよじり、なにごとか声のみであらがわれる様子に業平は、いや母君はこのようではないしあるはずもない、ここに在る身体はただ柔らかく薄絹の温かさで、押せば餅のようにくぼみ、退けば湯のように流れ出し追いかけてくる。

母君は父君と、このように睦まれたのであろうかと、それは安堵のような、それでいて妬《や》けるような哀しみが追いかけてきて、業平の背や腰をさらに押して参ります。

「あが君さま……わたくしをお好きになさいませ……わたくしは曲水に落ちた杯……流れに浮いた花びら……」

業平はその言葉どおりに、浮かび流れる杯を想います。すると杯に灰色の花弁が落ちて参りました。女人の言葉は、わたしの胸の中と全身を、思い通りに動かしている……流れに浮いているのはこの身体だ……。

酩酊の、瞬時の襲来。

砕けたのは杯でも花弁でもなく、女人の身体も相変わらず柔らかな餅のままで、業平のみ瀬に打ちあたり壊れ果てておりました。

なんという敗北でありましょう。心地良い崩れでありましょう。

それからはもう、母君のことなど覚えず、灯台の灯りが消えたのも知らず、浅い眠りに落ちたのでした。

時は弥生の一日。

左京の高倉邸に戻った業平は、夜が明けても降り止まぬどころか、昨夜は霧雨であったのに昼どきには薄鈍色《うすにびいろ》の空から絶え間なく落ち始めた生暖かな雨を見上げ、夢のようなうつつのような、頼りない心地で過ごしております。

邸《やしき》に戻ってすぐに西の京に住む女人に、後朝《きぬぎぬ》の歌を書いたものの、その歌がいまひとつ気に入りませんでした。

思いが幾層にも重なり、どのような歌を詠んだとて正しくは伝わらない、かたちに添うだけの在りきたりの情の表れでは、どうにも済まされない心地がして来て、途中、筆を置いてしまいました。

そのとき業平は、溜息とともにこのようにも思いめぐらせたのです。

あの方はしきたりに従わぬ自分をふっくらとした笑いで赦してくださる大きさをお持ちのはず。いえいえ、赦してくださるかくださらないか、ためしてみたい。

若さゆえの驕《おご》りであり、迷いであります。さらに申せば、後朝のたよりに年若い自分の背伸びを見てとられそうで、それも面白くない。思いが胸から手へ、そして筆先へと流れていく中のどこかに、滞りが出来てしまっているのでした。

業平の中には、自らの力ではどうにもならぬ、組み敷くことのできないものが、いくつも横たわっております。

それがむくつけき悪しきものなら躊躇《ためら》いもなく捨て去ることができますが、美しく神々しく、あまりに甘美ゆえ、叶わぬ焦りを疼痛《とうつう》のごとく感じているのです。

母君も西の京に住まう女《ひと》も、さらにこの春の雨もです。

いずれもどうにもならぬほどの大きさ。それとも自分が小さく幼すぎるのか。

鶏は鳴きませぬが、はや卯の刻ちかく、お立ちを、と耳元で囁かれたときの、温かな胸元より転び出た盤双六の賽《さい》にも似た、やりきれぬうらめしさが、思いだされて参ります。

業平はこの疼痛を振り捨てたい心地で、南の簀子《すのこ》に出ました。

そこにも甘やかな雨。

白く膨らむ空より春雨は、しきりなく落ちて参りますが、業平の思いを流すほどの勢いはなく、ただ薄色の重だるい天の袋より、際限なく時をかけて業平に、憂いのしずくを落とし続けるつもりらしい。なんといまいましいこと。いっそ天の袋が裂けてしまえば良いのに。

そのいまいましさに耐えているうち、あろうことか、心底より素直に歌が湧き出て参りました。

いまいましさとは別の情と言葉が、身内より溢れて参ったのです。

いそぎ書き付けます。

起きもせず寝もせで夜を明かしては
春のものとてながめ暮らしつ

おおよそ粟《あわ》立ち揺れる業平の心根とは別の、やわらかでやさしい、いくらか投げやりでもある歌となりました。

不思議なものです、言葉が出て参りますと、その言葉により、業平の全身が塗り変えられて参るのです。

こうした現象を業平は幾たびか経験しておりました。歌が薬になり自らをいやしてくれる、自らの歌により、新しい身に変えられて行く不思議とありがたさ。

業平は書き付けた歌を、あらためて詠みなおします。それはあの女人が自分に書かせたようにも思えて参ります。

昨夜わたしはあなたの傍で、起きているのか寝ているのか判らぬまま朝を迎えてしまいました。そほ降る雨のせいでしょうか、それともあなたが春の雨のようにわたしの中に入ってこられて、起きることも寝ることも叶わぬ甘い酔いで縛ってしまわれたのか。いまあなたから離れてもあの雨は、こうして空から、いえわたしの身内でも、降り続いております。春の雨とはこのように長く、いつまでも終わりのないものとは知っていましたが、切ないものですね。

深い息ののち業平は、その歌を文使いに持たせ、濡れるのもいとわず高欄にもたれておりました。白木は湿り春の匂いを立ちのぼらせます。

西の京の女《ひと》も同じ雨を眺めておられるに違いなく、そほ降る雨の女《ひと》、母君のように深く高く、やわらかな御方、と呟きました。

誰《た》が通《かよ》ひ路《じ》

季節はめぐり、業平も十七歳の勢いづくとしごろとなり、正月には右近衛府《うこのえふ》将監《しょうげん》として任官を果たしておりました。

この年より翌年にかけ、朝廷にとりましても業平にとりましても、思いも寄らぬ深刻な出来事が待ち受けておりますが、とまれ業平、位階は従六位上とけして高くはなくとも、親王の子としての気負いはいや増しております。

近衛府への出仕、公卿《くぎょう》の随身の役目のほかに宿直《とのい》と呼ばれる午後から夜にかけての務めも精勤しております。

業平の歌詠みとしての才覚は、折りあるごとに宮人《みやびと》たちの口にものぼり、その美しい容姿や振る舞いとともに、さすが平城帝の御血筋との囁きともなりました。

女人たちのあいだにおいても、噂は風にのり流れて参ります。

とはいえ業平は体軀《たいく》も優れ、弓術においても見惚れるばかりの強さと技を持っておりましたので、最初の任官が帝の警護をあずかる衛府であったのも、得心のいくことではありました。

このような業平ですから、通う先も一所《ひとところ》ではありませんでした。

ではありますが、地面の水がゆらゆらと立ち上る暑い季節となってからは、なぜか訪れる女人はひとりに限られて参ったのです。

簀子《すのこ》の高欄に背をもたれかけて、陽の落ちるのを待つ業平に、憲明《のりあきら》はそれとなく進言いたします。

「……若君、お心を許された女人たちは等しく訪れなさいませぬと、思わぬ恨みも生まれます。家人たちもお心が離れたのかと案じます。このところの御様子では、五条の御方ばかりに……」

「そのようなことはない。憲明はわたしを蝶か蜂にしたいのか」

「……蝶も蜂も、花に恨まれずに甘い蜜を頂く知恵を持っておりますのに……」

「わかっておる。いまは五条が気になって仕方ないが、雨は京の都に等しく降る」

「さようでございます、等しく降るのが貴い雨でございます……」

五条の御方とは、藤原の血筋に連なるものの身分は高くはない傍流の末娘で、容姿はさほど上等ではないけれど、何しろ恋上手とでも申しましょうか、一度共寝をした男をとりこにする術を身につけておられました。

と申しますと、共寝の術などに特別のことがあるように思えますが、それとはいささか違います。

やはり御声でございました。

臥所《ふしど》の灯台ひとつ、その火影のなかに揺れる言葉は、さまざまな妄念や安らぎ、ときには波立ちをもたらすものです。それを確かに身につけておられた方なのです。

藤原の血筋というだけで、西洞院《にしのとういん》大路の五条に、それなりの邸を構えておられ、御方に仕える家人たちもすべてにおいて優れておられました。

なにより、男たちの訪れを伝える使用人や文使いのあしらい方が、御方のみならず、家人下人にいたるまで程よく行き届いておりました。

訪れを断るにしても、風情を損なわない扱いの出来るさまに、男たちは常になく心地良さを覚えるのです。

あたかも家人下々の女たちともども、目指す思いをひとつにしたかのようにも見えてきます。

憲明はこの家の盛り繁りを、貴人の訪問にすがりつくような、必死な心根でまとめ統《たば》ねられている、それは何とも気味悪いほどだと、いかにも悪しく申します。

業平もたしかに、この家の盛衰をあの御方ひとりが背負っておられるように思えてきて、ときに白々しい心地もしてくるのですが、それがまた痛ましくもけなげにも見えて参るのが不思議なほどで。

それに加えて、御方の臥所における御声でございます。その御声とは、大変明るくすずやかで、無邪気なほどきっぱりとしておりました。けして弱い花の囁きではなく、ときに鋭い棘《とげ》をひそめる我の強い声音。

京の夏の暑苦しさ、寝苦しさは、単衣《ひとえ》のみ身につけていても、内ふところに風を招き入れたい心地がいたします。

軽い衾《ふすま》を掛けて休んでいると、御方はさっと衾を取り払われて、童女のような高い声で甘えるように囁かれます。

「……その白いものもお取りくださいませ……生まれたままのお姿こそあが君さまに相応《ふさわ》しゅうございます」

灯台ひとつ、闇は深く、それならばそうさせていただく、とばかりに脱ぎ捨てます。

「ほら、そのおつむの烏帽子《えぼし》も」

と言われても、さすがに烏帽子を取るのは憚られます。頭頂部を晒すのは何よりも恥ずかしいことなのです。

これを取り去ると、我が身に流れる血や誇り、成人としての自尊の心のすべてが脇に置かれる心地になります。

いわば、角髪《みずら》姿の童に戻るのも同然で、初冠の時以来、この感覚は日々大きくなって参りました。

烏帽子や冠を脱ぐ、というのは何かしら成人男子としての力を我が身から外すような気がして心もとなくなってしまう。

「おつむのものをお外しになられても、あが君さまの美しさに何の変わりがありましょう」

そこまで言われて業平は、仕方なくそっと外しました。闇があればこそ出来ること。

すると御方は、業平の頭部を胸に抱き寄せ、頭頂部を幼子のように愛しみ囁くのです。

「あれまあ、愛らしうございます……いくつものおつむをこのように胸に抱《いだ》きましたが、あが君さまのおつむは、他のどのおつむより愛らしうございます。このように、頰を寄せても寄せても……飽かず足りませぬ」

恥ずかしさと、恥ずかしさゆえに生まれる心地良さ、酔いにも似た甘え心、それらに重なるようにじわじわと滲みだしてくる妬心が、女人への荒々しいまでの執着となって燃えさかって参ります。

ああ、あなたはいくつの頭をこの柔らかな胸に抱かれたのか。その男たちは皆、素直に烏帽子を外したのか。

五条の御方を訪ねるたび、業平は頭のものを脱ぎます。いつしかそれが馴染むための儀式のようになりました。

むろん夜更けての訪れなので、灯台は一つか二つ。

灯台の芯を引き出せば炎は大きくなり、短くすれば闇の力はいや増します。

火芯を引き出したり短くしたりする、芯挟みを、業平は自らの手で動かして辺りを暗くし、そのうえで烏帽子を外すこともしばしばでした。

侍女を呼びつければ慣れた手つきで行いますが、業平は芯挟みを取り落としたり、油の中に芯を落として消してしまったりと、なかなか上手には行きません。

そのつど御方は、喉の奥のくぐもった声で、たまらなく無邪気に笑うのです。

程よい闇の中で、頭のものを外したときの爽快さと、なにか常ならぬことを成し遂げた満足は格別で、その格別の満足はその後に待ち受けている甘い時に繋がっていくのです。

業平はわざと火芯を油に落とし、あ、と声を上げて見せます。真の闇となっても、蔀《しとみ》の隙間よりかすかな明るみは入り込みます。侍女を呼ぼうとする御方の口を塞ぎ、ふたたびも三度《みたび》も掻き抱いてしまいます。

「……そのようなご無理をなさる方は、他には存じませぬ」

他には存じませぬ。

このひと言はまたしても、業平の妬心を掻き立てます。

「わたしが通わぬ夜は、どなたが参られるのか」

「わたくしのような女を訪れて下さる方など、あが君さま以外におられましょうや」

「そのような偽りは許さぬ」

「許されぬなら真実《まこと》を申し上げます。夜ごとの夢に立たれるかたは、ひいふうみい……」

指を折りながらまたしても、女童《めわらわ》のように明るく笑われます。

「あが君さまは、なぜか夢に立ってくださりませぬ」

夢に立つのは、立つ者の思いの強さによります。これほどまでに思っても、まだ他の男には及ばないのか。

たしかに五条の邸《やしき》には、他の男の気配がそこかしこに蠢いておりました。

それをまた御方は隠そうとされず、家人たちも同じで、ところで君はいかがなされますか、と常に問われている気がする。

他の通い所とはまるで違うのです。

着るもの、寝所の敷物、几帳の帷《かたびら》や薫物《たきもの》さえ、真新しく整えた様子で訪れる者を迎える配慮こそ、都人《みやこびと》ならではの雅《みやび》であり、その雅は女人の格を示してもいます。

けれどこの邸では違う、嘘偽りで取りなすことをせず、女人の本性そのものを表すかに、家人すべてが有りのままに振る舞って見えるのです。

そのようであっても卑しさや鄙《ひな》びた様子に見えないのは、心底に高貴なものが流れているのかも知れないと、業平はまたしても心を動かされ、女人の温かさを貴重なものに感じました。

わたしがそう感じるのだから、他の男たちも同じように思うのだろう。

業平はその想念にまみれ、あたかも他の男になった心地で、ふかふかとして昼間の暑さが残り漂うあたりに、目を凝らしてみるのでした。

するとどうしたことか、それまでの妬心が、灯台の細い炎が揺らぎ消えるごとく、静かにおさまっております。いっときのことと解ってはおりましても、そのおさまりは心地良く、また物足りなくもあるのです。妬心もまた、嫌いではないのだと。

「わたしを恋しう思うておられますか」

と業平が拗ねたように念押しすると、

「恋しう思います」

「他の訪れがあっても」

「そのように困らせますな」

またはぐらかされる。

「では別の問いにいたします。恋することがお好きか?」

「はい、他のなにより、甘葛《あまづら》の氷水で頂く水飯《すいはん》より、好きでございます」

業平は声を立てて笑う。そしてふたたび妬心に包まれました。

鶏が鳴くのに追われて、五条の邸を出た業平ですが、左京の高倉邸に着くわずか手前の路地で、
不思議な音に立ち止まりました。

路地奥の土塀から、黒々と立ち上がる呉竹の繁み。大風に揺れるような、自らが風を生みだすような。

足を止めないではいられないほどの、天空を覆う群生の揺らぎに、業平は去年通った、そほ降る雨の女《ひと》を思い出したのです。

時を待たず暑くなりそうな夏空に、雨雲ひとつありませんでしたが、呉竹のしなりが、雨の音を

想わせたのでした。

母君のような、大きなお方でしたが、右京に通うことを止めてからの月日は、業平の背を一段と伸ばしたものの、あのお方には残酷な時間であったかもしれない、もともと問うこともならぬ歳の差でしたから、この一年の意味は大きく、足が遠のけば遠のくほどに、訪れ難くなってしまいました。

なのにいま、呉竹の風で思い出したのです。

そのとき業平は、夜ごと通っていた五条のお方を、数日だけでも訪れるのを止めようと、心に決めました。右京のそほ降る雨の女が、やさしく押しとどめた気がしたのです。

恋は追いかけるが負けですよ。

業平は、それから二晩、五条を訪れませんでした。

その二晩は、他の男が訪れている様子がしきりと浮かび苦しくてたまりませんでした。

そしてついに三晩目、耐えがたくなり歌を詠みました。

出でて来しあとだにいまだかはらじを
　誰が通ひ路と今はなるらむ

わたしがあなたの邸を出てきたのはつい数日前、まだ足跡さえ残っているのではないでしょうか。その足跡は、どなたの通う路と今はなっているのでしょう。
この歌を五条に贈ろうか贈るまいかと迷い、やはり贈ってしまったのです。

蛍

朝より空の白さが目立つ暑い日、業平は唐撫子《からなでしこ》を添えた厚い文を受け取りました。

文は烏帽子《えぼし》に直衣《のうし》姿の老いた男により届けられたので、南の廂《ひさし》に屏風を立て、この男を通しました。

邸《やしき》の外に牛車を停めての来訪であったのも、家人たちを驚かせました。

女人からの文でないのはたしかで、すぐさま業平は目を通します。それはまた、思いも寄らぬ、奇妙な依頼でした。

男はまずは自らの身分や名前を名乗ったあと、ぶしつけな遣り文を謝り、これより他に成すすべの無かったこと、時を置く余裕の無いことなどが記されてありました。

さらに業平を驚かせたのは、この文使いが上位の官であったことです。

業平より官位として上の者が、手ずから文を持参するなどということ、よほどの訳があるに違いない。

文を受け取るだけでなく、使いの男を待たせるよう命じたのもそのためでした。

文に書かれていたのは、男の娘のことでした。

春まだ浅きころ、業平が徒歩《かち》で西洞院《にしのとういん》大路を行くのを、近くの神社に詣でていた娘が牛車の中より見て、たちまち恋情のとりこになったという。

以来、神社に詣でること数限りなく、周りも不思議に思うものの心に決めた祈願などあるに違いないと親や乳母《めのと》などは思い、参詣を許していましたが、やがて病を得て食べるのもおぼつかなくなったというのです。

そのころより、細い身体を無理に起こして琵琶を弾くことたびたびで、それがまた身の負担となり、いよいよ衰えて参ります。

なぜ苦しい身体で琵琶を弾くかと問えば、美しい横笛の音と合奏《あわせ》ているのだと消え入るように言うものの、耳を澄ませど笛の音など聞こえません。

横笛は業平が吹いているのだと知ったのは、娘の身がいよいよ弱りきて、明日をも知れぬ篤《おも》さとなってからのことだと、文には書かれてありました。

その娘と横笛で合奏《あわせ》た覚えなど、業平にはありません。業平にとっては見知らぬ女人です。

業平は文に在ることが誠かどうかいぶかしく、廂に待たせている男に会いに出ます。

娘の親である男は、業平より身分が上にもかかわらず、急ぎ現れた業平に両手をつき、苦しげに詫《わ》びるのでした。

「御文、読みましたものの、いささか腑《ふ》に落ちませぬ」

「さよう、さようでございましょう。ここに参るまで深く深く迷いましたが、ことここに到り、無礼を省《かえり》みず、こうして参った次第でございます」

「それで御容体はいかが」

「まだ息はありますが、すでに時は遅く……」

と涙を拭います。

「業平殿にこれほどまでの懸想をしていますこと、親も乳母も知らず、胸にしまい込み、ひとり思いに耐えて病を篤《おも》くしたと知りまして、せめて最後に、業平殿にひと目だけ逢わせてやりたいと……こうして参ったのでございます。それも叶わぬなら……文だけでも届けたと申せば、あの世への旅立ちも楽になろうかと……」

またしても老いた男は袖を顔に当てて、息を殺してむせびます。

春まだ浅きころの西洞院大路。

夜ごと五条に通っていたころか、いやそれ以前の西の京であったか。停めた牛車の中より女人に見られていたとは。

気ばかり昂《たか》ぶり、大路に停まる車にも気付かず、訪れた先でのことのみに心を注いでいた自らを思い出します。

「……琵琶を弾かれる」

「それももう叶わず……」

「わたしの横笛の音を」

「幻でございます……起き上がることも出来なくなり果てても……業平殿の笛の音が聞こえると……」

業平は老いた男を待たせて、急ぎ仕度《したく》いたしました。男の牛車に乗り、邸へと向かうのです。

半蔀車《はじとみぐるま》の右前席に、勧められて業平は座りましたが、そこは業平の位の者の座所ではありません。しかし無理にもそう勧められたのは、特別の客人としての扱いでした。

それが判る業平は、心が重い。

路上の瓜売りは笠をかぶり、瓜！　瓜！　と高く声を張り上げ、その声を牛車の車輪の音が掻き消します。

車輪が停まったところへ、わらわらと人が走り寄り、牛飼童《うしかいわらわ》たちが急ぎ榻《しじ》を置いた上に、業平は足を下ろしました。

良く行き届いた邸の庭には、片隅に唐撫子の花が群れ咲いています。おそらく、この邸の姫君が好んだ夏の花に違いなく、可憐《かれん》な花に添えた文を思い出すと、父親の娘への情が胸深くまで迫るのでした。

牛車を追いかけてきた業平の家人、そして慌てて走り来た憲明《のりあきら》が、邸の外に着いたと報《し》らせがあります。

衣類を調《ととの》え終え、通された几帳《きちょう》の向こうに、その女人は真白い顔で横たわっておりました。

父親の声に促され、わずかに目を開けますがそこにはもはや生命の光りは見てとれず、痩せた頬には死の影が忍び寄っておりました。

「業平殿が見舞いにみえられた」

と父親が声をかけ、衾《ふすま》より取り上げた手を握るも力は無く、だらりと垂れます。

業平は哀れさと惑い心で、思わずその手を押しいただくと、女人の頬にわずかに明るみが兆《きざ》しました。

「業平殿ですよ」

侍女たちもひっそりと、けれど慌ただしく躙《にじ》り集まって来る中、業平は何かに気圧されるように女人の身体を掻き抱き、持ち上げておりました。

その身体はあまりに軽く、乾いた木のような手触りでしたが、皆が感涙の嗚咽《おえつ》、声を上げて泣くものもあり、業平も耐えがたい気持ちで涙を流します。

その身体を茵《しとね》に下ろしたとき、すでに女人は息絶えておりました。

すすり泣く声が溢れる中で、業平はあらためて死の淵を越えてしまった顔を覗《のぞ》くと、病に取り付かれる前の清潔な美しさが顕《あらわ》れてきて、ああ、なぜもっと早く思いを知らせて貰《もら》えなかったかと、無念で仕方ありません。

乳母が急ぎ女人の亡骸《なきがら》を、業平から引きはがします。

その意味が判っているだけに、業平も亡骸を手放しましたが、様々な思いが身体を駆け巡り、途方にくれるとはこのこと。

わたしはあれほど人を恋しく思い、夜ごと訪れ、歌を贈り、飽くことのない自分に呆れ果てていたつもりであったが、このように死にまで届く恋情までは至らなかった。

あのときの自らの思いを何十にも重ねた恋情を、自分に寄せてくれていたのだろうと、哀れむ心は涙とともに、増し溢れます。

乳母が身体を寄せて、声低く耳打ちしました。

「しばし籠もらなくてはなりませぬから、日用の物など、こちらで調《ととの》えさせて頂きます」

言われてはたと穢《けが》れのことわりを思い出し、途方もないことになったと、あらためて打ち沈みます。

死者に触れたなら、三十日は外出を慎まねばならない。弔問のみであっても、不浄の身は遠慮せねばならないことが多いのに、この手に抱いたのである。

亡き姫君の父親もそれに気づき、慌ただしく業平の御座《おまし》など調えにかかります。こうなればこの邸に、しばらく身を置くしかありません。

死せる人はまだ北枕にはならず、陰陽師により魂呼びが急ぎ行われますが、もはや業平に出来ることとて無く、そこかしこに泣き声が流れる中を、西の対へと誘われてやって参りました。

西の対からは唐撫子の群生が目の前に見えて、神仏が業平に、恋情の真の姿を教えている気がして参ります。

それと知らぬままに酷な仕打ちを与えてしまうのも、酩酊にも似た至福で全身を満たしてくれるのも恋なのだと、しみじみ思うのです。

思いも掛けぬことに、この邸で物忌みの日を過ごさねばならなくなった業平は、主人《あるじ》の采配で急ぎ調えられた几帳や屏風、茵や脇息《きょうそく》などの御座のほか、泔坏《ゆするつき》や角盥《つのだらい》などの整容の具に、あらためて溜息をつきます。

いよいよ胸苦しさが増してきました。

懸想は目に見えざる力を持つのです。天に通じて縁《えにし》を支配するのが人の思いとあらば、自らの女人への懸想もまた、因果の法に沿い、相応の波風となって戻されてくるのが必定《ひつじょう》かと。

鬱々となります。

空は一向に暮れません。

業平は硯箱《すずりばこ》から筆を取りだして、一首書き付けました。

くれがたき夏のひぐらしながむれば
　そのこととなくものぞかなしき

早く暮れて欲しいのに、時はゆるゆるとしか動かず、早く暮れれば女人の魂が亡骸に戻る時を失うことにもなり、そう願うのも非情なこと。

とは申せ、死の間際に掻き抱いたその身体に、何の責もあるはずはなく、家人が葬送のために動き働く衣擦れの音さえ、溜息を誘うばかりなのです。

亡き人の父親が入り来て、申し訳ない思いを縷々《るる》述べますが、業平のもの悲しさは晴れません。

「……今少し早く、文など頂いておりましたなら、わたしにも何ほどかのことが出来ましたでしょうに」

と涙声で申しますと、父親はひれ伏し、

「有り難くも、誠に申し訳なきことになりまして」

と、さらに袖を濡らします。

「……唐撫子に添えられた御文、姫君にかわりよくぞお届けくださいました。唐撫子は、暮れ泥《なず》む空のように、淡く名残惜しい色ですね」

業平は書き付けた歌を、そっと差し出したのです。

撫子色の空が、紺味《あおみ》を帯びて暑い日も暮れかかるころ、業平は懐より横笛を取りだしました。

左京高倉邸から、あまりに急ぎこの家の主人《あるじ》の車に乗った折り、持参してこなかった横笛を、憲明が届けて来たのです。

門の下より届けられた横笛と憲明の文。

文には、業平と同じ邸に暮らす母、伊都《いず》内親王からの言付けとして、すべて仏の縁《えにし》と思い、亡き御方に尽くすようにとの言葉がありました。

母君は業平の所業には関心が無いと思われるほど、日頃は御口を挟まれないけれど、何事かあれば心を傾けてお言葉を下さるのだと、業平は有り難く感じ入ります。

西の対の簀子《すのこ》に出て眺むれば、まさに陽が落ちんとしておりました。

その中を泳ぐように動いているのは雁《かり》の影でしょうか。ならばひと息に季《き》が移ろったか。

業平、持てあます寂寥《せきりょう》の思いを、横笛に託します。雁らしき影を追いかけて、細く澄んだ笛の音が、簀子から空へと流れていきます。

するとどこからか、琵琶の音《ね》が加わって参りました。

業平が横笛を離し、耳をそばだてますと、琵琶の音は西の空に吸い込まれるように消えてしまいます。

慌ててまた笛を震わせ鳴らしますと、空の彼方より竹をしならすほどの琵琶の音が、降って参るのです。

なんとこれは。

胸騒ぎ立ち、怪しき心地もしてきて、思わず簀子の端に座り込みました。

もしやこの邸の誰かが、業平の笛に合わせて琵琶を奏でているのか、さもなければ、逝きかけた魂が戻り来て、業平の笛に寄り添い合わせているのか。

この邸の主人や乳母たちにも、業平の笛のみならず琵琶の弦の音節《おとふし》が聞こえているはずだと、しばし息を静めて邸内を窺いますが、誰ひとり業平の御座を訪ねては参りませんし、簀子にも人の影はありません。

哀しみのあまり、笛の音も琵琶の弦も、ただ幻にしか聞こえないのでしょう。

西の対から見上げる空も、すでに暮れ落ちました。

業平は、笛を吹き疲れた身体を、簀子に横たえます。

唐撫子の色もいまや薄闇の色。

草叢《くさむら》より、すだく虫の音も聞こえてきて、我が身の在りどころが、あてどもなく揺らいで参ります。

死の国、とはいかなる世か。常世と申すからには、永久《とわ》に在り続けるのだろう。

雁は死者の霊魂を運ぶと言うが、夕景の中を泳いでいた鳥の影は、すでに姫君の魂を運び去ったのであろうか。

穢れのことわりとは言え、御仏の御心がいま、業平をこのように閉じ込めておるのだと思えば、母君の御諭《おさと》しもしみじみ深く滲みて参ります。

とそのとき、なにやらすうっと、池のほとり、あの唐撫子の繁みあたりより、夜空に上《のぼ》る一筋の光り。

いいえ、二筋も三筋も。

目を凝らせば、その光りは明滅しながら、いっとき線条を成し、すぐさまその線条を掻き消しながら、それでもゆらゆら宙に浮いております。

業平は思います、いのちとは、現世《このよ》でのささやかな光りの明滅。これこのように目にする光りの筋は、長くとも短くともたちまち消えるのが必定《ひつじょう》。

さはあれども、常世の蛍より現世の蛍の方が美しいのも真《まこと》なりと、蛍飛び交う闇に目を凝らします。

あの一筋が亡き姫君ならば、その隣にて光りを放つ蛍は業平自身。

その二つの光りは交わることなく、一つに混じることもなく、揺れては落ち、落ちてはまた虚しく飛翔しております。

業平は御座の奥に控えているこの家の者に、蛍に聞こえぬほどの密やかな声を掛けました。

そこに控える者、灯りと硯をこれへ。

蛍より小さき灯りを、これへ持て。

手元のみを照らす灯台と、硯箱が運ばれてきて、ふたたび人の気配は消えました。

その消えた気配に導かれるように、涼しい風が蛍のあたりよりゆるりと来て、女人が横たわっていた部屋へと流れ込んで行く様子。

あの酷な暑さも、ようよう去ったのである。

いまはもう、陰陽師が魂を呼ぶ声も消え、家人たちの泣き声さえ、闇の底に押し込められております。

動くのは蛍の光りのみ。

その中の一つが、天に吸い込まれるように、あたりより明るい筋を残して、屋根近くまで上りました。

業平は身を起こし、指先のみを照らす灯台に筆先を寄せるようにして、蛍に呼びかける一首を書き付けました。

ゆくほたる雲のうへまでいぬべくは
　秋風ふくと雁につげこせ

上っていく蛍よ、雲の上まで飛び行くのですか。もし雲の上にまで行くことができるならば、この世ではもう秋の風が吹いていています、どうぞ戻って来られますようにと、雁に伝えてください。

業平は、死に向かい苦しみに耐えながら、この暑い日々を過ごし、なおも自分を思ってくれた女人に、今夜の涼しい風を届けたいと願います。

あが君よ、今生では添うことこそ叶わなかったものの、この心地良い夜風の中であらためてお会いし、睦み合いましょう。

そこまでの思いを筆先に込めましたが、ふとその筆を止め、ああ、秋風かと呟きました。

季節は酷なもの、秋が来れば人の心にも飽きが参ります。この世にあるものすべて、飽きの来ないものがありましょうか。

けれど常世へ旅だった人は、飽きることがない。

あが君、睦んで飽きるより、叶わぬままに、飽きることもないあなたとわたしの方が、永久《とわ》に忘れ得ぬ縁ではありませぬか。

昏《くら》き思ひ

承和九年、業平は十八となり、近衛府のつとめにも慣れて参りました。

帝や皇妃をはじめ、貴人たちの身辺を警護する御役目には、文武に優れ血筋も確かな貴族の若者たちが選ばれておりました。

近衛府には、先々の出世を約束された気鋭の若者たちが集います。

なかでも業平は、まだ従六位上近衛将監ですが、府《つかさ》の中でもやんごとなき人としての視線を浴びておりました。

さて。

業平の大叔父にもあたり、文人として漢詩や書を能《よ》くしておられた嵯峨帝は、多くの女人やお子に恵まれ、死刑を廃されるという英知の御方でしたが、御退位の後は洛西の嵯峨の院に住んでおられました。

いまや病に伏しておられるという御噂。

暑い季節もようやく終わろうとしていたころ、その御病がいよいよ篤《おも》くなり、今日明日にも、というまでに至ったのでございます。

七月十四日のこと。

内裏から出て大路を急ぎ下っていた業平の脇に、網代車がひたと停まります。

お忍びの気配する車の中より、声がいたしました。

「……在原業平、と覚えますが……」

「たしかに」

いぶかりながら、車の中の声に応えます。

「……内裏においては、変わりはありませぬか……嵯峨院の帝はお苦しみの御様子ですが、その御身に事があれば、何かと人心も波立ちます。良からぬことが起こらぬように、おつとめ励まれるように……」

「どなたでしょうか」

「……人目につかぬよう、この車にお乗りください」

業平はいよいよ不審に思い、躊躇《ためら》います。

「どなたかお名前をお尋ねしたく」

「……わたしの声を忘れてしまわれたか」

あ、と業平は気づきます。

「父君」

久しくお会いしていないが、父阿保《あぼ》親王の声です。

「早う、こちらへ」

の誘いに、業平は身を屈《かが》めて牛車へ入りました。他にも牛車が大路のそこかしこに停められていて、業平が乗り込んだ牛車に気づく者はおりません。

「……父君、お久しぶりでございます」

「健やかでありましたか。近衛府のつとめのこと、折り折りに耳にしています。歌の才のこと、弓の上手のことも伝え聞いています。母君はいかがお過ごしで」

「同じ邸の中で、ときにお姿を見ますが……いつもと変わらぬ精進のご様子で……」

「それは何よりのこと。このところ文をやってもお返事がないのでいかがかと案じておりました」

「朝からお念仏に身を捧《ささ》げておられます……嵯峨院の帝が御病みと聞かれてからの日々、お念仏も一段と忙しうなりました……」

父君が呼び止め車に入れたのは、母君の消息を知るためであったとも思えず、業平はなにやら胸騒ぎをおぼえます。

とは申せ、業平から父君の真意を問うこともならず、黙していますと、阿保親王は静かに、そして声を低く、呟くように声を出しました。

「業平……明日、明後日にも、良からぬことが起きます」

「……院のお命が、いよいよはかなくなられて」

「いや、それだけではない。院の崩御を機に、恐ろしくも忌まわしい流れが、都の表に噴き出して参りましょう。これより申すこと、しかと心に留めておくように……」

「はい」

「何事が起ころうと、業平は母君をお護《まも》りするように」

「母君の身になにか」

「母君が山階寺に御荘《みそう》など寄進された折りの願文《がんもん》のこと、心して内密に。万に一つ、詮議するものが在りましたなら、すべて亡き平子《ひらこ》様からの御遺言と申し開きをするのがよろしい」

業平には意味が解せません。

「……父君、良からぬことが起きるとは、院の不予《ふよ》よりさらに悪しきことが起きると申されますか」

それはまた、陰陽師による新たな勘文《かんもん》などであろうか。天地の変動か。

「今はなにも申すことはならず、ただ、心得ておくようにとだけ申しておきます……」

「……母君をお護りいたします。されど母君が詮議を受けられるなど思い浮かびませぬ……なにゆえそのような」

阿保親王の後ろより、膝ひとつ、躙《にじ》り寄ります。

「……事が起き、母君と親しくされておられた方とのご縁により、ゆえなき冤罪《えんざい》、飛沫を受けられることがあってはと……そのようなことの無きよう、案じているのです」

「そのお方とは」

業平には思い及ばず。

父君は何を案じておられるのか。

「……いまひとつ、院の不予に乗じて起きるかも知れぬ良からぬことに、将監として目立つ行いを控え、先頭に立たぬよう心して欲しい。目立つことの功罪を考えて行動されたい」

「はい」

「それでよろしい、武具を持しての駆けつけは、思慮深く判断をなされますように」

父君の腹の中に何があるのか。

何か事があれば、武具をつけ駆けつけるのが役目、それをせぬようにとは。

外の気配を従者に確かめさせ、車尻から出るよう促された業平、去りかねていると、阿保親王は身を寄せ、業平の肩を摑《つか》み、

「くれぐれも御身を大事に。行平《ゆきひら》業平に、在原姓を申し出たは、一族の安寧を願うゆえ、その一心であったこと、ゆめ忘れるでない。良いな。疾《と》く行け」

これ以上の問答は不要とばかり、業平は車より出されました。

たちまち牛車は牛飼童《うしかいわらわ》たちとともに闇深くなった大路に消えて参ります。

不穏な夜空には星もありません。

院は多くの祈禱にもかかわらず崩御されました。

薄葬を命じられていましたので、嵯峨山上陵への野辺送りは、簡素に行われました。それが十六日のこと。

そして葬送の翌十七日。京の町にも朝廷の建物にも澱《よど》んだ気が満ちてはおりましたが、異変など起こらず、業平は父上の言葉を繰り返し思い出すものの、陰陽博士が不穏な先行きについて上奏したのであろうぐらいに、追いやっておりました。

宿直《とのい》のため仕度をしていますとき、内裏より走り来た男の口伝《くちづたえ》に、業平は青ざめ、腰に佩《は》きかけていた太刀を、取り落としそうになりました。

左京の蚑松殿《はいまつどの》に近衛の者ほかが急襲し、内裏も騒然としているとか。

早く参内するようにとの、上からの命だと伝えます。

「左京の蚑松殿？」

「但馬権守《たじまのごんのかみ》であられる橘逸勢《たちばなのはやなり》殿の邸《やしき》でございます。他にも春宮坊帯刀舎人《たちはきのとねり》の伴健岑《とものこわみね》殿の邸も近衛により囲まれているとか」

「そのお二人が、いかがしたのか」

「ご謀反でございます」

「なんと」

「ご謀反が明らかになり、取り押さえるよう御命が下りました」

そのとき初めて業平は、父君阿保親王のご助言を思い出したのです。

業平は思わず使いの者に伝えます。

「すぐさま参内しますとお伝えください」

同じ衛府のものが、武具を持ち、謀反を取り押さえに向かっている。

使いを送り返し、邸内の母君伊都《いず》内親王を訪ねました。口伝のこと急ぎ申し上げると、母君は、侍女の手で髪を梳《す》いておられましたが、

「謀反……なぜにそのような見苦しきことを、わたくしに……」

とまるでよそ事のご様子です。

「母君は、橘逸勢殿か伴健岑殿と、御親交がおありではございませぬか」

その名に内親王は、さっと顔色を変えられました。

伊都内親王は侍女を退け、脇息も後ろにやり、業平に躙り寄ります。

「……橘逸勢殿に何か」

「ご謀反とか。邸は近衛に囲まれて、間もなく捕縛されるとのことです。母君とのご縁はどのような……」

内親王の慌てように、業平は後先になりましたが、と言い置き、父君との牛車でのことを伝えま

す。

「……阿保殿がそのような」

「母君をお護りするようにと。なれど何をいかにお護りすれば良いのか」

するとと目の前の動転した内親王の身に、すっくと一本の自尊の筋が入ります。いつもの皇女らしく凛々《りり》しい姿が現れました。

「橘逸勢殿は、古今を通じて二人と無き書家、その筆は天にも通じる力がございます。ゆえに山階寺への願文をお書き頂きました。何も臆するところは在りませぬ」

たしかに橘逸勢殿は、空海にもならぶ能書の御方。

「……されど父君は、この謀反を予《あらかじ》めご存じのようでした。母君への詮議や、連座を深く案じて、わたしへの御助言でございました。何事か母君に及ぶことがありましたなら、亡き平子様からの御遺言に従いましたと、説明なされればよろしいと……そこまでのご配慮を内々に」

すると内親王は、脇息を取り直し、軽い笑い声をこぼしながら、胸を反らして業平に申されたのです。

「あが君、わたくしの子であるあが君は、父君のように弱き心であってはなりませぬ。尊き血筋は、市女《いちめ》や下人と違い、あの松のごとく、たとえ都が火に包まれようと、根を張り動かず、太き枝にて空を支えておらねばなりませぬ」

空を支える。この松が。

池の中島に幹をくねらせる松を、空を支える、と譬《たと》えられた母君の横顔を、業平あらためて見入ります。

この御気の強さを、父上はどう受けとめてこられたのであろうかと。

急ぎ内裏へ向かうあいだも、近衛の者たちが業平の傍を走り抜けて行きます。

橘逸勢や伴健岑の邸に、先陣に遅れながらも駆けつけていると思われ、業平は面《おもて》を伏せるようにして行き過ぎます。

ご謀反。

あらためて聞く恐ろしい言葉ですが、知らず知らずのうち、身に染みついているようでもあり、業平はこの言葉に鈍痛を覚えます。

鈍痛がどこから来るのか明らかにはなりませんが、祖父平城帝や父阿保親王から受け継ぐ血の中に、業平を悩ませるものが入り込んでいるようです。

平城帝が薬子の諫言《かんげん》で乱を起こそうとし、どれほどの冷遇を受けたか。父阿保親王までも祖父に連座して、大宰府の地で悲哀の十三年を過ごさねばならなかったのです。

すべて業平が生まれる前のことではありますが、業平の血肉に刻まれているようで、いま鈍痛となって顕《あらわ》れて来るらしい。

橘逸勢は書家としても教養の人としても名の通った貴人です。いかなる理由で、何を頼りに朝廷に反抗されようとしたのか。

業平には得心いきません。

そのような暗い憤懣《ふんまん》が内裏の中に溜まっていたことにも気づかなかったのか。不甲斐《ふがい》なくも悔しい。表の静けさのみ見て、人の心の裏が見えていなかった。

阿保親王のご忠告が、あらためて意味深く蘇って参ります。

府《つかさ》に出仕した業平の耳に、二人の捕縛が伝えられました。衛府の上位の人の説明では、二人の謀反人は、淳和院の皇子恒貞親王を担ぎ、新たな朝廷を作ろうとしたのだとか。

恒貞親王はすでに皇太子であり、謀反人に担がれる理由《わけ》も見えず、謀反人たちの意図が知れませんが、ともあれ関連する貴人たち数十人が、近衛により次々と捕縛されているらしい。

都より逃げ出すものたちを取り締まるために、街道の要所に検問所が置かれたと聞き、業平は粟《あわ》立つ心地です。

幸いにして業平、謀反人たちの捕縛のために、武具を携えて駆けつける一団に加わらずにすんでいます。

目立たぬように。

目立つことの功罪を考えて行動するように。

なぜそのような忠告が成されたかも解らぬまま、父の教えに添うているのです。

近衛府の中でも、帝に近仕する頭中将に呼ばれて急ぎ参じますと、思いもよらぬ報《し》らせがありました。

業平が敬愛するその人は、まずこれへ、と自ら身を寄せられ、

「業平殿、この度のこと、お父上より聞き及んでおられたか」

「ご謀反のことでありましょうか」

「ご存じであったか」

業平はとっさに、

「何一つ存じませんでした」

と応えました。父上があれほどまでに人目を憚《はばか》り車に入れたのには、相応の理由《わけ》があろうと考えたのです。

「阿保親王のお子である業平殿にも、お耳には入っておらぬ様子」

「はい、何も」

目立たぬように、と父上は申された。

「この謀《はかりごと》は、以前より練られており、院の崩御を待って起こすこと、謀反人や同族のあいだにて決められていたそうです」

「首謀者の二人は、見識もある文人の方々、お血筋も確かで、到底信じられませぬ。二夜前には、この方々も含め院の葬送が滞りなく行われました。謀《はかりごと》が以前より練られていたのであれば、その取り締まりもまた、目立たぬよう密《ひそ》かに、用意されていたのでありましょう」

「そこなのです」

頭中将の目が不穏な光りに包まれます。

このお方もまた、事の成り行きに戸惑い、業平に問いただしたいことをお持ちのようで。

「近々ご謀反の企《たくら》みがあること、お父上阿保親王が、太皇太后の 橘 嘉智子《たちばなのかちこ》さまに密かに告げられていたのだと……」

業平は頭中将の問いかけに、当惑の面《おもて》のまま俯《うつむ》いてしまいました。

「……我が父上が、この謀を知っておられて、嵯峨院のお后に密告なされたと申されるのですか」

目の前の男は深く頷きます。

「……父はひたすら朝廷の平安を願っておりました」

「それゆえ、密告に及ばれたかと」

密告することで、事が起きる前に謀反人たちを捕縛し、未然に防ぐことが出来る。

二人の邸《やしき》のみならず、謀反にかかわりのあったとされる大納言藤原愛発《ちかなり》様はじめ、何十人もの貴人たちを急襲しているのですから、事前に謀反の詳細は摑んでおられた。

危なきものを予《あらかじ》め叩く。都と朝廷の安寧こそが第一の願い、と見えます。

伊都内親王が連座させられるのを恐れられたのも、そうであれば頷けます。

頭中将は、業平の胸の内に兆した安堵を、たちまち打ち砕きました。

「とは申せ、阿保親王こそこの度の首謀者との噂があり……」

「なんと申されます」

業平の身体を、震えが走りました。

「父上が首謀者などと……有り得ませせぬ」

「途方もなき虚言です。業平殿のお父上が首謀してそのような行動を起こされるなら、密告など有り得ぬではありませぬか。道理が合いませせぬ」

「道理が合いませせぬ」

と急《せ》き込むように言い重ねはしたものの、何一つ確かな証しはありません。

「……近衛府の中に、そのような噂を信じる者などおりませぬから、ご案じ召されるな。業平殿はこの波風が収まるまで、御身を労《いたわ》り、常の通りに御仕えください」

「はい」

母君を護らねばならない。橘逸勢と母君とのことは、目の前の頭中将にも話してはならない。余計な噂や詮索の種を、風評の中に投げ込んではならないのです。

「……詮議は厳しくなると思われます。詮議によりすべてが明らかになれば、父上の良からぬお噂も自ずと晴れましょう」

別れ際に頭中将がかけてくれた言葉のみが、救いと申せば救いです。

とはいえ、事が起きる前に父君は、謀反についてご存じであったのはたしかであり、首謀者などもってのほかとは申せ、謀反人たちに近しかったのは確か。

正義のお気持ちから嘉智子様に密告されたのだと思うものの、胸にとりつく心の鬼は去りませせん。

息するごとに黒い顔をした心の鬼もささやきます。

父君は真《まこと》に謀反の首謀であったのかも知れない。

いやそうであれば、牛車の中でのお言葉が解せない。

良からぬことが起きると申された。父君はあの折り、謀反を良からぬことと断じておられた。

首謀者であれば、良きことを行い、新たな世を作るのだと信じているのではないか。

とは申せ、謀反人一族に通じていたからこそ密告にもなった。阿保親王は、謀反人一族や大納言殿に、深く信じられていたのだ。そこまでの仲でなければ、これほどの大事を明かすはずがない。

父君は、信を裏切られたのか。

もしそうなら、何故か。

どなたのため、何のために、密告なされたのか。

母君伊都内親王が心ならずも発せられた。父君は弱い心の持ち主だと。

業平は、これから行われる厳しい詮議が恐ろしい。謀反の詮議となれば、どのような責めが行われるか。身の毛がよだつ。

それほどの責めの中で、阿保親王の名前が出てくることも考えられる。苛烈極まるなかで発せられる父君のお名前や謀反人たちとの関わりが、果たしてどれほど正しいのか。冤罪《えんざい》も有り得る。

振り返ると、大極殿の屋根が、崩れ落ちそうに揺らいで見えます。

橘逸勢と伴健岑は謀反の企みを認めず、連日連夜の責めにただ呪いの言葉のみ発していると伝えられます。

業平は生きた心地もしません。

父君はいかに過ごされておられるかと案じられ、文など贈りますが、お返事は返されず、ただひっそりと日時が通り過ぎるのを待っておられるご様子。

幸いなことに阿保親王の名前が宮中の人の口の端に上ることはなく、謀反の密告も曖昧なまま熱暑の地面に吸い込まれていきました。

そんななか、橘逸勢と伴健岑に担がれた恒貞親王が、皇太子を廃されました。

叔父である藤原愛発が廃されたあと大納言となられたのは藤原良房《よしふさ》殿で、その妹順子《のぶこ》の所生《しょせい》である、仁明帝の皇子道康親王が、立太子されました。

廃された恒貞親王は、以前より自ら皇太子を辞する旨を、帝や院に示されていたと聞けば尚更《なおさら》、そのような気弱な皇太子を奉じて新たな国を作る、それも東国に赴いて、などなどの明らかにされた計略が、絵空事に見えて参ります。

業平には政治《まつりごと》の奥向きのことは判らぬまでも、その中心に父阿保親王が、目立たずひっそりとおられるのは感じられます。

あらたな皇太子道康親王は、廃された親王より聡明《そうめい》で凜々しいという都の噂も、あながち嘘ではない様子。

母君順子さまの評も、さすが良房殿のお血筋と、良き噂ばかり流れきて、世はこの数日のあいだに、思いもよらぬ急転です。

こうした成り行きであれば、この先良房殿の権勢ますます大きくなると思われ、父阿保親王はそのことをどう思われるか、世の趨勢を覚悟されての密告であったのだろうかと、業平の不穏な思いは続いておりました。

母君は同じ邸におられるのに会いに参っても気分がすぐれないのひと言で、几帳の奥からお姿を見せられません。

橘逸勢のこと、案じておられるのでありましょう。まして阿保親王の密告が因《もと》とあれば、さぞ複雑な思いに。

珍しくも母君より御声がかかりましたのはさらに数日後。

池の中島に、水鶏《くいな》が棲《す》み着きました、釣殿まで見に来られたしと。

このところ女人を訪ねる心地が失せております。母君のお呼びに急ぎ釣殿に参りますと、小袿《こうちぎ》姿で、病の床より出で来られたかと思うほどのおやつれ。

「水鶏は」

と中島を眺めやると、たしかに草むらにつがいが、互い違いに身を寄せておりました。中島には、水鳥がほかにも数種棲み着いておると聞いています。

「……ご気分がすぐれないと聞きますが……」

「病んだ心にこたえます」

病んだ心とは。

「橘逸勢殿のことでは、母君のお名前は聞き及びませぬから、ご安堵のほどを」

「あが君は、あの逸勢殿が謀反を企てたとの罪状を、信じられますか」

「お父上がさように仰られたのであれば、それは間違いのないことと存じます。東国にて新たな朝廷を作られるとか」

「……逸勢殿は書のみならず、唐の学問にも通じておられます。それほどの方が、鄙《ひな》も極まる東国になぞ……有り得ませぬ」

「なれば、父上の密告が間違いであったと申されますか」

胸を刺すほどの痛みを覚えるのは、母君はここに至っても、父君を信じておられないと思えるからです。

「私は長岡に参ります。もはやこの都に未練はありませぬ」

心に決めたこと、動かぬ思いを伝える横顔が、白い空に凛《りん》と浮かんでおります。

以前より望んでおられたこととは申せ、長岡へ行かれるのは、都を捨てるのみならず、父君やひとり子業平をも捨てるに等しく、

「そのようなことをなされますと、お目にかかるのが難しくなります。この身には日々の勤仕がご

ざいますゆえ」

業平、思い留まらせたく強く申しましたが、お気持ちが変わる様子はありませんでした。

長岡

その年は、神仏のお怒りが天より落とされたかと思われるような凶事が、相次ぎました。

嵯峨院の崩御につづき、謀反人たちの企みが暴かれ、さらには、罪人に流罪が決まったあとも、人心は穏やかならず。

と申すのも、伴健岑《とものこわみね》は隠岐へ、橘逸勢《たちばなのはやなり》は伊豆へと遠流の刑に処せられましたが、橘逸勢は下向途中、遠江国《とおとおみ》で亡くなり、それが激しい責めによる身体の衰弱によるものだと噂が流れ、その怨霊を恐れる風潮が、都の空に暗い怯《おび》えをもたらしていたからです。

阿保《あぼ》親王が密告したとされるお相手の橘《たちばなの》嘉智子《かちこ》太皇太后ですが、ご賢明にも表に出られず、ひっそりと暮らしておられます。

とは申せ、嘉智子様所生《しょせい》の正子内親王は、淳和帝の皇后としてこの変事が起きる前は、ご身分安泰であられたのに、お子の皇太子恒貞親王が廃太子に追い込まれました。

謀反を暴く立場となられた母君さまを、正子さまは恨んでおられるとも耳にします。果たして、謀反が成就しましたなら、この母と娘はどのようになりましたことか。

都人《みやこびと》も罪人やその一族を極悪非道と見做《みな》すより、権勢に敗れた者たちを哀れむような気風がございます。

嵯峨帝の御治世のころに死刑が廃されたのも、嵯峨帝のご人徳とお力の裏に、たとえ極悪非道の者であろうとも、極刑に処すのは上等な裁きならずとの、あえて申せば仏道の考えがあってのこと。

人が人を裁き殺す、ということに漠たる畏れが持たれていたのも、刑死によりこの世に残る魂は、生き残る都人たちに、災いを及ぼすと考えられていたからでもあります。

死刑より流罪。流罪であれば、やがて赦免もありえます。

そうした中での橘逸勢の遠江国での横死ですから、都人から見ますとまさに、刑場で無念のまま殺されたように見えたのでありましょう。

ようやく風が立ち、池のさざ波にも季節のうつろいが宿る日々がやって参りました。

七月の変事など無かったように更衣《ころもがえ》が行われ、御帳台《みちょうだい》の帳《とばり》や几帳《きちょう》の帷《かたびら》も取り換えられました。

立太子された道康親王も、その母君順子《のぶこ》皇后も、むろん藤原良房《よしふさ》殿も、それぞれの殿舎にてこれらの行事を終えられ、群臣には神酒《みき》がふるまわれました。

何事もなく人々の営みは続き、朝廷内で起きた政変も世評に上らなくなりました。

そのようなある日、業平に動転の出来事が伝えられたのです。

夜も更けて鈴虫の音が妻戸のすぐ外に聞こえる静かな夜、業平が女人を訪ねる身支度をしていた折り、文が届きました。

阿保親王の邸《やしき》よりの使いに、何事かと灯りを引き寄せて読むと、そこに、阿保親王の死が伝えられておりました。

業平は呆然《ぼうぜん》と立ちつくします。

けれど有り得ぬことではなく、このような成り行きも胸のどこかに覚悟していた気もして参ります。

「母君に」

と急ぎ侍女を遣《や》ります。

鈴虫の音が、声明《しょうみょう》のように地面から湧き上がって参りました。

母君も眠れぬ時を過ごしておられた様子で、この文に目を走らせますと、ひとこと、

「ほかに、なすすべもなく……」

と遠い闇を見透かして黙しておいでです。

「……ご病気とは聞いておりませんでした」

と申せば、

「ご病気などではありませぬ」

「では」

「……逸勢殿の御霊《みたま》が阿保殿にこのような……」

驚くほどの事でも無い、という恬淡《てんたん》とした情のこもらない、一本調子の声。

業平は慌てて、阿保親王の邸へ陰陽師をつかわす手はずを、憲明《のりあきら》らに命じました。

阿保親王の突然の死を、橘逸勢の怨霊のせいだと考えるのは伊都《いず》内親王ばかりではありませんでした。多くの都人も密かに言い合いました。

業平が聞き及んだのは、食されたものに毒が含まれており、短いあいだ苦しまれたのち、医師《くすし》も間に合わず亡くなられた、というものでした。

それもまた、怨霊の仕業と考えることもできます。

あるいはどなたかに毒を盛られたのか、ご自身で死を選ばれたのか、阿保親王の家人たちにも判らぬとのこと。

帝から一品《いっぽん》を追贈されましたが、野辺の送りは寂しいものでした。

邸に戻り業平は、すだく虫の音を父君の御声に重ね、魂が抜けたように立っております。

思い出すのは嵯峨院が亡くなられる前の、あの牛車での御忠告の声。別れ際に、あたかも遺言のごとく言い残されたお言葉の数々。

すでにこの顚末《てんまつ》とご自身の死を覚悟されておられたのかも知れない。あるいは、生きのびる細い道を探して見つからなかったか。

謀反の首謀者で、密告者。

その二つが重なるとすれば、事変以来、生きた心地のしない日々でありましたでしょう。

母伊都内親王が、固く結んだ手から思いがこぼれてしまうように呟《つぶや》かれた、弱き心、というお言葉。

今となると、そこに哀しい真実《まこと》がある気がして参ります。

平城帝に連座しての大宰府への流罪。ようやく赦されて桓武帝の血をひく伊都内親王との結婚。表の光りと裏の暗闇。

両の面を体験された身として、変わり身や裏切りもまた、生きのびるために必要なことであったのか。

そのお立場、いえご自身の生き方に、疲れ果てておられたのは確かに思えます。

わたしは父君にも母君にもなれない。お二人のどちらの生き方も願わない。

業平は帯をほどき、出生の身分を振り払うように、重い束帯を肩より振り落としました。

それから間をおかず、伊都内親王は長岡へ移られました。

長岡には、桓武帝のお子たちが多く住んでおられました。

桓武帝のころ、充分な所領や財を分け与えられた宮腹《みやばら》も少なくなく、伊都内親王もまたそのお一人で、早くより長岡移住を望んでおられたのは、いにしえへの懐かしさを抱き続けてこられたからかも知れません。

宮腹の家々は、都にある貴人たちの邸《やしき》ほどの広さはありませんが、下々民草の住まいとは異なり、植え込み一つ、門の構え一つにしましても、格調と尊さがございます。地が醸す気品もございました。

所領には田畑もあり、人の行き来も相応に賑やかで、贅《ぜい》を尽くさずとも良きくらしが成り立っているのでした。

そのような一隅に、伊都内親王はあらたに家を造られ、都より伴った家人ともども、お望みどおりの暮らしをはじめられました。

母君からの御文によると、都におられたころの気位や厳しさが失せて、いかにものびやかに、鄙《ひな》の日々をお過ごしの様子。

業平は母君からも亡き父君からも離れて、心細さもありますが、背伸びしたい心地もまた真実《まこと》。

女人を訪ねる夜も増えました。

とは申せ、傍に仕える憲明は、阿保親王が亡くなられて後の、業平の変わりように内心で驚き、感じ入ってもいたのです。

あるときは虚《むな》しさが漂う気配に、一歩退きたくもなりました。

これまでの業平なら、一人の女人に懸想すれば他は目に入らず、ときどきで訪れる先は変われど、全身全霊で没入されておられたのに、このところ、どなたに対しても、常にわずかな距《へだ》たりを置かれているご様子。

そのかぎりには憲明も、以前より安堵できてはいるのですが、ときにその美しい眉のあたりに、刃物の光りを宿されているのに触れると、女人に没入されていたころの初々しい業平さまを、呼び戻したくもなるのでした。

憲明ら数名を伴い、業平が長岡を訪れたのは、母君伊都内親王が都を離れられた翌年の秋でした。

かつて長岡に都がありましたのはわずか十歳《ととせ》ほどでしたが、平安京へ朝廷が移りました後も、この土地は桓武帝の宮腹、そのご子孫の執心で、美しく保たれておりました。

新しい邸を京へ造られたのちも、旧邸をそのままに営まれておられる方々もおられました。日々の政治《まつりごと》に携わるには京へ住むしかございませんが、鄙の中にも雅心《みやびごころ》が残されておるのが長岡と申す旧都。

伊都内親王は、所領の地に家を建てられてお住まいですが、おやつれだった面立ちも元に戻られ、どこか若やいでおられます。

「よう見えられました。あが君の乳母山吹も、たどればこの近くの宮腹の出とか」

「憲明も同道しております」

「それは何よりです」

憲明はへりくだって頭をつけておりますが、何やら旅先の浮いた気配が身辺に。

業平も奈良の所領に狩りに行った折り、馬を走らせた春の野を思い出しておりました。

初冠《ういこうぶり》から間を置かずの奈良行の記憶は、業平にとりましても憲明にも、あわあわと煙る春の気に包まれて見えます。

あれから多くのことが起き、何より父君は今生から旅立たれ、母君はこのように長岡に来られました。都のことをお忘れのように、明るく振る舞われておられます。

業平は陽の傾きに誘われて、邸の外に出てみますと、そこは一面の田で稲が実っておりました。

田子《たご》が一人、手に持つ鎌で稲を刈り取っております。

指貫《さしぬき》の裾を絡《から》げて、業平は男に近づきます。憲明も慌てて裾を絡げました。

「その鎌を、こちらに」

の声に、田子は背を伸ばしたものの、業平と背後に立つ憲明の狩衣《かりぎぬ》姿に驚き、慌てて伏します。

「ああ、構わぬ構わぬ、その鎌を見せてもらいたい」

田子が押し出した鎌を受け取ると、

「細身ですね」

と感心しきり。

憲明も覗き込み申します。

「長く研ぎ続けておりますと、このように三日月のように細くなります。この田に相応しく、大切に使われて参りました証しで」

見渡せば広々と黄金の田が広がっております。

「この田は、どなたの所領で」

と業平が問えば、

「あの山裾まで、宮様の御田と聞いております」

田子が応えました。

「ならば、わたしが刈るのも許されよう」

と田に入り込まれる業平を、憲明は慌てて引き留めますがすでに鎌を振りかざしておられます。

「ああ、それでは高すぎます。低く屈《かが》まれて稲株の元《もと》を」

「このようにか」

「御裾が汚れます」

「構わぬ。人を刈ることは業平、生涯致しませぬが、稲株ならこのように上手に」

とつぶやきながら手を動かされる様、さながら冠を着けた鼬《いたち》が穴を掘っているのに似て、田子も憲明も思わず声をあげて笑います。

その声に混じり、背後より女人たちの笑いが加わりました。

業平は男どもの声には応じませんが、女たちの高い笑い声にはすぐさま曲げた腰を立てて、見物の者たちに目をやりました。

いつの間に集まったのか、うちくだけた風情の女童《めわらめ》が数人、笑いさんざめいております。足首までの衵《あこめ》を着た女童たちではありますが、なかには裳着《もぎ》も間近と思わせる者も混じり、いずれも幼さと健やかさが溢れて、明るくさんざめいております。

手にはそれぞれ扇を持ち、扇で顔を隠したり、その隙間から、この辺りには珍しい男をちらと覗いたりと、田の上を飛び交う鳥のように無邪気な振る舞い。

はしたないことと気付いて、他の女童の袖を引き寄せ戻ろうとするものもいますが、業平への興味にはあらがえず、去りかけ戻って参ります。

「おお、美しい姫君たち」

と業平も笑みかけます。

このような清々しい景色は、田の畦《あぜ》に生え出た彼岸花の群《むれ》のようです。

女童たちの後ろに、昔ながらのさほど大きくない邸がいくつも見渡せます。

もっとも大きな邸は業平の母君伊都内親王がお住まいですが、それも昔よりある築地が壊れたところに柴垣を巡らせており、隣の邸との境の中垣もそれより低い柴を束ねて連ねてあるのみ。

犬も童《わらわ》たちも隙間をかいくぐって行き来しているらしい様子からして、この女童たちも袴着《はかまぎ》のころより、慣れ遊んで参った仲と思われます。

「何をしておいでなの」

と幼い女童が、いくらか長じた女童の背後より、顔のみ出して業平に問いかけます。

「この男より鎌を取り上げて、美しい姫君たちを取って食おうと」

と構えて見せますが、傍らの田子も憲明も女童たち以上に笑い声を上げておりますので、脅しにならないどころか、ますます図にのらせてしまいます。

「……鼬《いたち》のようでございます」

と別の女童が申しますと、

「さようです、鼬です。おつむのものが鼬の顔に似ております」

慌てて業平、烏帽子を直しますが、田子も憲明も、女童たちと一緒になり笑い転げてとまりません。

畦に上がってみますと、女童たちが寄ってきて、業平の狩衣の模様をあれこれと訊《たず》ねます。

「……きっとこれはお花の文様ね」

と狩衣に手で触れて問う女童を制して、年長の女童が自慢げに申します。

「これは唐花文様ですね」

この女童、近くで見るとなかなか美しく、これと言って欠けるところのない、のびやかな顔立ちの女《ひと》です。

すでに十二、三にはなっていると思われ、女童たちの長《おさ》として、落ち着き悠然としております。着ているものも、紫苑《しおん》に染めた袿《うちぎ》が大人びて見え、この女童は他の衵《あこめ》姿とは違っております。何より髪を長く伸ばし、女人の風情をかもしております。

「そのとおりで、これは唐花です。お詳しいですね」

「花文様は、いずれも好んでおります。小桜も花菱も……それに忍ぶ草も……」

業平、忍ぶ草のひとことに、ふと引きこまれます。

歌では多く取り上げられる忍ぶ草、恋のせつなさ待ちわびる思いを表します。

その意味を承知で、何やら背伸びしているような可愛さもあり。

たしかに、ひたと見詰められた目はすでに女童のものではなく。

「……わたしも忍ぶ草を好んでおりますよ」

と業平が水を向けてみると、その意を汲《く》んだような汲まないような、困った顔。

慌てて扇で顔を覆います。

「母君の小袿に、青丹《あおに》の忍ぶ草が織られております。唐の花より好きです」

と扇の奥で申します。

「いずこの邸の御方で」

と問うと、そこはまだ女童の仕草で、隣の邸を指さしました。

その袖の紫苑の色が、やさしい秋空を思わせます。

邸の門戸を開けて入ると、招かれたように女童たちが走り込みました。

門戸の内の庭は、まるでいつもの遊び場のように慣れた様子。母君伊都内親王も、このような童たちの声に慰められているのであろうと、業平もほほえましく。

最後に遠慮がちに入ってきた紫苑の女童と目を合わせた業平、憲明の咳払いに慌てて素知らぬふり。

憲明の言いたいこと、すでにようく伝わっております。

……背伸びした女童が、都の男が珍しくて、大人びたふりで物言いかけますが、業平さま、いかに女人がお好きでありましょうと、今すこし上等をお求めなされませ。裳着も未だと思われます。

憲明の説諭の声は、聞こえぬまでも耳に痛い。

確かに幼くはあるけれど、みるみる丈を伸ばす女人にも思えます。

つい今し方まで、袓姿で、田の畦《あぜ》を走り回っていた童が、裳着を終えた日に、たちまちすぐれた女人に変じることもありますからね。

そのような変化《へんげ》の女《ひと》こそ、天性の素養が備わっているのですよ憲明。見苦しき毛虫《かわむし》こそ、花も恥じらう美しき蝶に変じるのが真理《まこと》。

憲明の咳払いなど気付かぬふりで、背伸びした紫苑の女童を階《きざはし》段に導きます。

扇を使いながら、それでも裾を絡《から》げてひょいと軽く座る様は、子供のようでもあり少年のようでもあり、業平は面白くてたまりません。

憲明はもう、やれやれと投げだし、他の女童の相手をしております。

「先ほどの鎌はどこに」

とその女童が申すので、

「田子に返しました。やはり刈るのは上手ではありません」

「あれ、女人《ひと》をお刈りになるのが、お好きだと聞きましたのに……お噂では」

紫苑の女の挑みかかる様、業平いよいよ興《おもむき》深く感じ、

「わたしが色好みと、どなたからお耳に入りましたやら」

と挑み返してみます。

「真《まこと》に色好みでいらっしゃるのですか」

と、つややかな目もと。

色好みの意も、解っておられるのかどうか。

「あなたのように大人びた御方は、紫苑色がよくお似合いです。桜色は桜花がたちまち散ってしまいますので、せめて衣に深く染めておきたい、と思わせる御方。紫苑色も桜色も、いずれかを選ぶことなど出来ませせぬ」

それが色好み。

といささか、年若い女《ひと》には難しくはありました。

紫苑の女《ひと》、それには動じません。

「ならば皆お好き……紫苑も桜も紅《くれない》も蘇芳《すおう》も、選べぬとは……お心が幾通りもあり、真《まこと》はどのお色が好みかも判らぬのではありませぬか……」

ああ。

これには業平が驚き動じてしまい、それを見て紫苑が手を打ち喜ぶと、女童たちも同じように手を打ち、紫苑も桜も紅も……と囃《はや》します。

憲明まで、業平を揶揄《やゆ》して手を打ちます。

「……参りました」

と業平、廂《ひさし》の御簾《みす》に身をかくしました。

紫苑の申したこと、戯《たわむれ》の域を越え、業平の胸深くに刺さります。

それにしても紫苑の利発さ、よほどすぐれた乳母《めのと》か女房に育てられたと見えます。

憲明もいまや、紫苑を幼き女童と低くは思えぬはず。

御簾の中に、この紫苑ひとり、誘い込みたく思うが、相も変わらず階段《きざはし》に座り、幼い女童と戯《ざ》れ言に打ち興じているのです。

女童たちの戯れ言に飽きた紫苑は、御簾の奥に引きこもった業平に聞こえるよう、一段階段を上り、歌を詠みかけます。

あれにけりあはれ幾世の宿なれや
住みけん人のおとづれもせぬ

あら、逃げてしまわれたのかしら。この住まいも荒れていますしね。どれほどの古いお住まいなのかしら。これでは昔住んでおられた方も訪ねては来られませんわね。わたくしも御簾の向こうまで、お訪ねしませんわ。

背伸びはしておりますが、荒れにけり、と離《あ》れにけりを、まさにさらりと戯れ掛けての歌。見目よりはるかに長じておられる、と業平、あらためて驚き入ります。

もはや業平、御簾の中に隠れているわけにもいかず、歌を詠み返すしかありません。硯箱を取り寄せて、急ぎ書き記します。

葎《むぐら》生ひてあれたる宿のうれたきは
　かりにも鬼のすだくなりけり

葎が生い繁り、滅入るばかりに荒れ果てて見えるこの住まいですが、そのように見えますのは、かりそめにも鬼らが群をなして入り来て騒ぎ興ずるせいですよ。

御簾の下より差し出しますと、憲明が引き取り、紫苑に手渡しました。

「あれ、鬼ですって。わたくしも鬼、皆も鬼……」

まいる気配などさらさらなく、鬼と呼ばれてさらにうれしげ。

小鬼たちも、鬼のふりして頭に指を立てて走りまわります。

やむなく業平、御簾より出て、

「……なんと優れたお方か」

と心の底より感じ申します。

紫苑の鬼は、涼やかな面《おもて》で勝ち誇って笑んでおります。

鬼にも飽きたようで、皆口々に、落ち穂を拾いましょう、と申します。誰が沢山拾えるか、競い合うようです。

業平は内裏で女房たちが左右に分かれて、菖蒲《あやめ》の根の長さを競い合う遊びを思い出します。貝の立派さも、同じように左右の組に分かれて競います。

この女童たちは、拾った落ち穂で勝ち負けを決めるようで、すでに走り出しております。ふたたび田に出て行こうとする紫苑の袖を摑み、ここに残るよう申しますが、どうやら思いは競い合いに向かっておりますようで。

仕方なく業平、歩みながらも紫苑に歌詠みかけます。

　うちわびて落穂拾ふと聞かませば
　　我も田面《たづら》にゆかましものを

あなた方、そんなに落ちぶれておられるとも思えませぬが、落ち穂を拾うほどお困りと聞いていましたなら、わたしも田の傍まで出て行き、お手伝いしますのに。

「あら、お手伝いいただけますの」

とても落ち穂拾いとは縁のなさそうな白いお顔で、小首をかしげて業平に笑いかけます。

「……あなたのためなら何なりと。落ち穂なら市女笠《いちめがさ》一杯でも二杯でも」

憲明はすでに、女童たちを追い走り行き、業平と紫苑の二人、後を行きます。

「……落ち穂は、そのように沢山では面白うありませぬ」

「たしかに……ならばあなたは一つお拾いになり、わたしも一つ拾いましょう。それを今宵《こよい》、密かにお会いして、二つにいたしましょう」

紫苑は立ち止まり、業平の顔をひたと見詰めます。

そしてたちまち、それまで忘れていた扇で顔を隠しました。落ち穂の数合わせの意味が通じたらしく、そのまま走り逃げます。

いつの日かこの女人と、都のどこかで会いたいものだ。

見送る業平、追うのを止めました。

大幣《おおぬさ》

藤原良房の妹順子《のぶこ》の所生《しょせい》である道康親王が立太子し、道康親王と、紀氏の血筋の静子《しずこ》とのあいだに、惟喬《これたか》親王がお生まれになったのは業平二十歳のとき、そして翌年、妹恬子《やすこ》内親王が誕生されました。

業平は紀氏と縁《えにし》を結ぶことに。

藤原氏の政治《まつりごと》の力に押しやられてはおりますが、書や学問においては代々すぐれた血筋としての矜恃もございました。

それゆえ、紀氏の静子が東宮道康親王の御子を産まれたことは紀氏にとりましても慶賀に堪えず、やがて近々東宮は即位されて、その御子二人は、お世継ぎと皇女になられるのが目に見えておりました。

静子の兄有常《ありつね》は、およそ人と競うのが性にあわず、策も好まず生来の良き人物で、つましく目立たぬ実直な官吏でありました。

業平はその有常から文を受け取ります。

文より、娘を妻にして欲しい、の意が読み取れました。

業平は有り難い気持ちで、春夕暮れて邸《やしき》を訪れたのでした。

和琴《わごん》をお聞かせしたい、との有常の申し出に、業平は御簾の前に紹じ入れられます。

お姿は見えぬけれど、いささか大きな方らしい気配。

有常が業平を好むのも、歌の才を見込んでのことであろうと業平は推しはかりますが、和琴は奏法が難しく、歌のようには参りません。

女人が弾くのは珍しく、興味もひとしお。紀氏の女人の和琴とはどのようなものか。有常が心を尽くして教えられたに違いない。

業平は女人の動きと和琴に期待をこめて耳を傾けました。

その期待はたちまち味気なく失われました。

律《りち》の調べと思えますが、かたかたと音が尖り、滑らかな流れとは申せません。

業平は手を打ち、良うお出来で、と止めさせました。

業平は御簾越しに声を掛けます。

「……和琴はどなたの手ほどきで」

女人はただ黙り、お返事はありません。

「……この琴は様々な音色や拍子が出せると聞いております。さぞお力を注がれてのことと存じます」

するると、低い声でお返事がありました。

「わたくしのからだには、琵琶よりこの長い方が似合うております」

御簾のうちを許されますと、たしかに大きなお身体、表着も嵩《かさ》ふくらみ、扇に隠された面《おもて》も扇よりはみ出しそうで、長い和琴が似合うと見えます。

この成り行きを近くで聞いておりました有常は、そっと身を隠します。

この大きなお身体は、たしかに父君に似ておられる……有常殿はたっぷりと大らかなお姿ではありますが、それゆえ如才のない宮人《みやびと》に混じると、俗世にうといお人柄が、目に立つ方でもあります。

業平の妻に、と思われたには、このような訪れも少ない姫君ではありますが、どなたにも打ち解け心づく、好色《すき》な心をお持ちの業平なら、と判じてのことか。

有常にはめずらしく、策が見えた気もして、業平、しらじらといたします。

そのまま添い寝いたしましたが、業平心穏やかならずで、くつろぐこともなく、やがて暁《あかつき》の鶏の声。

明るみの来ぬ前に、邸へと戻りました。

後朝《きぬぎぬ》の文は贈りましたが、情の深い歌にはならず、それでも、またふたたびの、のひと言は詠み込んだのです。

父君有常への心配りでもありました。

業平の心を満たすことが出来なかった和琴の方ですが、御方のせいばかりでもなく、業平、このところ心とらわれ、執心している女人がございました。

三日通っただけで訪れなくなりました和琴の方は、真《まこと》にお気の毒でもございました。

そののちも有常より心のこもる文も来て、和琴の方の様子など記されていますと、業平、日を置かず訪れねばと思うものの、勢いづいて向かう心地にもならずで、胸には別の女人が思い浮かぶありさま。

憲明《のりあきら》が聞き及んできたこと、ある日、戯れに業平の耳にいれましたのが、悩みのはじまりでございました。

冷泉小路のさる邸に、紫苑《しおん》色の小袿《こうちぎ》が良くお似合いの女人がお住まいで、歌会《うたかい》に招かれた女人の中にあっても、見事な振る舞いとお歌であったとの評判。

もしや長岡で袿《うちぎ》姿を見送った紫苑の方かと。

憲明が聞き進めば、やはりそうでありました。

父君の邸に引き取られ、さまざま習い事の日々とのことで、やがては内裏の奥へと入られるお方との噂もあります。

長岡で業平がやり込められた歌の才。

はつらつとして物怖じもなく、それでいて涼やかな目元と恥じらい。

あの紫苑の方。

あれからさほどの年月は経ちませんが、あの折り感じた、女童が長じた先の良き姿が、京の都に花開いたと、業平うれしくてたまらず、また、どうにかしてお会いしたく。

「憲明、長岡にてわたしが予言《かねごと》したあの紫苑の女童」

「はて予言とは」

「覚えておらぬか」

「まるきり。あの紫苑の女童にお気持ちが動いておられたのは覚えております」

「見苦しい毛虫《かわむし》こそ見事な蝶になると」

「さあ、それは……毛虫にもよりましょう」

「ああ、もどかしい。紫苑の方がおられる邸のこと、いますこし詳しう知りたい。内裏へ入られれば、お逢いできなくなる」

「……あの邸の侍女に心当たりがございますゆえ、しばしお待ちを」

冷泉小路の邸にて、紫苑のお方に仕える女人の案内《あない》は、いかにも不慣れと申しますか、危なげで心細く、それがまた業平には、ことのほか胸騒ぐものでもありました。

邸の西門に、これこの時刻《とき》、陰陽師と名乗りお待ちを、とのこと。

憲明も、そのようにして邸内に入れられたそうで、なぜ陰陽師かと問えば、昼といわず夜といわず、陰陽師を呼び寄せられるのだとか。

嵐、大雨の前触れがあれば、この邸では庭の遣水を気遣う。溢れても涸れても、常ならぬことの予兆《まえぶれ》かと、吉凶禍福を占わせる。月星の運行や位置にも加持祈禱が行われるそうで。

邸の主《あるじ》が陰陽道に没入し、始められたことでありましょう。

憲明は含み笑いの中で呟きます。

「……訪れる者には都合の良い慣《なら》わしでございます」

「何を持ち行けば良いのか」

「何も要りませぬ。門外で問われれば、ただ、陰陽寮より参ったと」

「よほどの邸なのだな」

「あとは案内のままに」

「……憲明は首尾良う叶うたようだな」

「すべて、業平さまのお心に添うためでございます」

今宵は真の闇、月も星も見えない。

長岡で見た紫苑の女《ひと》の、ほかの女童より長く伸びた髪を思います。

あの折りよりさらに髪は艶やかに長く美しく広がっておいででしょう。

「……憲明は身体の大きな女人と小さきお方とどちらを好む」

「どちらも好みます」

業平は有常の邸の和琴を思い出しておりました。三日通いの後、所顕《ところあらわし》した日の、あの肩の持ち上がる様、首の太さ、そのせいでいよいよ低く聞こえるお声は、やはり興を削いでしまいました。

なににしましても、冷泉小路の邸の案内の者は不慣れゆえ憲明のこの言葉には、心を搔き立てる力がございます。紫苑のお方も、同じように不慣れなのでありましょうか。

不慣れゆえ、真新しき衣に香を焚き込めることも出来るのです。

業平は陰陽師の心づもりで冷泉小路の邸へと参りました。

憲明を帰し、あとは案内の女人に導かれます。

「……有り難きこと、神仏もお許しくださるでしょう」

紙燭《しそく》を頼りに歩きながら、しい、と制されました。

それでも業平、憧れ惑うほどの浮き足立ちようで、

「あなたの香は、唐のものでしょう、この暗闇をくぐり抜ければ、唐の天女が待ちおられる気がします」

またもや、しいい、と袖を強く引かれ制されます。

「……わたしが姫君まで辿り着けないなら、あなたの瀬に寄りたいものです」

川の流れにこと寄せて耳打ちしますと、呆れながらのくぐもり笑い、もしやそれもあるかと思わせる応じ方でした。

不慣れか。そうは思えぬが。

憲明は、良い女人に恵まれておる。紫苑の方はいかがであろう。

妖しくもまことに不穏な心地です。

どこをどう案内されたか、見知らぬ邸内のことおぼつかないまま、気がつけば御簾の手前に居ります。

案内の女は御簾の内にひとこと告げ、紙燭を吹き消すとそのまま闇へと姿を消しました。

「……誰《た》そ」

と御簾の向こうから声がします。

長岡で見送った、あのときの紫苑の声です。

枝より弾け出た若葉のような、柔らかくも明晰《めいせき》なお声。

御簾がかすかに揺れる気配がして、

「誰そ」

とまたお声があります。

業平、意をあらたに、咳払いしました。

「あれ、どなたかそこに」

驚かせてはなりません。はやる気持ちを抑えて優しく声をかけました。

「……どうぞ怖がらずに……わたしはいつぞや長岡にて、田子の真似をして、落ち穂を拾いました男です」

はっとなる気配。けれどすぐに気配は落ち着きます。

「……あの折り、姫君は紫苑の袿《うちぎ》がお似合いでした。さぞお美しくなられるとお見立てしましたとおり、いまお噂は、京の隅々まで伝わりおります。お忘れですか」

「覚えております」

きっぱりとお答えになり、業平うれしく、いまにも御簾の内に入りたい心地。

「折りにふれ、思い出しておりました」

との声に、さらに思いがつのります。

「……わたしも、忘れたことがありませぬ。姫君は他の女童と違い、才気は空に満ちて、紫苑の香も……」

「思い出すたび、笑いが込み上げて参ります。あの烏帽子《えぼし》が鼬《いたち》の頭にそっくりでございました」

ああ、鎌を振り上げた姿を、あのとき笑い転げた女童たち、そして紫苑の方。

「そのようなこと、お忘れください」

「いえ、長岡の楽しいひと時を、どうして忘れましょうか。童たちの騒ぎを、鬼がすだく、と詠まれたのも忘れませぬ」

何一つ変わっておられない、それが嬉しくも辛くもある。

「……そちらに入れていただきたい」

女人との語らいの押し引きには慣れているはずの業平ですが、この紫苑の方には肝心な要を握られているようで、汗を覚えます。

「……わたくしは鼬が哀れで愛おしう思います」

許されたと判じた業平、御簾の内に入りました。

闇の中に、おぼろに浮かび上がる衣と長い髪。

業平はそのすべてを抱きかかえようとしますが、ふわりとその丸い塊が動き、手の中より逃げます。

「どうかお逃げにならずに」

「……その御姿は」

「陰陽師として参りました。御許人《おもとびと》の案内《あない》にて、ここまで辿り着きました」

惑いの気配。

これまでも在ったことなのか、それとも憲明に限られた首尾なのか。

「なぜに陰陽師に」

「このお邸は、陰陽師を大事になさると」

「お父君のお振舞のことですね」

何か思い当たるのか、袖が大きく振られ口元が覆われると、ふふふと幼子のような笑いがこぼれます。

「……あが君は鼬の陰陽師」

「いま少し、お側《そば》をお許しください」

と強く袖を引きました。拍子に若やいだ香りが業平の面を覆います。

「……鼬は嚙《か》みます……痛うございます」

「嚙みませぬ。あが君の良き香に、酔いたいだけで」

「鬼と詠まれた」

「そのように苛《いじ》められますな。長岡では愛らしい鬼が大勢で……鬼はやがて美しい姫君になられます」

毛虫《かわむし》が蝶になる譬えは口にしないでおきます。

このようなとき、ひたすら頼むしかないのです。業平はその心得があります。ひたすら頼めば、毛虫も蝶になるのを知っておりました。

人の気配は遠く、このまま紫苑の方の衣装の内へと身を寄せたい。

このような折り、常なら構わずそう致しますが、このお方にはそれが出来ず、業平はこうした自らを、新たに不思議に感じるのでした。

傍らに添い伏すだけで、夜はさらに深くなります。

紫苑の方はときに闇を見透かし、時空のかなたに目を放たれているご様子で、

「……お父君は、何事にも陰陽師に頼られます。ご祈禱のたび、お髪も白うなられました」

「幣《ぬさ》のように白う……有り難いお姿ではありませぬか」

「雷鳴《かんなり》の折りは陰陽師などお呼びにならず、ご自身の頭髪《おつむのもの》で天をお祓《はら》いになれば、天も鎮まりましょうに……」

とまた、打ち笑われます。

業平を鼬と言われるだけのことはあり、父君は幣に譬えられる。

「あが君、やがては内裏へ入られる、との噂は真《まこと》ですか」

「そのようなこと、まるきり」

と他人事《ひとごと》のようで。

「わたしにその御身を……」

と手を伸ばしましたところ、

大幣《おおぬさ》の引く手あまたになりぬれば
思へどえこそ頼まざりけれ

耳元にて囁かれ、またもやひそめた柔らかな笑い声。

あなた様は大幣のようなお方。祓い済みの幣に穢れを移そうとして人々は手をのばします。引く手あまたでございます。

そのように、あまりに女人に好まれますお方ゆえ、わたくしも好もしくは思うておりますが、この身をお任せするわけにもまいりませぬ。

紫苑のお方は、長じられてもやはり気丈で才気にあふれ、なまなかには、身を任せては貰えぬのです。

業平は、長岡での歌の遣りとりを思い出し、またもや同じ競い合いになるのがおかしく情けなく、とはいえ嬉しくもあり、たちまち返すのでした。

　　大幣と名にこそたてれ流れても
　　　つひに寄る瀬はありといふものを

たしかに大幣などと呼ばれておりますが、わたしが大幣であれば川に流れましても、最後には寄り着く瀬があるはずですのに、わたしには、その瀬がございません。

あなたこそ、わたしが寄り着く瀬であってほしいのです。

なのにそのように、つれなくなさるとは。

詠みつつ、大幣になり川に流されていく自らを思い描いております。

案内してくれた女人にも、同じようにお声を掛けた気がし、併せてこの姫君の父君が雷鳴《かんなり》の夜に大幣のような白い頭髪を振り払われる様子まで目に見えるようで、なにやらうつらうつらとして胸が塞がれます。

気がつけば姫君、とろりとしたお身体から眠気が流れだし、お声も細まり、やがてそれも聞こえなくなりました。

業平は腕《かいな》に長い髪と柔らかな頬を載せたまま、深く溜息。

思うにまかせぬことだと、その寝息に顔を近づけます。

有常邸の和琴の方を思いました。

この姫君のお身体二つあるほどの大きな方で、文なども律儀に寄越されますことを思えば、今宵も我《あれ》を待ちわびておられるに違いなく。

ふと気付けば我が腕には、我を大幣だの鼬だのと面白おかしく譬えられ、言の葉を手鞠《まり》のように転がし遊ばれ、及ぼうとすればたちまち歌を詠みかけられ、いまは安らかな寝息を立てておられる姫君。

追われるのも辛く、追うのも苦しい。

そっと腕を外し、業平、眠れぬ時をやり過ごすしかございません。

冷泉小路を訪ねたのち、二晩を宿直《とのい》などで忙しく過ごしましたが、このままでは有常にすまない心地が持ち上がり、気は進まぬままに邸を訪れました。

夜の訪れは重すぎます。

陽のある中を邸に入りますと、驚いた邸の家人が業平を押しとどめ、いましばらく仕度《したく》のお時間をと切に求めますが、

「勤仕の帰りなので、お会いできればとのみ思い立ち……」

「すぐにご用意をいたしますゆえ」

としきりに拒む。

まだ明るい時間《とき》ゆえ他の訪れなどもないであろうと、業平は三日夜《みかよ》の後の夜離《よが》れを悔やみつつも、素直にはなれず立ち待ちます。

なにゆえ、婚姻の儀も済ませた仲であるのにこのような、とくつろげない心地しきりです。

他の訪れがあろうとも思えなく、あればそれもよし、との冷めた思いに、業平自ら呆れおります。

「姫君にお目にかかれなくとも、有常殿はいかがかと」

「有常殿は宿直にて内裏《うち》へ」

と申し開きいたしますが、業平には好都合、昼間であろうと、このように訪れたと知れば、いささかなりとも心安らがれるはず。

姫君はいずれへ、と重ねて問えば、その家人は困り果て、

「北の渡殿《わたどの》にて……」

と口ごもる様子に、手水《ちょうず》など為されておるのかと思います。

制《と》めるのも構わず向かいますと、手前あたりに水音がしました。

ふと柱の陰に身を寄せ、渡殿を見遣りますと、侍女に介《たす》けられながら、板敷にしつらえた盥《たらい》に手をのばしておられるのが、和琴の方でありました。

そのお姿は前にも増して大きく、水をはった盥の上に手を差しのべておられます。

両の手をとめられたのは、傍の侍女が人の気配に気付き、袖を引かれたからのようで、盥に屈もうとした身を、はたと起こされました。

業平ふたたび柱に隠れますが、すでに業平の訪れに気付かれた様子。

和琴の方、水を散らさぬよう盥の半分に乗せた貫簀《ぬきす》を、お怒りの面もちで払いのけられました。

竹を編んだ貫簀はたちまち渡殿の下へと落ちました。

御方はお怒りを静め、貫簀の消えた盥の水に面《おもて》を映されております。

業平息を詰め、耳をそばだてておりますと、謡うほどの低い詠嘆が届きました。

我ばかり物思ふ人は又もあらじと
　思へば水の下にも有りけり

胸を突かれいよいよ身を小さく隠す業平です。

わたしほどに人を恋し苦しむ人は、他にはいまいと思いながら、ふと盥の水を覗き込めば、なんともう一人、水の底に同じ苦しみの人が居るのでした。

そのお声は震え、さざ波のように迫って参ります。

業平は咳払いし、それでも急かされたように返しの歌を詠みました。

水口《みなくち》に我や見ゆらん蛙《かはず》さへ
　水の下にて諸声《もろごゑ》になく

水の底に、泣いているあなたが映っているとか。その注ぎ口にわたしの姿も映っておりませんか。田の水口にいる蛙さえも雄雌で声を合わせて鳴くものです、わたしも同じように泣いているのですよ。

業平の詠嘆に、和琴の方はあらためて涙を流されました。

三日夜《みかよ》のあいだに、御方に御子が出来られたと知ったのは、それより後のこと。御子に恵まれましても、業平の思いは戻りませんでした。

若草

時うつります。

業平、行幸にも随行する立場となっております。左近衛将監《さのこのえのしょうげん》に転じ、その二年後には蔵人を仰せつかります。蔵人は帝の御在所の御殿に勤仕いたします。

さらに翌々年、従五位下の位階を与えられ、近習《きんじゅう》の臣となりました。

順当なる出世ではありましたが、目出度きことばかりではなく、位階を給わった翌年、仁明帝が崩御されました。

東宮が文徳帝となられたのです。

それは紀氏にとり、先々の道を照らす光明でもありました。

紀名虎《きのなとら》の娘であり、有常《ありつね》の妹更衣静子《しずこ》が、文徳帝の第一子である惟喬《これたか》親王を、翌年には恬子《やすこ》内親王をお産みになられておりましたので、惟喬親王が立太子されれば、紀氏の血筋より帝が出ることになります。紀氏一族にとりまして、大変喜ばしいことでありました。

とは申せ、禍福あざなえる縄のごとくで、藤原良房《よしふさ》の娘 明子《あきらけいこ》が、文徳帝の第四子である惟仁《これひと》親王をお産みになられたのです。

第一子と第四子。重きは第一子である惟喬親王ですが、第四子の母は、あの藤原良房の娘です。心穏やかならぬ紀氏一族、とりわけ惟喬親王と恬子内親王をお産みになられた静子は、明子に比して自らの身分の低さが思われてなりません。

そしてついに文徳帝の第四子であられる惟仁親王が、わずか八ヶ月の幼さで立太子されたのです。

母が藤原良房の娘、明子であるより他の理由《わけ》などありません。良房の強い念があってのこと。幼子皇太子と、七歳を越す惟喬親王。妹君恬子内親王の御身の上も、暗い影が覆います。

藤原の色を好まず、文人の系譜である紀氏を敬《とうと》ぶ業平にも、惟仁親王の立太子は辛く重い知らせでありました。

業平が思い出すのは、父阿保《あぼ》親王がかかわった承和の変。恒貞親王が廃され、立太子された道康親王がいま文徳帝となられて、またしても同じことをなされたのです。

紀氏としての希《のぞ》みを背負わされ、その希みを断たれ落胆される更衣静子に、業平は心を込めて接しました。

そのお子二人への思いも、常以上に深いのは、貴き血筋にありながら傍流へと追いやられていく身への同情もありました。

内裏の母君から離れて育てられておりますす恬子内親王を訪ねた折りのこと。邸《やしき》の外より箏《そう》の音が聞こえて参ります。もしや恬子内親王では。案内《あない》を受けて近寄り見れば、やはり幼い手での箏の音でした。いままさに師に手ほどきを受けておられる様子。

耳を傾けておりますと、手をとめて退屈の長い息。すぐに業平に気付かれ、

「気が散じます、こちらへ」

と招かれます。

侍女の勧めもあり、簀子《すのこ》に控えました。

「風に散る花のような音でございますね」

とたたえました。すると内親王は、

「散る花は、何処《いずこ》へ流れて参るのでしょう……せめて箏の音になりわたしも……目移ろい心散りて……」

と落ち着かない面もちで、箏の師と侍女を見遣り、業平にほほえまれるのです。

「今一度」

と促しますが、業平が手ほどきを妨げたのは確かで、侍女も召された師も、諦めの様子。

侍女は折りにふれて業平を見知っていましたので、姫君にその名を耳打ちしました。

「……業平殿」

と呟き、嬉しそうに袖で笑顔を隠されます。

思わず廂《ひさし》に躙《にじ》り寄りますすと、白い指から箏の爪を抜かれ、業平に渡されました。まるで内親王の白い歯のように愛らしい。

「歌と弓の上手は聞いておりますが、箏も上手かと……手本にお弾《ひ》きください」

侍女と師は目配せして、成り行きを共に面白がっております。手ほどきを妨げた罰は受けねばなりませぬぞ、とばかりに。

「……業平、笛を吹きます。野を越え山川を越え、遠くまで届けることが出来ます。箏はさほどには」

と申しながらも、廂に入って小さきお手に爪をお返ししたのちは、御身に添うように後ろより手を重ねます。

「……相府蓮《そうふれん》、と申す、唐伝来の曲と聞き覚えましたが」

鳴り出した音に、侍女たちのそれまでの軽んだ素振りが改まりました。

業平の援《たす》けでたちまち手を上げられた内親王を見て、業平は懐より笛を取りだしました。

内親王の後ろにて、笛を合わせます。

長く伸びた髪が、箏の手に導かれて動き、ときに鬢《びん》の毛が頬より落ち、指や弦の上にも降りかかりました。

業平は調を踏まえながら付いて参りました。

このような思いもよらぬ成り行きに、業平は前世からの巡り合わせかと胸深くしみじみいたします。

たどたどしい指使いではありますが、そのひたすらな姿に、業平は自らを兄のような、内親王を妹のような、深い縁《えにし》を覚えるのです。このお方を終生まで護りたき心地が湧き出てきて、愛おしさが増して参りました。

兄妹《あにいもうと》の情には違いありませんが、白く細い指にはたおやかな艶《なま》めかしさもあり、業平は萌《きざ》す思いに惑うこと惑うこと。これはいかなる情であろうかと。

調べの節を終えたとき、業平、侍女に申しました。

「……手ほどき、お続けください。わたしはその御簾の外にて、いま少し聴き居りたく」

その願いは叶えられます。

業平は笛を置き、代わりに筆を取りだしました。はやる心と興をたちまち記したのです。

うら若み寝よげに見ゆる若草を
　人の結ばむことをしぞ思ふ

箏の音の終わりに、余韻をかぶせるように、御簾の外より詠いかけました。

なんとまあ若草のように瑞々《みずみず》しいお姿。共寝するに良さそうなあなたですが、他の男が若草を引き結ぶように、契りを結ぶであろうことが、胸に迫って参ります。

業平の詠う声が届きますと、侍女と箏の師は慌てざわめく気配。

姫君の心にどのように届いたのでありましょう。

「姫君」

声を掛けますと、侍女に耳打ちされたらしく細い声にて、お返事がありました。

「……お返しの歌はのちほど」

それもまた、侍女の囁きを真似てのことのようで。

御簾の外にて待ち居ますと、姫君と箏の気配が去り、侍女の咳払いのみ残りました。

やがて、御簾の下より、箏の爪に添えて文が差し込まれました。

初草のなどめづらしき言の葉ぞ
　うらなく物を思ひけるかな

ようやく参りました春の、芽生えたばかりの草のようなお言葉は、思いもよらぬ戸惑い。どうしてそのように、寝よげになどと申されますか。わたくしはまだ、この箏の爪のように小さく幼い身、無心に兄のように思うておりましたのに。

業平は頂いた文に頬を寄せます。

若い草のような匂やかな筆の跡。

侍女の筆とは思えず、恬子内親王のみにて作られたとも思えず、いくらかのお援《たす》けがあるにしても、お返しとしてお見事。

初草の根は寝にも音にも通じます。めづらしき言の葉とは、業平の言の葉を愛でてくださっているようにも思える。無心に兄のように、とは申せ、それだけにはあらず、と思えて参ります。

葉に裏表がありますように、言の葉にも裏表があるのをご存じのような。

とそのようなことは言の葉にはせず、業平胸に収めました。

「お返しは、お側の方の歌ではありませぬか」

やんわり糾《ただ》しますと、

「姫君のお歌でございます。姫君はいまだ幼く、美しいお方に兄として憧れてはおられますが……あのようなお歌は……」

たしなめられても、姫君のお歌の中にある「思ひ」はいますこし、艶《なま》めいて感じられたのでした。

内親王に筝をお教えしたのち、業平の心は思い乱れておりました。

幼き姫君の清らかなる様に、お護りするべき妹のような親しみを覚えながら、そのお姿が女人にも見えてきて、愛らしさいとおしさが痛みのように波打つこともしばしば。

いずれ長じてお目にかかれる折りもあろうかと願うとき、業平には母君伊都《いず》内親王の身が思い出されます。

内親王としてどのような結婚が待ち受けているのか。血筋として紀氏の母を持つ身の先行きは、いまひとつ頼りになりません。

兄惟喬親王が即位されれば内親王の先行きも安泰でしたのに。

近習《きんじゅう》の臣となっている業平ですが、外からは見えなかった政治《まつりごと》の裏まで見えてきて、いよいよ我《あれ》は歌のみで生きたいものだと思います。

文徳帝の一の親王に生まれても、この先憂《う》き世を生きることになる惟喬親王には、たとえ我が身の為にならずとも、終生お仕えしたいと、業平心に決めました。

どのような定めが待ち受けてあろうと、親王より離れまいと。

さらに気がかりなのは恬子内親王のこと。

皇女として、もしや伊勢の斎宮《いつきのみや》に遣わされるのでは。

良からぬことばかり思います。

斎王は神に仕える高き身分、冒すことのできないお立場として護られてはおりますが、都より遠く伊勢の地にて結婚もかなわず、高き場所に追いやられ、遠地にて若い身を神と朝廷に捧げることは、若き女人としてあまりに酷なことども思えます。

業平の、内親王が長じてさらに美しくなられた先での逢瀬も、断ち切られるのです。

箏を弾かれる白い指、そこに重ねて奏でた自らの手。

永久《とわ》に思えども逢うことかたし。

業平は嘆きます。

どうにかして邸を訪ね、内親王とふたたび箏と笛の掻《か》き合わせなどしたいと願うものの、あの折り詠じた歌が禍《わざわ》いしたのか近づけません。

若く匂やかな草は、どのように花を咲かせるのか。咲いて欲しい。

業平の内親王への思いは、兄としての心と、匂やかな女人への懸想が混ざりあい、乱れておりまず。

それよりわずか三年。

思いは叶わぬままに、起きて欲しくないことが、天に操られたように降り来たりました。

文徳帝が崩御され、立太子された惟仁親王が清和帝として即位されたのです。

さらにはこれも業平が怖れていました、恬子内親王が、伊勢の斎王に定められたのでした。

業平はいたましさを覚えてなりません。あのようにお気持ちのおおどかな方が、政治《まつりごと》の力により遠くへやられる。

斎王のお立場に相応《ふさわ》しい無垢《むく》な御方ゆえ、余計にお労《いたわ》しく思えるのです。

都にお住まいであれば、どうにかしてお会いできるものを、伊勢ははるかに遠く、神の御手で護られた域です。

お目にかかれなくとも、邸におられるうちに箏の音だけでも聞きたいものだと、お近くを彷徨《さまよ》うことも幾たびか。

そうした折り、恬子内親王が内裏の母君の御局へ来られていると聞きました。

後宮では良房殿に仕える官人とも行き交いますが、その勢い自ずと顕《あらわ》れて、業平は心なくも面を逸らします。

山吹の花が満開の淑景舎《しげいしゃ》の内より、箏の音が聞こえた心地がして、耳をそばだてました。

文徳帝が崩御されてのちは後ろ盾を失い、心細い日々をお過ごしの様子です。四十九日を過ぎればこの局を出ねばならず、こののちは兄有常のみを頼りになさるしかありません。

清和帝はようやく十歳、そのせいで外祖父良房殿のお力はいや増すばかり。先帝にお仕えしていた更衣たちは、先の成りゆきに心細さを覚えておられます。

そのような日々にもかかわらず、山吹はなんと美しく咲き誇るものでしょう。

殿舎に住まう人の憂いなど構わず、季節には黄色い花を庭に万遍《まんべん》なく拡げておるのです。

淑景舎に続く庭を行くと、山吹を手折っている女人があります。山吹に吹き寄せられる風に近づいて参りますと、そのお方は気配に振り向かれ、困ったようなお顔を、伏せられました。

それは業平も同じ事、有常の娘、和琴《わごん》の方でした。

去年《こぞ》のこと、業平が、皇太后宮の警護を任じられて居りました折り、幾度か宮にてお見かけしておりましたが、新帝即位の後、淑景舎に移られたのでありましょう。

思えば静子《しずこ》さまに宮仕えされるのは、紀氏ゆかりの血筋として当然のことではありますとは申せ、皇太后宮の女房と比すれば、格下は否めません。

以前より業平には、あるお噂が届いておりました。他の通い人が居られるとか居られないとか。業平が離《か》れたあとのことゆえ、それも無理のないことに思えるのは、業平の心の薄さの証しでもありました。

「……山吹は実の生《な》らぬ花……生らぬゆえこのように溢れるばかりに……」

と声を掛けますと、

「実の生る花もございます。たわわに実れば、枝が折れまする」

はたと業平、胸に差し込む思い。

三日夜《みかよ》のあいだに子が出来、生まれたという噂は真実《まこと》であったか。しなることはあっても折れることのない山吹、それが折れるほどの大事《おおごと》であったのかも知れない。

有常のことゆえ乳母を置いて、あの邸にて護り育てておられるに違いない。

もしそうであれば、業平の初の子です。とは申せ、実の生る花のたとえのみで、業平から重ねて問うこともならず、

「山吹の花は、どなたに」

とのみ訊ねます。愛らしい恬子内親王ではないのか。もしこの淑景舎に居られるなら。

「……お仕えするお方に」

と素っ気ない。

大きな手の中には束となる山吹。香りのない花ですが、黄金色の鞠《まり》のように柔らかで、桐とはまた違う華やぎがございます。

「……どなたをお訪ねですか」

和琴の方がさりげなく問いかけます。

業平の心中は、すでに見抜かれておりました。

「……恬子内親王はご実家にお戻りになりました……箏の手ほどきをなされましたとか」

温かな気持ちを映し出すことのない大きな面《おもて》。業平は失意を隠せません。

あの折りに詠みかけた歌のこと、この女人のみならず、他の女房方にも知られているに違いなく。

子とも妹とも思える幼き姫君に、色めく歌を贈った男として良からぬ噂も、と思えば、情けなさもひとしおです。

「……皇太后宮よりこちらに移られておりましたとは」

「あちらは藤の花、こちらは山吹が美しうございます。山吹のくちなし色も、深々と良い色でございます」

と気丈なお言葉。

業平、惑います。口無《くちな》し、口に出せない思いが咲きほこっているのかと、思わず問いかけておりました。

「……あの宮にて、歌を交わしたこと、覚えておいでですか」

「……忘れることなどありましょうか。思い起こせば胸が塞ぎます」

それは業平も同じこと。

やはり覚えておられた。

別の男が居ると思い込んでいたときの、苛立《いらだ》つ心のままの歌のやり取りでした。

あの歌は、御方の差し迫る思いから出たものだと、いまにして胸の底に素直に落ちます。

返しの歌もまた、我が子を産んだ女人に対して、情を尽くし足りなかったと思えて参りました。

共に宮仕する局で、和琴の方から頂いた歌は、このようなものでした。

天雲のよそにも人のなりゆくか
　さすがに目には見ゆるものから

天の雲のようにあなたは遠くなられたのでしょうか。とは申せ、天に浮かぶ雲はわたしの目にも見えます。いかに遠く高くとも、あなたもわたしの目には確かに見えておるのです。

目に見ゆる。

その折り、業平は離《か》れた負い目もあり、あなたがわたしの目から遠くなられても、すべて見えておりますのよと、暗に鋭く、言い及ばれた気がしたのでした。

御方の思いを、曲げて受けとめておりましたようで。

そうではなく、宮において行き来する業平の姿が否が応でも目に入ってしまう、という、契りを交わした女人にしてみれば、辛い心地を詠嘆されたのかも知れないと思えてきたのは、後のことでした。

その折り返した業平の歌も、何かしら責めの気配がこもっておりました。

天雲のよそにのみしてふることは
　我《わ》が居る山の風はやみなり

天の雲のように、あなたから遠く離れた所にて日々を過ごしているのは、わたしが落ち着きたい山の風が、あまりに激しく早いからなのです。静かに穏やかであれば、このような日々にはならないでしょうに。

このお返しに和琴の方は、すべては自らのせいで業平が離れてしまわれたのだと、思われたに違いありません。

業平は山吹に顔を埋めたような御方に、女人としてではなく、子の母としての有り難さを覚え、思わず近寄ります。

「……どうか昔をお恨みくださるな。山吹は美しいが、いまや山吹が恥じるほどの良きお姿です」

と讃《たた》えますと、和らいだお顔で花を一輪、差し出されました。

白玉

歳も暮れようとするあたり、恬子《やすこ》内親王は六条坊門末の鴨川にて禊《みそ》ぎを行われ、初斎院《しょさいいん》に入られました。これより斎王になるための様々なしきたりと斎戒の日々が待ち受けております。

初斎院にて一年間の忌み籠もりを行い、その後都の外、浄野に設営された野宮《ののみや》に移ります。

野宮に入る前も禊ぎが行われ、さらに伊勢へ発遣《はっけん》の前にも桂川流域にての禊ぎ。

野宮は聖なる生活を営むための仮宮で、地面に柱を立て周りを板で覆う簡素な住まいです。

業平、それを思うと胸苦しい日々。

とは申せ、業平に何が出来ましょう。

もとより内親王が紀氏の血筋であることが斎王の理由《わけ》となっていますのを、内裏の誰もが口に出さずとも知っておるのですから、お労《いたわ》しさもひとしおです。

占いにおいて定められる斎王の卜定《ぼくじょう》も、政治《まつりごと》の一つでしかございません。その政治を動かしておられるのは、摂政太政大臣となられている藤原良房《よしふさ》殿。朝廷の力の渦に巻き込まれ、やがてその外へと放られ消えてしまう人々の哀しみ恨みが、いまあらためて見えてくる業平でした。

父の墓所である領地、芦屋を訪ねたくなったのもそのようなとき。逍遥《しょうよう》にて憂さをはらし、また父君に胸の裡《うち》をお伝えしたい。

歌詠みとして親しくして頂いている源《みなもとの》融《とおる》殿から、お声をかけられていたことでもありました。

いざ出立となるには、さまざま手配が要ります。

芦屋までであれば、假《か》の申請のみで足りますが、随行の供人や馬の仕度《したく》、鳥魚の干物、木の実、乾飯《かれいい》などの糧に塩、酢、醬《ひしお》なども。

行く先の市にて手に入るものもありますが、銭でなく布での交換にも備えなくてはなりません。

宿舎の手配、寺社への頼みごと、むろん土地ごとの案内人へ持参する品の用意も欠かせませんでした。

官道こそ広く真《ま》っ直《す》ぐで、官符さえあれば通行は自由ですが、決められた道より外れることがあれば、盗賊の心配もありました。都との通信も頼みおくに越したことはありません。

都の貴族は、畿内であれば明石より西に出なければ厳しいきまりはありませんが、なにやかや、仕度には手間取るのでした。

総勢二十人を越え、運ぶ荷もそれなりの嵩《かさ》になります。

憲明《のりあきら》のほか、業平の家人十数名が随行します。憂き思いを晴らすのも一大事。言い出された源融殿のほかに兄行平《ゆきひら》も同行を言いだし、一行の人数、さらに増しました。

昨年、行平が播磨守《はりまのかみ》に任じられたのはなにゆえか、つまびらかにはされておりませぬが、文徳帝の世での須磨蟄居《ちっきょ》の命は、やはり藤原の権勢に触れてしまわれたからか。

憂き旅人は業平のみにあらず。

恬子内親王の伊勢斎王卜定後、まもなく藤原良房の兄である長良の姫君、高子《たかいこ》に、従五位下の官位が与えられたのも、藤原の力を見せつけられたようで、業平の旅立ちに影を落とします。

とは申せ、いざ出立となれば心地は晴れやかに装われ、ようやく都を離れることが出来たのは春も遅いころでした。

業平には難波津への憧れがございました。古《いにしえ》より、歌に詠まれ、舟が行き来し人も物も運ばれる海は、さぞ遥《はる》かな心地をもたらしてくれるでありましょう。

海を渡って都に戻り来た国司によると、海路は海賊や突然の波風など、陸と比すべきもないほどの心細さで、板一枚の下には地獄を覚える日々だとか。

とは申せ、口を同じうして言うのは夜空のこと。

夜には出没しない海賊をさけて暮れてから漕ぎ出す折り、月と星々の澄みわたる美しさは譬《たと》えようもないのだと皆、口々に。

床板に伏せ仰向《あおむ》くと、上も下も無くなり、遠い水底の星々が、千万の僧都の声明《しょうみょう》のごと、四方より押し寄せて参るのだと。

都に居ては有り得ないこと。旅にて優れた歌も詠めるに違いなく。

何やら果てしもない広々とした心地を願いながらやって来ましたのが山城国の山崎。

国庁を訪れ歓談し、良く整えられた駅家《うまや》に泊まります。

地の川魚も食すことが出来ました。

このあたりはまだ、都の風が吹き来て石清水八幡宮への物詣での人も多く、難波津まではいま少し遠いようで。

難波津を飛び交うという鶴《たづ》は、川風も好むようで、鳴き交わしています。

ともども連れ合い淀川岸に立ち、緩やかな流れのかなた、先々に広がる海を思いやりました。

「業平さま、もう都が恋しうなられましたか。なにやら寂しげに見えます」

憲明が傍に立ちます。

「……父君のことを考えていた。墓所へ向かう人に、鶴が伴をしたそうな」

「……御父君の伴は、どの鶴が伴をしたのでありましょう」

旅の空は遅くまで暮れないのです。

業平に加わる官人三人は、兄である播磨守在原行平のほかに、大学寮の文章博士と、右衛門督《かみ》で参議に上られた源融殿。

文章博士を除くお二人は、いずれも業平より歳上で官位役職も上位の方々。とは申せ、源融殿は風雅を極め歌を詠み、出世されても業平を低く見られることはありませんでした。

源融殿は嵯峨帝の皇子であられるのに、業平と同じ臣下として、業平に親しみを覚えておられ、業平の邸《やしき》へもふらりと牛車を停められます。

行平が実直な官人なのに比して、源融殿は悠揚たる大きさと繊細さを持たれる趣味人でもありました。

それはお声の明るさに顕《あらわ》れております。とりわけ、快活にお笑いになる声音《こわね》が。

業平の、父君の墓所への思いを耳にし、源融殿がこの旅を言い出されたのですが、すぐさま我《あれ》もと加わられた兄行平も、同じ思いでありましょう。

融殿より御文が届けられ、芦屋須磨にはめずらしきもの多くあり、案内《あない》したいとありました。

暮れてゆく川に向かい、それぞれに思いを述べます。

「この川の水は、都の隅々を洗い流れてきた……それにしては良く澄み、岩に盛り上がる飛沫も美しい」

業平の呟《つぶや》きを受けて行平。

「都は、東西南北を神獣に護られている。唐より伝わり来た青き龍や朱雀、白き虎を、わたしは信じている」

とありきたりのことを大真面目に。

文章博士はへりくだり何も言いませんが、源融朝臣は、扇を使いながら遠くを眺め、

「あの山の端は要らぬもの。あの山の端を削りたい。さらば夕の陽が落ちる良き道になろう。低い朱の光りは万物を神々しく極楽に変えるだろうに……わたしが天子であれば、あの山の端を削る……」

山崎より淀川を、舟にて下ります。

山崎は任地より都へ戻る国司たちも、ここより陸路を行きますので、都は近いと思うようですが、業平たち一行にとりましては、川幅を広めていく淀川を見て、難波津が近づいて参るのが感じられます。

旅寝ののち、河尻まで舟で下り、取り替えた馬でふたたび難波津へと向かいました。

業平にとりまして初めての難波津です。それらしき入江の広がりが遥か遠くに見えて参りましたとき、すでにそれらは傾く陽の中に染まっておりました。

源融殿は馬から下りて深く息を吐かれます。筆を取りだし、何やら書き付けておられる様子。それが歌であるか景色を描きとられているのかは判りません。融殿は絵心にも優れておられるとか。

行平殿は当夜の宿の手配のこと、細やかに供人より聞いておられます。

すでに難波津の近くまで来ておりますゆえ、まずは用意した宿にとなりました。

さて翌日、宿寝より起きだし、朝粥を食べ終えると、馬を向かわせました。

次第に賑わいを増すあたりまで参りますと、海は朝の陽を浴び、かなたに細長い島が延びている様、たしかに都にて見た屏風絵に似ております。

おぼろげな気が満ちた空と、その下に広がる浦波《うらなみ》。

沖の島には絵のとおりの松が、連なり生えております。

「……これが難波津か」

と業平は感嘆いたします。

源融殿が寄ってきて、溜息《ためいき》のごとく呟きました。

「……これやこの……さても……」

行平も寄って参り、

「……大伴の御津《みつ》とは、これのことか」

と古《いにしえ》の歌を引きだし問いかけます。

地の案内が、へりくだりながら応えました。

「御津は難波江の船泊《ふなどまり》の一つでございます。津と申すはすべて、朝廷に認められておりますゆえ、海賊などは近寄りませぬからご安心を」

渚を馬にて逍遥いたしました。

源融殿の口ぐせは、これやこの、であります。興が湧けば、その言の葉が口を突いて出て参るようで。

難波江にはこの津の他にも、いくつかの船泊がありました。とは申せ、舟の多く泊るのはやはりこの難波津とか。

「あのような舟にて、大宰府や土佐に参るのか」

業平は父阿保《あぼ》親王が大宰府より赦《ゆる》されて都に戻られるとき、難波津へ入った折りの思いを、巡らせております。

さぞ嬉しかったことでありましょう。

綱で舫《もや》われている舟の幾つかは海人《あま》のものと思われますが、中の大きな舟は二十人は乗ることの出来る大きさで、左右に四つずつ、櫓《ろ》を漕《こ》ぐ場所が見えます。舟尾に屋形があり、帆は下ろされ畳まれておりました。

沖に漂う小舟も、磯に寄る釣り人や商いの舟も多数《あまた》見えます。各地より産物も運び込まれるらしい。

嬉しい思いも苦しい恨みも、乗せて浮かぶ舟であるなあと、思いは深く。

業平が歌を詠みました。

　難波津を今朝こそみつの浦ごとに
　　これやこの世をうみわたる舟

源融殿、これを聞き扇《おうぎ》を手の平に打ち付け、見事な、と讃《たた》えます。

これやこの、の呟きを融殿より頂いた業平、いささか気恥ずかしくもありますが、胸張りたき心地。

長らく願っておりましたが、今朝こうして難波津をたしかに見ることが出来、興も溢れます。この御津の浦にはいくつもの舟が見られます。まさにこれらの舟たちは、この世にも似た憂き海を渡ります、との意。

この世は、思うにまかせぬことばかりなのです。

行平、我が意を、先に業平に詠まれたかのように、静かに頷かれておりました。

さらに皆、馬を走らせ住吉まで参ることになりました。

これは河尻より伴をしてきた案内《あない》が、ここまで来られたならその南の端である住吉を見ずしてこの国は判りませぬ、と言い出したからでございます。

「住吉にて歌会《うたかい》などを……住吉の明神は和歌の神です」

とも申します。

目指す芦屋からは離れますが、それも旅の興。

住吉。その名のとおり、住むに吉《よ》さそうな土地ではありました。

案内の者は、住吉は女人と住むのに良い地だと申しますが、業平の頭を駆け巡る古《いにしえ》の歌々に織り込まれているものは、切なく待つ、を意味する松であったり、人忘れ草であったりと、辛いものが漂う地に思えてなりません。

とは申せ、白波の立つのを見ますと風情も極まり、みな、馬より下りて徒歩《かち》にて進みます。歌会は松林より浜をのぞむ場所に幕を張り、催されました。浜に向けて幕を開き、遅き春の、穏やかに打ち寄せる波音を受けとめようとの趣向。

やがて案内の者が高麗笛《こま》を吹き始めました。

都の遥か南にも、高麗笛は行き渡っておるのだと深く感じ、業平も横笛を合わせます。高麗笛は高い音で鳥のさえずり、横笛はそれより低く、波のざわめきか。

笛を置き、業平頼まれて詠みました歌。

雁《かり》鳴きて菊の花咲く秋はあれど
　春のうみべに住みよしの浜

ああ、と全員《みな》どよめき、それより上手い歌は無理だとばかりに、誰も続けて詠もうとはいたしませんでした。

雁が鳴き菊の花が美しい秋もありますが、春のこの住吉の海辺ほど、憂き心を慰めてくれるものはありません。やはり春がよろしい。

そのころ粋人のなかで、春と秋のどちらが風情豊かかを言い競うこともあり、それを踏まえての業平の歌でありました。

この住吉まで来たのであればさらに和泉まで、との誘いもありましたが、はや向きを変え、芦屋へと向かいます。

二日《ふたひ》かかりました。

芦屋の灘《なだ》は業平、その昔、歌に詠んだことがございます。

海沿いの道を馬の背に揺られながら、業平はその歌を、同行の方々に披露いたしました。

　葦の屋の灘の塩焼きいとまなみ
　　黄楊《つげ》の小櫛も挿さず来にけり

芦屋の灘で塩を焼く海人の女は、休む間もなく働きます。仕事の忙しさゆえ、身繕いも、黄楊の小櫛で髪を調《ととの》えることも出来ずに、わたしのところへやってきたのです。何といとしい海女でしょう。

この辺り、業平には初めての地です。

朗詠した歌も、都にて、才に任せて古《いにしえ》の歌を詠み重ねたもの。

「……このあたりの海女たちは、良く働くと聞き及びます。わたしはまだ、海女が塩を焼くのを見たことはありませぬが」

ゆらり、上背を動かしながら業平が申しますと、行平も、

「塩を焼く海女は、わたしも知りませぬ。かの歌にて、知るのみです」

と返します。

かの歌とは。

志賀の海人は藻刈り塩焼き暇《いとま》なみ櫛笥《くしげ》の小櫛取りも見なくに
のこと。

はるか昔より、海女の恋とはそのように身一つで情にまかせたものであったのでしょう。

融殿の声もおっとりと重なります。

「……藻塩を焼く煙は、あわれで興に耐えぬもの……」

海人を詠んだ地はいくつかございますが、ここは芦屋、芦屋の灘とも申します。灘とは、波風が立ち、舟が難渋するの意でもあるそうな。

芦屋の領地は山裾より海辺まで広く、在原邸の周りを囲むように棟割り長屋が連なっておりました。

屋根は板葺きで、思い思いの垣根を巡らしていますが、魚を商う家の軒先には、鯖《さば》や鰯《いわし》などの小魚や、海藻が並べられ、一行の到着が知らされていましたので、みな通りに出て迎えました。

業平には海辺の暮らしがめずらしく、邸へ入る前に長屋や小家《こいえ》のたたずまいを見てまわります。邸の預《あずか》りが慌て追いかけて参ります。数日も前より、一行の到着が伝えられておりましたので、久々の領主と客人のための仕度も充分になされている様子。

業平と行平、それに憲明も加わり、鶏合《とりあわせ》を囲み眺めておりますと、憲明は朱い尾の鶏に、銭ひとつを賭けました。

集まり跪《ひざまず》くのはみな、邸に出入りする僕《しもべ》と見えます。

融殿は鶏合には関心なく、馬より下りると、海が見える場所に立ち、振り返られます。

背後に迫る山と邸を眺めて申されました。

「良い土地ですな。水さえ扱いを上手になされば、見事な屋敷が作れます」

とこれからこの地に屋敷造りでもする気配。

馬の世話が引きつがれ、みな邸へと入りました。

預りの者から挨拶をうけます。

「たびたびのお使いを、ありがとう存じます。海も静かにて、土地の者みな、お迎えできて喜びおります」

頭を床につけて申しますのを、融殿は立ち姿にて受け、

「……都にては見ること難しいものがある……山が迫りくる地にしか無いのが滝と申すもの……この近くに良い滝があるとか」

預りは、手をついたまま、嬉しそうに応えます。

「この領地よりわずかに西に外れますが、見事な滝がございます。いずれゆるりと案内《あない》いたしましょう。まずはこの邸にてお休みくださりたく」

都の内裏や邸に比すれば、鄙《ひな》びた屋敷に違いありませんが、広い部屋にしつらえた御簾や屏風も悪くはありません。

地方官の住まいにしては、前栽《せんざい》や南池《なんち》も心得がある人の造作を思わせて、風情が保たれておりました。呉竹の籬《まがき》のもとに、暖かい地らしくすでに夏のくさぐさも生えております。

阿保《あぼ》親王は、亡くなられてようやく芦屋の領地に戻られました。他の領地にもお出かけにはならず、都にて腐心されるばかりのご生涯でした。

物詣でもお好みではなく、歌ごころも今ひとつで、都の外のことは、大宰府への十三年におよぶ配流《はいる》の間に、飽きるほど見知ったとばかりのご様子でした。

そしていま、この地に眠りおられます。

業平、早速に父君の墓所に参りました。伴は憲明のみで、行平もすぐには参らぬと申します。行平とは腹を別にした兄弟《あにおとうと》で、官位は業平より上にもかかわらず、何事にも控えめです。兄弟の腹違いが理由《わけ》ではなく、業平の真っ直《ます》ぐな行いに比して、万事慎重な性格なのです。

今般の旅も、融殿のお誘いがなければ、都を離れることなどされなかった。

とりわけ、播磨守としてやがて赴任しなくてはならぬ身、このころはあれこれと理由をつけ、任地への赴任を遅らせる受領もいることから、いま少し都の暮らしを望んでおられると見えます。

それにもまして、行平の胸には、播磨行きがゆるやかな遠島に思えているようで。

業平は、檜《ひのき》の森の一隅に盛られた父君の墓土に、跪《ひざまず》き、手を合わせます。

嵯峨帝のお命が危うかった夏、牛車の中にてお会いして以来のこと。すでに小石の盛り土の下に眠られる父君に、様々問いかけましたが、そのたび空を覆う檜の枝枝が、風で鳴るばかりでした。

邸のすぐ前より浜が広がっております。

奈良にも、他の地にも、桓武帝の御世のとき以来、所領はありますが、海と山を持つ領地は他になく、風情を好む官人には有り難い土地。

なにより、都人にとりまして潮の香はめずらしいもの。

その日もゆるやかな風が吹く穏やかな海で、磯で遊ぶ子供たちや貝を採る海人など、浜のあちこちに見えます。

男たちは絡《から》げた裾を小袴の中におさめて、裸足で貝を掘っております。女たちは短くした小袖を着て、腰布を短く巻いておりますが、その多くは髪を元結で結わえ、髪を着込めております。

みな腰を屈め、何やら耳に新しい歌など口ずさんでおりますようで。

沖を見やると、難波津より出たか入るかする舟も多数《あまた》見えます。

どちらに向かうか判らないまま漂って見えます。

藻塩を焼く煙はと見れば、浜の外れにいくつもの藻塩小屋が集まり、そのあたりで塩の田を長い鍬《くわ》で掻く者、天秤棒《てんびん》で塩水を運ぶ者などの姿が小さく見えておりました。

煙は風さえ無ければ空へと真っ直ぐに上って行くのだとか。

けれどその日は、小屋の屋根より流れ出した煙は、早蕨《さわらび》のようにゆるく渦を巻き、いくらか横に流れた末、天へと昇って参ります。

融殿が乾いた浜を歩きながら、業平と行平にしきりと歌を詠めと勧めました。

業平、興が湧かず、と申すよりすでに都にて万葉に詠まれた歌の心を頂き、重ねて詠んでもいます。

「融殿こそ」

と水を向ければ、

「在るがままより、心中にて成《な》した形こそ、良い歌の種になる。良く視て、時を置くのが歌の要諦かと」

とまた、これやこの、で逃げられました。

浜の逍遥にも飽きました。

「さてと、大いなる滝を見に行こう、その滝を背に、歌会《うたかい》などいたそう」

と言い出したのも、源融殿。

「……布引《ぬのびき》の滝と申します。高さも幅も、都人を驚かすに充分で、長く雨が降らずとも、尽きることのない流れが落ちて参ります」

と預りが申します。

邸にもどり、仕度を調《ととの》えて馬にて西に向かいました。

山にさしかかり、途中、馬を下りて、徒歩《かち》にて川沿いに行くことになりました。

流れは都の鴨川とは異なり、白く盛り上がり、急な勢いを見せております。

なにやら、急かされている心地がいたしますのは、やはりこのほとばしりに不慣れなせいでしょうか。

上り坂のつれづれに、滝の面白さを融殿が話しますには、落下する水は百態千態、同じものなしだとか。

滝に限らず、今生のこと万事、同じものなしです。そのような目で眺めるかどうか。

融殿は、百態千態の変化を、飽かず眺めているのが好みだとか。

行平はまた別で、同じ川底に同じ底石があれば同じ飛沫が立ちます、などと申します。

めずらしく文章博士が口を挟みました。

「方々の御説明、なるほどと存じますが、川の流れに同じものなし、と感じるは、唐の詩人も同じでございます」

と前置きし、漢詩を詠じてみせました。

付け加え、

「……都を流れ落ちる水で滝を作るにしても、人の背丈を越す高さは容易でなし……唐の国においいては、十里も離れた山の水を引き、滝を作ろうとされた帝もおられるとか」

と自慢気に申すのを、融殿口元のみで笑い、

「……何百何千里もの長き壁を作った国ゆえ有り得ること……手本になどせず……我《あ》が国の美しいものこそ愛でたい」

と言い捨てるのを聞き、業平、融殿へ賛を贈りたくなりました。

都人は、坂道に慣れておりません。

それでも一行、滝音に導かれ、息も荒く登ります。

どなたが滝のこと言い出されたことか、などと融殿は、憎々しげに言われますが、すぐに、我《あれ》であった、と言いなおされ、指貫の裾を持ち上げ、滑る坂に挑まれます。

やがて真白い水の壁が立ち塞がりました。

滝壺《たきつぼ》を鳴らす水音も、人の声を掻き消す大きさ。

おお。

一行は白い壁を見上げました。

布を引く、の名前があるとおり、長い布を高い場所より垂らしたように見えますが、その長さははかりしれず、我が身が小さく見えるほど。

そればかりか、滝は長さ二十丈、広さ五丈の石を白絹で包んだようであり、さらにはその上の方に、円座のように大きな石が突きだしております。

その石の上に落ちかかる水は、小さな柑橘《かんきつ》の実、いや栗の大きさとなり、零《こぼ》れ落ちておりました。

目を据え見ますと、たしかにどの柑橘の実も栗の実も、同じものはなく、飛び散る様も一つ一つ違います。

「……融殿、落ちる水は百態千態、どれも同じものは在りませぬなあ」

あらためて感嘆いたしますと、

「さよう、見て飽きぬはそのためで」

と腕組みし見上げておられましたが、

「さて、いかがか、ここにて歌会は」

と思い出し申されます。

憲明と預りも、その予定にて運び上げておりますものを、供人数人にて拡げました。

敷物を幕で囲い、降りかかる飛沫を手持ちの笠にて覆います。

滝よりの風、登り来た身には涼しく有り難く、一同ほうと、息をつきながら円《まる》く座しました。

「皆して、滝の歌を詠もうぞ」

と源融殿。

さてどなたから。

始めに詠んだのは行平でした。

わが世をば今日《けふ》か明日かと待つかひの
　なみだの滝といづれ高けん

供人がただちに筆にて引き写します。

我が身が世にみとめられる日が、今日か明日かと待っているけれど、その甲斐もなく、わたしは涙を流しています。わたしの涙の滝とこの布引の滝と、どちらが高くより落ちて参るでしょうか。

業平、心を打たれます。

先帝より蟄居を申し渡されたのも、行平の本意ではなく、実直な官人としては、嘆くしかない身の上ではあります。

融殿も、しばし黙して、袖を顔に当てられました。

朝廷より厚遇を受けて見える融殿には、到底解らぬ心地かと思えましたが、そのお姿は、官職を決める春秋の除目《じもく》で、一喜一憂させられる官人の悲しみ哀れさを、わが事として受けとめておられるご様子。

いまは勢いあれど、いつ何時、この滝水のように激しく落ち砕けることにならんとも限らず、無常のことわりには逆らえないのを、誰もがしみじみ知ることになりました。

融殿に続き、憲明も歌を詠みました。

いずれも行平の涙に添う歌でした。

乞われて、預りもまた、詠みます。

残り少ない自らの人生を、落ちる滝水にたとえ、白玉のように涙とともに袖を濡らすも良し、とする、鄙《ひな》住まいの人にしては潔い歌でした。

最後が業平。

前の歌を受け、白玉を詠みこみます。

ぬき乱る人こそあるらし白玉の
　間なくも散るか袖のせばきに

白玉の緒を引き抜き、このように散らせる人がいるに違いない。美しい白玉が間を置かず散り落ちることよ。それを受けとめ包むには、わたしの袖はこんなに狭く小さいのですが。

兄行平の、いかにも不遇を嘆く歌に通じてはおりますが、そこは直截的にではなく、置かれた身分の低さは業平も同じ、とばかりに、受けとめる袖の小ささを詠みました。

それにしましても、白玉は袖に受けるもの、との風雅を、鄙人の預りが踏まえておりましたのは見事です。

業平もそれを賛辞する意味も込め、白玉を詠んだのでございます。

こうした歌のあとで見上げる滝は、零れ落ちる無数の白玉ばかりが、目にのこります。まことに歌というもの、そこに在る様の、かたちを変えさせる力を持つものです。童《わらわ》じみた歌で笑われるかと思いましたが、この歌を愛でて歌会は終わりました。

芦屋の邸への戻り道は遠く、亡くなった宮内卿のお方の家の前まで来ると、すでに陽は暮れ落ちておりました。

芦屋の邸の方を遠く見遣ると、漁《いさ》り火が数多《あまた》海に浮かんでおります。

業平、詠みました。

　晴るる夜の星か河辺の蛍かも
　　わが住む方の海人のたく火か

あれは晴れた夜空の星でしょうか。それとも河の近くを飛ぶ蛍でありましょうか。さもなくば、わたしの邸がある芦屋の灘の海人が、焚《た》く篝火《かがりび》でありましょうか。

すでに旅も長くなり、皆疲れております。

融殿も兄行平も、目に立つことのない文章博士も、邸に戻り着くや、白玉の舞い散る深い眠りに落ちたのでございます。

その夜は南の風が吹き荒れました。

波もたいそう高く、芦屋の灘が本性を顕《あらわ》した一夜でもありました。けれどそのような夜が明ければ、海辺は収穫の時へと変じます。荒れた夜がもたらしてくれるものを、海辺の人々は有り難く頂くのです。

邸の女たちも朝早くより浜に出て、海松《みる》が波に寄せられ、流れ着いているのをこぞって拾い集めます。

嵐がなければ、浅い海の岩石に付いておりますす松のような姿をした海藻が、このように手に入ることはありません。

邸に持ちかえった海松は、この邸の預りの妻が、高坏《たかつき》に盛りました。

高坏の海松を柏の葉で覆い、客人《まろうど》たちに差し出します。

柏の葉は大きく、神への供物を盛るときに使いますが、それを知ってのことであります。

その柏の葉に歌が書き付けてありました。

　わたつ海《み》のかざしにさすといはふ藻も
　　君がためには惜しまざりけり

海の神がかざしとして挿すという、聖なる藻がこの海松でございます。あなたのために、惜しみはいたしません。どうぞお召し上がりになってください。

客人たちは、この田舎女の歌を受け取り、面《おもて》を見交わします。預りは妻の歌に恐れ入り、汗を拭くこととしきり。

みな声を合わせ、お見事、と申しましたが、果たして各々の胸の裡《うち》は解りませぬ。

素直に供応の思いを詠んだ歌として喜んだものの、何かが足りず、また何か余れる心地がいたします。

とは申せ、それもまた、都の官人の日々には珍しくも有り難いことでありました。

そののち一行は、都へと戻りました。

さて、行平業平の憂さが晴れましたかどうか。

露の宿り

露ははかなく消えるもの、とは申せ、もとは何処《いずこ》からか降りてきてあらゆるものの上に置くものであり、また同じく起《お》くものでもありました。

俄《にわか》に、願いむなしく消えるのも露。

この理《ことわり》に逆らうことのない露は、古《いにしえ》より涙にたとえられ、それゆえ袖にて受けるものでもありました。

業平、古の歌にもある露を、消えゆく命の哀れさのみ思うておりましたが、思いがけず我が身に降りかかるのも露であるのを、身に染みて覚えることが、ございました。

その秋、長岡にお住まいの母君伊都《いず》内親王のお身体が、物の怪の憑依《ひょうい》のため弱りおられると伝えられました。

憲明《のりあきら》が申すには、夢の中に背の高き武者が立ち、東より攻め来る奇怪な鬼を追い払うものの、鬼は数多くしかも屈強にて、夜ごとに身近くまで迫り来て、なにやら恐ろしいことをしかけるのだとか。

鬼を退治する祈禱師も、容易には退治できない難事だとのこと。

「いかにするのが良かろう」

と業平が問えば、憲明の考えはこのようなものでした。

「……おそらく、背の高き武者とは、坂上田村麻呂《さかのうえのたむらまろ》でありましょう。東の野蛮なる夷《えみし》どもを平定されたお方」

それは業平も存じております。

田村麻呂は業平の祖父にあたる平城帝に仕えておりながら、平城帝に叛旗《はんき》を翻した武人。父阿保《あぼ》親王も、連座の憂き目に遭いました。

田村麻呂はとうに亡き人となられましたが、嵯峨帝の覚えは良く、清水寺の開山にも関わられたのでした。

「田村麻呂がお母君を鬼から護っておられるのは、平城帝や阿保親王へ詫《わ》ぶお心かと……業平様がお嫌いになるのももっともなれど、いまはお母君のために、清水へお参りになられるのが宜《よろ》しかろうと存じます」

業平にとりまして坂上田村麻呂は、勇ましき武人ではありますが、荒々しい気風ばかりが目に立ち、好むお方ではありません。ましてや祖父との宿執《しゅくしゅう》がございます。

とは申せ、清水観音へは姫君や女房たちも参られ、裳《も》や唐衣も艶やかな女人の車が並ぶと聞きおりました。

石山寺は東に遠く、長谷寺は南に遠い。

宿りの手当も要らぬ清水寺への参詣が、女人たちを心安くさせてもいるようでした。

業平は憲明の勧めをうけて、供人も少なくして音羽山の清水へと参ることにしました。

除病や延命を叶えて下さる十一面観音の、お手の一つにすがりたい。

伊都内親王の夢に立つのが田村麻呂かどうかは判らぬまでも、母君のために参籠《さんろう》も厭《いと》わぬ覚悟であります。

長岡では、闇に向かって弦を鳴らす弦打《つるうち》も夜を徹して行っておるとか。

その音を怖れてか、鬼の来る夜も少なくなったとは聞きますが、清水観音のお手にかかれば、さらに悪鬼たちは伊都内親王より離れるに違いありません。

少ない供人とは申せ、五条に下がる道に、おおしし、おおししの前駆《さきがけ》の声が流れますと、車の人は誰かと都人は言い合います。そのあからさまな声までも、車の内に届くのです。

内では、業平の後ろに座します憲明が、身を乗り出して申します。

「業平様、これこのお邸《やしき》が、文徳帝の母君、五条の后順子《のぶこ》様のお住まいと聞いております」

車の簾《すだれ》を上げて覗き見れば、牛の糞が散らばる向こうに、築地の崩れた中より前栽《せんざい》が覗く邸があります。

その東門より、まさに八葉車《はちようのくるま》が出て参ったのです。

八葉車の出を待ち、業平の車もあとを追うように進みます。

前の車、五条大路を東に折れました。どうやらこの八葉車も清水詣でのようで、しかも詣でる人は女人なのが、御簾の下より出した裾でわかります。

出衣《いだしぎぬ》で女車を装うこともありますし、出衣のみの飾りで女人は乗っておらぬこともありますが、愛らしく気品のある紅色の裳裾《もすそ》ですから、高貴な若いお方が想像されました。

「あの邸より出てこられたなら……順子様であろうか」

業平が問うと、憲明はまたもや身を乗り出し、肩越しに応えます。

「五条の后殿にしては……」

「さようさよう、あの出衣の色は」

「赤が過ぎます」

憲明も同じ考えのようで。

「ならば、あの裳裾は」

「……はい、あのお方かと」

それだけで通じましたのは、藤原高子《たかいこ》が、父の長良殿亡きのち、長良の妹つまり叔母にあたられる五条の后邸に、引き取られてお住まいとの噂が流れておりましたからです。

それもただならぬ噂と共にでありました。

高子はひそかに、夜の都を馬にて逍遥されているという、およそ有り得ない噂。五条の后邸の女房たちが、内密に女鞍《おんなぐら》をもとめられたとか。それもお若い姫君のために飾りがついた女鞍を。

「……真実《まこと》であろうか、姫君の馬での逍遥……」

「いえ、さすがにそれは……実の兄基経《もとつね》殿への恨みより出た、在らぬ噂でありましょう」

出所は解りませんが、兄基経はじめ、藤原一族に反発する勢力が、表向きには抗えなくとも、このような噂の流布に走ったのは、有り得なくもないことで。

高子は父を十四の歳に亡くしたものの、兄基経たちにとりましては掌中の玉で、やがて内裏に入られれば、東宮の后も叶うお方です。姫君の良からぬ噂は、兄たちへの憤りとして、業平にも解るのでした。

高子が馬にて夜の都を逍遥する、などという良からぬ噂も、妹を藤原一族の出世安泰のためにあてる兄たちへの、腹立ちから出たこと。

とは申せ、高子が都人たちの口の端に上るには、他にも理由《わけ》がございました。

貞観元年十一月の大嘗祭の折り、五節舞《ごせちのまい》の五人の舞姫の一人として、兄基経の養父である藤原良《よし》房《ふさ》により、奉仕させられたのです。

いかにも名誉なこと。

この舞姫の美しさ、ただならぬ気配が評判となり、それが下々の噂となり流れておりましたわけで。

業平も大嘗祭の折は、末席にて五人の舞姫を観ております。

まだ幼さの残る帝に臆することもなく、赤色の五節舞装束の袖を大きく広げて羽ばたくばかりに舞い、扇の長い飾りを誇らしげに宙に泳がせ、それがあまりに堂々としておられたので、帝は何やら挑まれたように、仰《の》け反《ぞ》られたのだとか。

五節舞の舞姫は、帝のお目にかなえば、神に寿《ことほ》がれた相手として、燕寝《えんしん》に与《あずか》る慣《なら》わし。後宮へ上がることも叶うのです。

幼い帝にはむしろ、その時の高子の舞いはまぶしく強く、圧倒される心地がしたかも知れません。

それやこれや、人並みではない姫君として耳目を集めておりましたところへ、騎乗の噂です。いずれも見目美《うるわ》しく、華やぎもあり、藤原一族の掌中の玉であるゆえのこと。

業平は、前を行く牛車の輪が小石に乗り上げるたび、紅色の出衣が右左に揺れ、ときに跳ね上がり、中の姫君の高い声まで聞こえる心地がいたします。

音羽山の麓まで参りますと、くれ橋の手前に、つごう三つの牛車が引き寄せてありました。牛をほどき、長い轅《ながえ》をもたせかけて、車の内にて参詣の順を待っているようです。

供人たちが諍《いさか》う様子も、車を隣に着ければ手に取るように聞こえます。隣に並ぶ車より物見の御簾越しに漏れ出る声。

同乗の侍女と話しているらしい。

「……なにゆえ兄君は……清水詣でをそのように……」

「御声を低く……」

「……なにゆえ物詣でを憎くお思いなのでしょうか……」

「……物詣でへのたびたびのお禁《いさ》めは、姫君をただ大切に思われてのこと……」

「嘘です」

とさらに高い声。

「……姫君、御声を静かに……案内《あない》下さる法師も、すぐ近くに」

「……法師たちはあのように経を唱えて居られる……わたくしの声など……声を出されるあいだ、お心は空になりますとか……そのような法師たちが羨ましゅうございます」

侍女は困り果てている様子。

業平は物見の御簾越しに、姫君の横顔へ、思わず声をかけました。

「……いずれのお方の祈願でございますか……先ほどより御声が届き、思わず……」

業平の声の近さに驚き、水を浴びたような張詰《はりつめ》が伝わります。

声色を緩めて重ね申しました。

「あやしき者ではありませぬ。いつぞやの五節舞を、遠くより拝見させて頂きました者にて」

張詰が一段と硬く鎮まります。

「……その折りはあまりに遠く、赤の御衣装は紅葉が散るばかりに見えました……おつむの冠も小さき花のようで……けれどいまこのように、御簾近くにて、御衣の香をいただきますと、あれは紅葉でも花でもなく……」

業平の声に、侍女が慌てふためき、姫君を制する様子。

姫君は思いもかけぬ次第に驚かれたものの、すぐさま静かな強い声にて、お応えになりました。

「どなたか存じませぬが、あが車の後を参られましたか……なればここにて、わたくしの繰り言を……」

「いかにも、耳に入りました。御兄上は、清水詣でをお憎みとか」

「……はて、どちらの殿人で……」

「いずれ文など言付けたく」

「そのようなもの、要りませぬ。わたくしが欲しいものは、かたちばかりの文ではありませぬ。真心《まこと》無くても、いかようにも言の葉は操れます」

業平は、痛いところを突かれました。歌の上手とは、言の葉の操り上手でもあります。

「……では、何をお求めで」

「都のいずれであれ、わたくしが訪ねたい折りに心まかせに訪ね、思うまま、たのしむことです。その願いを清水観音に聞き届けて頂きたく、こうして……」

振り返り憲明を見遣りました。

目を細め、昂《たか》ぶりもあらわに業平の対応を聞き入っております。

「……それで姫君は、夜の都に馬を走らせておられますのか……いずれかの時、そのようなお噂を……」

ああ、並べた車同士、御簾越しとは申せ、ゆるされぬ悪態。

けれど姫君は、柔らかく笑っておられる気配です。

「馬にて都をと申されましたか……」

「はい、夜の都を思うさまに」

「清水観音に祈願いたしましたら、叶《かな》うことでございましょうか」

「もし本心よりお望みであれば、在原の業平、いつか必ず、叶えてさしあげましょう」

思いもよらず名乗っておりました。供人の侍女にも聞こえております。

この成り行きに、もっとも心を昂ぶらせておりますのは、業平自身でございました。

足駄を履いた法師たちが、経典を口ずさみながら、本堂に通じるくれ橋を行き来している様子。

その声に紛れるように、業平、車の御簾越しに申します。

「……この清水寺を建てられたのは、坂上田村麻呂のお力があってのこと。田村麻呂はわたしの祖父に背いた男です。わたしはその末孫につき、好まぬ寺ですが、母君を苛《さいな》む鬼たちを退治するために、詣でております」

「わたくしは、田村麻呂を好んでおります」

業平の言葉に寄り添う気配などまるでない。それがまた、業平を昂ぶらせます。

「なぜ好まれます、荒い武人の力がお好みなのか。夷《えみし》を退治され、その頭目たちを都に引き連れて参ったものの、頭目たちは哀れにも殺されたと聞きます」

なぜかこの女人に刃向かいたくなる。小生意気で怯《おび》えも知らぬ様子が憎らしい。

「……鬼を退治できるのは、そのようなお方かと……わたくしも鬼退治がしたい……業平殿は鬼を退治なされますか」

この様子では、五節舞で幼い帝に挑まれたように見えたのも、想像できます。

「……鬼は東国の夷ばかりではございませぬ。この都にも、夜ごと現れます。姫君の騎馬姿は、何よりの好物でありましょう。取って喰《く》われましょうぞ」

と申しますと、穏やかながら芯の強い笑い声が返されました。

そのとき、法師の一人が姫君の車に寄り、参籠《さんろう》の順が整い、局もしつらえました、と声高に告げたのです。

高子の車に履き物が揃えられ、下りられる姿を御簾を上げて見ますと、先ほどからのひそめた声での語りなど思わせぬ、細く柔らかなお姿。

差几帳《さしぎちょう》など邪魔ぞとばかりに、小袿《こうちぎ》姿の裾に手を添えて進まれる歩みも、しなやかで雅《みやび》であります。

その後ろ姿からは、一途に観音菩薩《ぼさつ》へと向かう思いのみ見えます。

業平は主人が居なくなった車に、文を置くことも考えましたが、その手も止まり、今一度御声を繰り返し蘇らせております。

憲明が思い出したように、声をかけました。

「……名乗られましたな……文を届けるとも申されました」

「たしかに申した」

「難事でございます」

「難事だな」

「あの五条の后邸でございますよ、順子《のぶこ》様の」

「存じている」

「申されたからには、果たさねばなりませぬ」

「果たす。憲明に届けてもらう。あの邸は築地が崩れていた。犬はおらぬようだ」

「……たしかに崩れておりましたが、西の京の荒れた邸とは異なります」

憲明の言葉に応じていながら業平の目は、廊の手摺《てす》りに摑《つか》まりながら、それでも背を伸ばし、他を寄せ付けない空気に包まれて上ってゆく女人の後ろ姿に、吸い寄せられておるのです。

やがて業平の車にも、参籠の準備ができた報《し》らせが参りました。

いっときも早くあの廊の先の本堂に行き、小生意気な女人に何か言いたい。素直だが本心の見えない、明るく張りのある声を、今一度聞きたい。

沓《くつ》を履くのも急がれます。法師たちを追い抜くように廊を上がってまいりましたが、すでに高子《たかいこ》は奥の暗い局に入られたようで、姿は見えません。

憲明は、半沓《はんぐつ》を引き摺りながら追って参りました。

はたと気付いて、犬防《いぬふせぎ》の柵の中を見入れますと、清水観音が静かに佇《たたず》んでおられました。


左京の高倉邸に戻った業平は、清水でのこと、しきりと思い出しております。八葉車の物見の御簾越しに交わした声ばかりが蘇ります。

あの折り、清水の観音に願った言葉は忘れておりますのに、在原の業平と名乗った自らの声と、息を呑んだのちの真っ直ぐな高子の返事ばかりが生々しいのは、どうしたことか。

母君伊都内親王の御容体は、いくらか軽くなられたとの報《し》らせもあり、業平の心は日夜、長岡ではなく五条に向かっております。

清水寺にてあのお方と、車が隣になりましたのは、清水観音のお心であったのかも知れぬ。

このようにも都合良く思い及んでおります主人に、憲明は常とは違うものを覚え、五条の后邸のこと、触れないようにしております。

寝ても覚めても、物思いに取り付かれた主人の身に、なにやら危ない気配を感じているのでした。

物詣での気安さより、五条の后邸に文を届けるなどと申したものの、どうにかして止めさせたいと憲明。

主人の業平、物思いから生き抜けるためとばかりに、歌を書き付けました。

わが袖は草の庵《いほり》にあらねども
　暮るれば露の宿りなりけり

わたしの袖は草の庵ではありませんが、まるで草の庵のように、暮れてくると露の宿り所となり、ほれこのように、涙で濡れてしまうのです。あなたへの叶わぬ思いゆえに。

業平は書き付けた歌を、五条の后邸へ届けさせようと、憲明をよびつけました。けれど察しのよい憲明は、主人の声が届かぬふりを装い、知らぬ顔。

やむを得ず業平、独り詠んだままに置きます。業平にも迷いがありました。車の物見で交わした声を思い出したからでございます。

わたくしが欲しいものは、かたちばかりの文ではありませぬ。思いを歌に詠んだまま贈ることをしなければ、思いはただ身の周りに漂うばかり。

業平は、自らの内の奇《くす》しき道理に気づきます。

思いは歌にして出《いだ》し贈れば、それにて鎮まるものがあります。思いは歌の舟に乗せれば、離れてくれます。そして安らぐ。

安らげば、他の女人へ思いが向かうのも道理。

贈らねば、身の周りに漂い続けるばかり。

あたかも言の葉は、行き場もなく、主《あるじ》を責めて参るのです。

草の庵とは、世を捨てた人の粗末な住まいのこと、そのような筆はいかにも真《まこと》より遠い。

古《いにしえ》の歌の借りものではありませんか。

ならば露が宿れる袖、は真か。これこそ、古より言い慣わされてきた譬《たと》えを、真似ただけのこと。


はたと気づきます。業平、涙を流してなどおりません。袖も濡れてはおりません。

ではありますが、涙を流すほどの思いを越えた、やるかた無い思いに、心侘《わ》びておるのです。古の言い慣わしより、さらに深いのです。

歌に詠み込んだ、暮るれば、の言の葉も真とは違《たが》います。思いは、昼の日中《ひなか》においても薄れないのですから。

歌詠み、歌上手、の高名も、在りのままの心に較ぶれば、なんとも色が浅い。

とは申せ、古の言の葉を借りることなしに、どれほどのことが伝えられましょう。

またしても物見の御簾越しに、高子の声が聞こえて参ります。

わたくしが欲しいものは、かたちばかりの文ではありませぬ。真心《まこと》無くても、いかようにも言の葉は操れます。

業平の驕《おご》る心を砕き、さらに深く入ってこられようとされるのか、高子姫。

そのころ業平は朝廷においては散位。

位階のみで官職の無い日々でございます。

仁明帝のもとでは蔵人を拝しておりましたが、この職は仁明帝の御世のみでございました。

ゆるりと時は流れ、夜通し恋に迷うことにもなりました。

飽くことなき思いは、秋深まればなおさらしのび寄ります。

折りしも、源融《みなもとのとおる》殿が案じて、業平を訪ね来られました。

六条の邸より椿餅《つばいもち》など持参されて、しみじみ芦屋への旅など、思い出し語り合いました。

いまや秋も去り、冬へと入り行く季《き》、虫の音も消えた庭に、寒々と月がかかっております。

萩《はぎ》は散り、菊も移ろい、寒月のみ白い、という歌を詠みますが、業平、自らの歌にいまひとつ得心がゆかず、その様を見て融殿も、

「……このところ、気伏しておられるとか」

誘いの声。

「さような姿に、見えますか」

「母君のご様子は」

「夢に鬼が出て参るとか、案じておりましたが、清水観音に祈願いたしましたところ、鬼もこのと

ころ散じておるとか」

「それはなにによりのこと」

高子との出会いは、申しません。

「……夢の中にも、道はあるようで……鬼はどの道を逃げたのやら」

「家人の憲明によると、鬼は東より来て、東へと逃げますようで……夷《えみし》の鬼でございましょう」

「業平殿、夢に道があるなら、いずこへ向かう道を望まれますか」

融殿、高子への思いを聞き及んでおられるのか。問いながら、ふふと、かすかな含み笑い。業平、溜息《ためいき》をつき、氷にも似た白い月を見上げるばかりでした。

扇をはたと閉じられた融殿、夜更けて立ち上がられました。

その夜でございます。

源融殿の申されたことが、まことに夢となり現れました。

眠り入りしばらくしますと、身が持ち上がり、天空へと続く道を歩いております。

季節には早い、橘《たちばな》の香が降り来て、誘います。

ゆらゆらと上がり参りますと、そこには南へ向かう細い道が続いておりました。車が通うことのない、細く柔らかな道でございます。

いずこへ向かう道なのかと、業平いぶかりながらも進みますと、西に向かうか南に下がるかに分かれておるのです。

ひとつは長岡の母君のもとへと、続いているらしい。もうひとつの行方は判りません。

業平、躊躇《ためら》いながらも、南に下がる道を選びます。ああ、この先には五条の后邸。

一つ二つ足を踏み出したところ、たちまち足元が崩れ、道は消え、業平の身体は霧に包まれたまま真下へと落ちました。

冠は飛び去り、声さえ出ず、気がつけば臥所《ふしど》にて震えおります。

業平の叫びに、家人が駆けつけ参り、何事かと灯をともし騒ぎます。

夢の次第を言う間もなく、物の怪退治に、弓が鳴らされます。

家人を退かせて、業平はこの夜の在りのままを書き付けました。

　ゆきやらぬ夢路をたのむたもとには
　　天つ空なる露やおくらん

あなたの元へ行き着くことができない天空の夢の路を、それでも頼みとするわたしの袂《たもと》には、涙の露が置き、濡れております。

あの夢の路は苦しい。ふたたび行けば生きては戻れぬ心地がする。

業平は意を決し、この歌を五条の后邸に贈りました。

夢の路は閉ざされましたが、地上の路は五条の后邸へと続いておるのですから。

憲明が届けた文への、高子からのお返しは得られず、一途であることがかえって良くないのかとも思えて、幾歳《いくとせ》も前に雨のそほ降る夜に睦《むつ》み合った西の京のお方へ、文を書いてしまいました。

あの方との睦みは、母君のような温かな覚えとして身に染みついておりました。

歳の離れた、大きなお方に、この恋の思いを打ち明け、慰められたい。

さような身儘《みがまま》を、あのお方のみ受けていただけそうな気がいたしまして。

されどその文にも、お返しは参りません。

恋の手ほどきを受けたお方にも、見放されたのでありましょうか。

あの折りも幼い心であったが、今もまだ幼きままの自らの心に、業平、思い至ります。

憲明を呼びつけ問いました。

「……清水詣での折り、あの御方の車に乗られていた侍女は、馴染みになっておるか」

憲明は、はい、と低い声で応えます。

「先の歌は、確かに届けておるのか」

やはり、はい、と応えますが、頭を上げません。意に添わぬ頼みを受けたとき、このような態を見せるのを、幼い頃より知っておりました。

「……殿。あの折りの侍女とは馴染んでおりますが、侍女が案じておりますのは、業平殿の色多き噂と、さらに、姫君は騎馬にての都逍遥を、心根《ほんしん》より願われておられるようで」

「ああ、わたしが叶えて差し上げると申し上げた」

「さようでございます。殿はご自身を名乗られ、そのような誓言《ちかごと》を申されました」

侍女が案ずるのももっともな気がする。業平との仲が成れば、掌中の玉が馬に乗り、都人の好奇な目にさらされる、それはもう、姫君に到来する輝かしき日々を、砕き去ることになります。

業平は、激しき苦患《くげん》を覚えます。高貴な姫君にそぐわぬ願いを持たれるお方だからこその、この執心でもあるのです。

霜が降り、それが解けて露となり、庭一面が光りを溜めて、朝の陽に湧くほどのころ、憲明が入って参りました。

「殿、お文がありました」

箱の蓋に載せられているのは、やわらかな花薄《はなすすき》の穂に結ばれた文です。

急ぎ読めば、歌ではなく、二行のたより。

……名だたる君に歌を返すのはためらわれますが、崩れた築地の傍に生え出た花薄をお贈りいたします。

夢の路の道しるべとなりますかどうか。

業平、すぐさま文を返します。

花薄が招いてくれますなら、いますぐにでも築地を越えて参ります。涙の露より、花薄の尾を袖に受けることができましたならどんなにか。包めども穂に出でて。

と古歌の意を添えます。

けれどそれきり文は戻されません。あの侍女が、文のやり取りをどのように扱っているのかも、見えません。心焦《い》り揉みます。

夢の路の道しるべ。崩れた築地。

それらは、業平が贈った歌を受けとめ、まさに恋の道しるべを示されたと思えるのですが。

露が消えてのち、業平はふたたび歌を贈りました。

　思はずはありもすらめど言の葉の
　　をりふしごとにたのまるるかな

すこしばかり拗《ぐじ》ねる歌。

あなたはわたしのことなど、まるで思ってはおられないでしょうが、わたしはあなたのお言葉を折りにふれ思い出しては、頼みにし、望みに繋《つな》げておるのですよ。

その言葉とは、夢路の道しるべである花薄、そして、崩れた築地に言い及ばれたことなどなど。

言の葉の欠片《かけら》であっても頼みにしてしまう業平ですが、そのひたむきな思いが、難事を溶かすとも知っておりました。

恋の巧みとは、どのようなことでありましょう。

細やかな望みを、押し引きしつつ広げ、通い路をつくる手管とも申せます。その手管の功を自ら信じることも大切。

崩れた築地より忍び入る迄に、今ひとつ路を拡げねばならぬのは確かです。

拗《ぐじ》ねる歌のあとに、自らを破り傷《いた》む思いを重ね贈りました。

気性の猛き女人の裏には、温かき情《なさけ》のあることもしばしば。

それを知らぬ業平ではありません。

温情に頼む歌は、このようなものでした。

恋ひわびぬ海人の刈る藻に宿るてふ
　我から身をもくだきつるかな

海人が刈る藻をご存じでしょうか。その藻に取り付く割殻《われから》虫を目にされたことがおありでしょうか。

誰でもなくあえて自ら身を砕く苦しさを、お解りいただけますか。

そのような、苦しく痛い恋でございます。
さらに業平、間をおかず、侍女を通じてひじき藻を贈ります。
ひじき藻に添えた歌は、一段と踏み込んでおりました。

思ひあらばむぐらの宿に寝もしなん
　ひしきものには袖をしつつも

情《なさけ》があるなら、たとえ葎《むぐら》が生えているようなひどい住まいでありましても、共寝は出来ますでしょう。そのときは、ひじき藻の言葉のとおり、おたがいの袖を敷きものにいたすことになりましょうが、そのような粗末な宿は、嫌われましょうな。
高貴な方に、葎の宿を譬えに申しましたのは、高貴なお方ゆえ、読み捨てることをなさらないであろうと、業平なりに思い定めてのことでありました。

これをや恋と

思いの丈も、歌であれば逸《はや》るままに詠み贈ることができます。

業平が贈った、葎《むぐら》の宿の共寝、ですが、たしかに高子《たかいこ》の心を揺さぶりました。

高貴なお方ゆえに、生涯有り得ぬ下々の生業《なりわい》に憧れ、動かされるものです。

さてその歳の暮れ、師走も押し詰ったころ、長岡にお住まいの母君より急なる御文が届きました。

憲明《のりあきら》の報《し》らせによれば、母君の夢より邪鬼が去り、ご回復と聞いておりましたので、業平も文を怠っておりました。

母君の懐かしき水茎《みずくき》を手にいただき、このところの五条の后邸への思いゆえ、母君へは無沙汰を重ねてしまいましたのを省みて、あらためて申し訳なく思います。

母とは弱きもの。

いのちを賭して産みたもうたにもかかわらず、恋に狂ってしまった子は、何と身儘《みがまま》であることか。

母君の文には、歌ひとつありました。

老いぬればさらぬ別れのありといへば
　いよいよ見まくほしき君かな

歳を取ってしまいますと、避けることの出来ない別れがあると言います。そう思いますと、いよいよあなたにお会いしたいのです。

母にとってただ一人の子、業平。気丈なお方ではあっても秋からの患いに、さらにお心を弱くされているのでしょう。

日々の宮仕えの身には長岡は遠いと記し、すぐさまお返しの歌を届けました。

世の中にさらぬ別れのなくもがな
　千代もといのる人の子のため

避けて通れぬ別れなど在ってほしくありません。人の子であるわたしのために、千年の世も生きて欲しいと祈るばかりです。

歳があらたまりますと、宮廷は新年の行事で忙しくなります。元日は雨となり、清和帝は朝賀を受けませんでしたが、紫宸殿《ししんでん》にて盛大な宴を催されました。官人の務めの多くが、正月に集まっており、多事多端。長岡ばかりでなく妻たちを訪ねるのも怠りがちの日々のなか、業平はある夜、紀有常《きのありつね》邸を訪れたのです。

有常の娘和琴《わごん》の方とは、文のやりとりもとぎれて久しく、お目にかかるのもいまさら気鬱ではあります。

御方は内裏の宮仕より里へ戻られて、邸の北の対にお住まいと聞いておりました。それやこれやで、邸《やしき》への訪れには遠くなっておりましたが、母君の患いのことから、舅《しゅうと》殿へと、思いが流れて参ったのです。

女人への流れが閉ざされますと、思いがけず心の流れが変わることもございますようで。有常邸の西の対へ通された業平は、北の対とは離れておりますし、和琴の方とお顔を合わすこともなかろう、と安堵しております。お目にかかりたいのは有常殿であることを、邸の家人にも伝えております。

家人によりますと、有常殿はお役目多忙にて、戻りは遅くなると聞きましたが、まだ日も残ることゆえ、業平、待つことにいたしました。

有常殿のお帰りはなりません。

業平、西の中門廊に出でて、陽の落ちかかる先を眺めやります。

西の釣殿へ向かおうとすると、邸の家人が押しとどめました。

「これより先は、危のうございます」

差し迫った物言いゆえ、業平、言われるままに引き返しはいたしましたが、家人が去ってのち、ふたたび釣殿へと歩みました。

制されれば、何事があるかと、心付くものでございます。

家人が申したこと、たしかに。

中門より先が崩れ、雨雪に晒《さら》され、多くは木屑《くず》となり果てております。高欄も床も崩れ、穴が空いております。

その先にあるはずの池も、水は涸《か》れ、荒れ果てて草生《くさむ》しておるのです。

陽が落ちれば寒さも増してくると思われるのに、その中を、二人の幼子が遊び歩いて参ります。

なにやら虫を探している様子。

一人は垂髪《すいはつ》なので、乳母子《めのとご》であり、もう一人のいくらか背の高い子の頭は角髪《みずら》。

業平、はたと立ち止まり物陰へ身を寄せました。

二人の子は言い合いながら虫を探しているらしい。角髪の子は長い木切れを手に楽しげに勢いづいております。

崩れた中門廊に寄って来て、木屑の下などを返し、覗き探しておるのです。

もしや、あの子は。

ほかの女房たちの子であるかも知れませんが、乳母子との髪の違いなどから、木切れを持つ子は、和琴の方の御子、すなわち業平の子では。

業平、歳を数えます。三日夜《みかよ》の餅のときよりどれほどの年月が経ったことか。また、内裏にて宮仕えされている折り、山吹の花を手折っておられたのも思い出され、あれからの月日を思います。

業平、近づいて行き、声を掛けました。

「何を探しておられます」

二人の幼子は顔を見合わせ、角髪の子が胸を張り、申します。

「木の屑に、虫が棲みおります」

「どれほどの大きさの虫か」

「夏になれば、甲《かぶと》や角が生えてきます。いまは白く丸い姿です」

「なるほど、その虫なら存じている。鬼虫などと呼ぶものも居《お》る」

「はい。鬼の顔をしております」

「ともに探してさしあげよう」

業平は地に降り立ち、子らとともに木屑を覗き込みます。

それとなく訊ねました。

「こちらの若君ですか」

「はい、祖父君と母君と居ります」

見知らぬ客人に、またもや胸を張る姿が、凜々《りり》しくもいたいけなく、業平、思わず手を取りました。

疑いなく、和琴のお方の子、業平の一子でございます。

お顔は母君に似ず細く、身体もまだ水干が余る幼さではありますが、有常殿は良くぞここまでお育てくださった。

涙が零《こぼ》れます。

「なぜに涙が」

と幼い面《おもて》を傾ける子に、申しました。

「成人なされればお解りになります。成人はみな、良く涙を流すものです……虫を好まれるのですか」

「白い虫は好みません。夏になり、勇ましい姿に変わりました鬼虫は、見飽きぬほど面白うございます」

乳母子も、頷きます。

遠くよりこの様を見ている女人に、子らも業平も気付いてはおりませんでした。

子らが邸の奥へと入り行き、業平は思い深く、また立ち去りがたく、有常を待ちますがお戻りはなく、夜も更けて参りましたので、高倉邸へと戻りました。

邸へと戻った業平ですが、常ならぬ思いが胸の中で乱れております。

昂ぶりもあり、鬱々とした諦めもございます。また、恋に浮いて流されるような落ち着きのない心地もあります。

一つには、有常邸において我が子にまみえたこと。思いもかけぬ成り行きでございました。

さらには、まみえた所が、有常邸の崩れた廊であったことです。

庭や池の手入れもおぼつかない様子に思え、存外に打ち侘《わ》びてお暮らしなのではと。

有常殿にお会い出来たなら、このような胸にかかる暗雲も、語り合いにより去るのでありましょうが。

業平、今宵《こよい》の気持ちを詠みました。

　君により思ひならひぬ世の中の
　　人はこれをや恋といふらむ

あなたを待ちました。待たされました。待たされる思いにも慣らされてしまいました。世の中ではこれを恋と言うのでありましょうか。恋の思いがようやくわかりました。

有常に贈りましたところ、お返しの歌が届きました。

ならはねば世の人ごとになにをかも
　恋とはいふと問ひし我しも

あなたのように恋に慣れてはおりません。世の中の人がみな何を恋というのかと、以前あなたに問うたことがございます。そんなわたしがあなたに恋を教えたなんて、それは違うのではありませんか。

歌を手に、業平、しみじみ有常を思います。物堅く良き人なれど忠実《まじめ》が過ぎ、和琴の方もまた、それを受け継いでおられるのだと。

長岡の母君のお気持ち、さらには一子を育ててくださっている有常殿への謝恩の心に深く動かされながらも、業平はそのまま置きおりました。

親も舅《しゅうと》も、急がずとも後刻あらためて。

そのような折り、半ば諦めておりました五条の后邸の高子様より、文が参りました。

驚き喜び、業平は立《た》て文をほどきます。

そこには、贈った歌に記しました、葎《むぐら》の宿への言い及びがありました。

間を置いてのお返しは、どのような境地からでありましょうか。

葎にも白玉の露は置くのでしょうか。わたしはまだいずれも知りませぬ。馬にての都の逍遥も知りませぬ。やがてあが君が、お連れくださるのでしょうか。鬼が現れれば、退治してくださるのでありましょうか。

築地にも、葎は生えます。目覚ましく極めたる邸の築地の、崩れに生える葎ほど哀れなものはございませせん。


そのような御文でした。

目覚ましく極めたる五条の后邸の、崩れた築地に生える葎を、哀れと見られるお方。

その築地を越えて来られよとのことか。

情趣が通うお方であると、業平ありがたくも浮き立つ思い。

業平は素直にあるがままの気持ちを、歌に溢れさせます。

おもほえず袖にみなとのさわぐかな
もろこし舟のよりしばかりに

思いもかけぬお便りを頂き、喜びの涙が袖に溢れます。涙の袖はもう、港のように波が立ち騒いでおります。まるで唐《もろこし》の大舟がやってきましたように、あなたの文はわたしの心に、波紋をもたらしておるのですよ。

すぐさまこの歌を返したのです。

みそかなる

　五条の后邸の築地の崩れは、清水詣での折り、牛車の中より見ております。

　藤原高子《たかいこ》様との文のやり取りには、それとなく逆らって来た憲明《のりあきら》ですが、高子様に仕える小舎人《こどねり》童《わらわ》からの文など受け取るたび、主人の願いを叶えることよりほか、方途《みち》はないと思い定めてもいます。

　父君長良殿の邸に住まわれていたころより、側に仕えてきた侍女が、五条の后邸に付いて参りましたとか。

　その侍女とも心やすくなった憲明ですが、ようやく業平の訪れに許しが貰《もら》えたのは、音羽山の桜も散ったころの時節でございました。

　密《みそか》なる訪れ、語らいのみで妻戸より入ることは差し控える、と口約束《くちがため》があって許されたことでした。

月の無い夜、業平は初めて五条の后邸の築地の崩れを越えました。

崩れと申しましても、いまや土塊などは取り除かれ、かたちばかりの柵が置かれているだけで、裾を取られることもなく邸内に入ることができたのです。

案内《あない》の童に導かれます。

憲明は柵の外にて離れ、人目に付かない路に置いた車に戻りました。

車にて主人を待つのには、慣れております。

このところの、主人の気伏せし日々を思うと、首尾良く行くのを願うばかりですが、また人目につけば、その後の難事も思いやられます。

訪ねる先は、人の妻でも髪を下ろされた方でもなく、良房《よしふさ》殿の姪《めい》で内裏へ入られる噂のある高貴な姫君。

文のやり取り、懸想の歌を贈るだけでも危なく険しいのです。

憲明は、役目果たした安堵とともに、この先の成り行きを思い、心重たいかぎりです。

憲明の愁いは、業平には届きません。

前を行く童の差し出す紙燭《しそく》に、身を熱くして足を動かしております。

暗い空には星も見えず、童の差し出す紙燭のみが、幻のように揺れてみえます。

童の白い手指は、観音の導きかと思えるばかりにぼうと明るく、この昴ぶりをひとしずくも逃したくないと、欲深き業平なのです。

夜更けて女人を訪ねる折り、幾度この昂ぶりに身を揺さぶられたことでありましょう。暗闇にともる、案内の小さき灯りは、心細き足元に方途《みち》をつくり、この世の隅にてささやかに待つ幸《さいわい》に、導いてくれるのです。

逢えたなら、世のすべては明るくひらけ、苦しみさえ望みへと変わります。

業平はいつもこの時を、人の世の長い旅の中で、他の何よりも身と心を蘇らせ、血を沸かせる刹那であるように思えるのです。

春秋の除目《じもく》で、官人は自らの運と才を占うように朝廷の命を待ちます。良き職に任じられれば天に謝し、望んだ任官が叶わなければ、かなしみ呪います。

いかに良き運に恵まれ、世に認められても、何一つ定まることなく、身一つの幸不幸は淵瀬《ふちせ》の見えない無常。

父上は大宰府に居られたなら、鄙《ひな》の暮らしにも慣れ、あのように短く生を終えられることも無かったかもしれない、と思うこともしばしばありました。

女人に逢うための、この小さき炎《ほむら》こそ、真実《まこと》頼りにできるもの。迷いなく幸《さいわい》へと続いておるのです。

女人へ導かれたのちは、けして良きことのみにあらず、哀しきことも憂きことも起こります。

我を忘れさせるほどの酔いの時のあとに、事醒《ことさ》むる朝を知ることも、一度二度ではございませんでした。

それでも尚、全き女人をもとめて、宵《よい》ともなれば暗い中の炎を頼りに、訪ねるのです。

足元の様子では草々も沓《くつ》に触《さわ》り、雑舎《ぞうしゃ》や倉に出入りする使用人も、南庭ほどには手入れをしていないらしい。

建物の北を回り、高子姫がお住まいの西の対へと向かいますようで。

東の対も今は黒々とかげっております。

北の対にまでやって参りましたところ、童が耳打ちいたしました。

「近江の方が、こちらで待つようにと」

そのお方が、高子様の侍女でありましょう。

童が足音もなく掻き消えてしまったあとには、うっすらと盛り上がる植栽が、闇の中にも黒々と判ります。

薄淡く広がる大海原に、浮いた島一つを拠り所に立つようなのは、心細いかぎりですが、これもまた恋の情趣であるのを、業平は身に染みて知っております。

忍ぶことなく手に入る恋は、全山いたる所に実《な》る柑子《こうじ》を食すようなもので、興はありません。

この心細さを越えてこそ、恋は味わい深くなるものだと、自らに言い聞かせます。

その植栽の陰より、人がゆらりと現れました。業平を待っていた様子。

「……どうぞこちらへ」

身体のかたち小さく背も低く、声も密やかですが、どこか凛《りん》としております。

案内《あない》のままに土を踏みしめ、階段《きざはし》を上がりました。

すべてが闇に埋もれておりますが、風さえやわやわとして、一段と美しい宵でございます。

「……西の廂《ひさし》の妻戸の内にてお会いなされます。殿は妻戸の外にて」

物語のみ、と約しております。

「……かたじけなく」

「……御声はすぐ近くに」

などと言いつつ、摺《す》り足にて簀子を進み座りました。

簀子には茵《しとね》が置かれておりました。

妻戸の前にてしばらく待ち居ますと、妻戸がゆっくり開かれる気配。それも片側のみです。

匂やかな風が流れて参ります。

その風が人払いをしましたように、潜んでいたいくつもの人影が、闇に吸い込まれて消えていきました。

開かれた片側の妻戸の内には、薄闇にもそれとわかる御簾に几帳《きちょう》が立てられておりました。

奥に置かれた灯火で、おぼろな人影が浮いて見えます。

「……姫君、そこに御座《おわ》しますか」

と声を掛ければ、それには応えがなく、

「……築地の崩れはいかが越えられましたか。お怪我はありませぬか」

と、懐かしい御声です。

車の物見の御簾越しに交わした声のままに、生気溢れております。

「……この暗さゆえ、葎《むぐら》は見えませんでした。このような見事な邸に生え出る葎は、良き香りがするかも知れません」

含み笑いの気配がいかにも愛らしく、業平、御簾の内を覗き見したくなります。

「葎の宿、草の庵と申すもの、どのようなものか見てみたい。あが君はそのような宿に仮寝されたことがお有りですか」

業平、贈った歌を思い出します。

やはりこの姫君の心を動かしたのは、葎の宿で共寝したいものだと言う、あの歌であったらしい。

高貴な姫君は、生涯見ぬことの出来ぬものに心奪われる。それは才ある方ほど、強く顕《あらわ》れるもの。

嬉しさで声も弾みます。

「姫君は、良き方のもとにお生まれになり、良き方に恵まれてお育ちになりました。こののちも、良き帝のお后になられましょう。葎の宿などには決して……」

またしても、拗《ぐじ》ねる物言いに。

高子姫、業平の拗ねる物言いには言い返さず、ただ笑い置かれる。

聞こえぬふりは、おおどかな気立てゆえか。

業平、姫君の齢《よわい》を思い、優れた御方は長ずるのも早くておられるのだと得心。

「……葎の宿は、月を見ながら物語など出来るとか聞きました」

「わたしも、そこまでの荒れた宿は知りませぬが、伴の方があれば、それも趣のある宿になりましょう。歌などにも荒れた宿の月のことがしばしば」

共寝、の言葉は避けました。

是非に、との思いも抑えます。

姫君は躙《にじ》り寄られたのか、お声が近くなります。

「……古《いにしえ》の歌にある、業平殿のお好みの月は、どのような」

業平、思わぬ問いかけにたじろぎましたが、間を置かずお応えしました。

「大伴家持というお方の歌に、このような月がございます……振り放《さ》けて三日月見れば一目見し人の眉《まよび》引き思ほゆるかも」

「……」

なんと姫君が下を続けられました。

驚き慌て、

「姫君が、このような古の歌をご存じとは」

と申せば、

「侍女の近江が、この歌のように眉引きは肝要であると、幼きころより繰り返し申しました。殿方は、三日月を見て女人の引き眉を思われるものだと」

恥ずかしげに申されます。

古の歌を口にし、今になり恥じらって居られる様子。

それにしてもあの侍女は、嗜《たしな》み深いお方であるらしい。

空を振り仰いで三日月を見ると、一度しか逢ったことのないお方の、美しい眉が思いだされます、との意。

「……それは真実《まこと》でございますか。眉はそれほど、殿方のお心に止まるものですか」

「さようでございます。とりわけ姫君の眉はどのような三日月にも劣らぬと思えます。今宵《こよい》は月も無く、姫君の眉も目にできませぬが」

近いうち、この御簾の内に入ることが出来るであろうか。

春の嵐の日に訪ね来れば、妻戸の内が許されるに違いない、などとあれこれの思案。

「旅のお話など、お聞かせください」

姫君の頼みであります。

「ならば、あが父君阿保《あぼ》親王の墓所に参るため、領地の芦屋を訪ねた折りの話などいたしましょうか」

と申せば、高子姫はいよいよお気持ちを乗り出される気配です。

「是非に。それはどなたと」

「兄行平《ゆきひら》と、源《みなもとの》融《とおる》殿と歌を詠みつつ参りました」

住吉の浜での歌会《うたかい》のこと、また藻塩を焼く煙のことなどお話します。

「……海女《あま》は小櫛《おぐし》もささずに、馳せ参るのですか」

やはり下々のことがお好きなようで。

「さようでございます。海女の恋とはそのように真っ直ぐ、との譬《たと》えであります」

「……羨ましい」

「何と」

「羨ましいと申しました。海人の刈る藻に宿ると申す割殻虫《われから》とは、どのようなもので」

「……それはまさしく、わたしの、この身のことでございます。自ら身を砕き割るほどの思いを詠みました」

ふっと溜息が伝わります。

「……近江に訊ねましたところ、割殻虫とは海老のように硬い殻を持つ海の虫だとか」

「これも古《いにしえ》よりの譬えでございます」

「自らの思いにて、身を砕くほどの」

「恋でございます。苦しみの果ての恋……藻に取り付き死す前に、この御簾の内に入れて頂きたく」

ついに申しました。

御簾の向こうに、お身体のぬくもりさえ伝わり来る近さに、もはや耐えがたくありましたので。

いまや隔てとなる御簾が恨めしく、お許しあればと、躙《にじ》り寄りますが、気配はいよいよたのしげに、

「その旅の続きを」

と望まれます。

「御簾の内をお許しいただければ、さらに面白き旅の話など致しましょう」

妻戸の片側が開くかと見えましたが、それは幻で、辺りの気に白い色が加わり始めております。

遠くで鳥の声などもいたします。

「あれ、鳥の声が」

と姫君も口惜しげに申され、その口惜しい物言いこそ、この訪れの果であろうかと、物足りなくも満たされた心地。

懐より取り出した筆も、白き紙に載せればようよう、その筆先が見えるほどの明るみ。

いまだ朝には遠い心地を、書き付けました。

いかでかは鳥の鳴くらん人知れず
　思ふ心はまだ夜深《よぶか》きに

扇に載せて、御簾の下より差し入れます。

なぜ鳥が鳴いているのでしょうか。あなたはご存じないほど、わたしは深い思いをつのらせておるのです。まだ夜も深いと思われますのに、ああ、なぜに鳥が。

扇が返されました。

そこには、歌ではなく一行の言の葉がありました。

旅の続きを……殻を割ることも叶わぬ身ゆえ。

業平、哀れにも愛おしく、高き身分のやるせなさを覚え、

「せめて御簾の下より、お手を」

と頼みますと、白い爪の先が、わずかに覗きました。

それを手繰り寄せ、思わず胸に抱き寄せ申しました。

「かならずや、旅にお連れ申します。姫君の旅のお伴ともなりましょう」


御簾の内に入ること叶わぬゆえ、狂おしく遣る方ない思いがございます。

翌日もまた、五条の后邸を訪ねました。

今宵《こよい》こそ、の思いがつのり、宵の口より車を寄せます。

ですが高子様、物忌みで逢えぬとのこと。

築地の柵まで出てきた童に、文を預けました。

鳥の声に阻まれ、苦しき日を過ごしました。夜明けを告げる鳥の声は憎々しいものの、あなたの御声であれば、一晩中でもお聞きしていたいのに。

返事を待つと童に申しましたが、童は小生意気にも、お待ちになってもお返事はありません、とつれなく申します。

物忌みゆえ、どなたとも逢われず籠もっておいでです。

業平は引き返すよりほかありませんでした。

物忌みとは。

夢見が悪かったのか、陰陽師の忠言によるものなのか。

それさえ判らず、また、これまで他の女人より、物忌みを理由に断られたこともあり、心は落ち着きません。

次の夜も、思い立ちはしましたが、憲明にたしなめられ、また乳母山吹にも、物忌みなら二日三日は籠もられます、と諫《いさ》められました。

業平は、闇の中にぼうと浮かび上がる白い指と、その指を掻き抱いた手触りを思い出し、かならずや旅にお連れ申します、と独り呟くのでした。

業平、日をあらためて五条の后邸を訪れました。

このとき高子様、前ほどには心やすくはならず、苦しい様子で業平の相手をなさいました。

やはり御簾の内には入ること叶わず、この日はお身体も苦しげで、ただお声だけは以前より親しく、また切なげでありました。

「……滝より落ちる水は白玉のようで……」

と業平が語る、布引の滝の話に寄り添われ、静かに呟かれるのです。

「……滝壺は涙の壺でありましょう……わたくしの胸の壺にも涙が溢れております……」

「その御涙とは」

と問いますが答えはなく、御簾の下より扇を差し出され、そのまま去られたのです。

業平、途方にくれ、御簾の下より覗いた扇を受け取ります。

そこには細い筆で一行のみ。

まだ墨も乾かぬままの文字が、業平の目を射ました。

「我が形見　見つつ偲《しの》ばせあらたまの」

とのみあります。

下に続きますのはたしか、

「……年の緒長く我《あ》れも思はむ」

のはず。

扇を持つ手が震えます。

古《いにしえ》のどなたの歌か忘れましたが、これをわたしの形見として見ながら、どうぞわたしを思っていてください、わたしもまた長く長く幾年も、あなたを思い続けます、との歌。

「姫……」

御簾に向かって声を上げましたが、そこに気配はありません。

手に残された扇を、業平は懐に収め、立ち上がります。

重い身を引き摺るように簀子を歩み、階段《きざはし》を下りました。

どのようにして邸へ戻ったのか。まだ鳥の声も聞こえない深い夜のこと。


恋の駆け引きというもの、業平には心得がございました。とりわけ女人は、さまざま拒む姿を見せ、恋の興趣を盛り上げます。

側に居る女房の手引きで、是非も無く契りを結ぶように見えても、含《くく》みおられることもあります。

女人とは、そのようなもの。

身に染み込んだ読みではありました。

心まめにして良き姿の業平は、これまで恋の壁に当たり身動きできなくなることもなく、過ごして参りましたわけで。

業平は高子のこと、数多《あまた》功有った女人同様、思いを押し重ねて行けば、事は成ると思い込んでおりました。

それなのに。許されたと思えたのにです。古歌一首残され、御簾の向こうから去られるとは。

業平には、いかにも胸拉《ひし》がれることでありました。

御位《みくらい》高きお方とは、そのようなものかと諦念も湧きますが、思いは滾《たぎ》り屈するばかりです。

ある夜、憲明と近江の方を介して文を届けました。

近江の方は、憲明の情にも傾いておられます。それを頼みにするしかない業平ですが、訪れてみますと、近江の方からの文とは違い、崩れた築地の傍らに二人の番人が立っておりました。

車の中より確かめたのち、うら荒《さ》びた心地で彷徨《さまよ》い、邸に戻るしかありませんでした。

五条の后邸にて、何事が起きているのか。

業平は憲明と近江の方を介して、歌を贈ります。

人知れぬわが通ひ路の関守は
　宵よひごとにうちも寝ななん

人に知られぬように通っている恋路ですが、その路の番人たちは、夜ごとうとうとと寝てしまって欲しいものです。あの番人ゆえ、お目にかかれないのです。

業平が高子姫に贈った歌が、どうした理由《わけ》か五条の后順子《のぶこ》様のお目にとまったらしい。順子様は、高子姫を幼きころより、近くに置かれ、大事に見守っておられたお方です。高子姫のお気持ちを察されたか、業平の思いを哀れまれましたか。

業平は順子様より御文を頂きました。

番人とは基経国経《もとつねくにつね》が配したものたちにて、宵よいごとにうち寝ましょう。間を置かれますように。

贈ったあの歌、高子様にも届いたのかどうか気にかかります。

番人たちも夜ごと眠ってしまうでしょう、いま少し、時間を置いて訪れなさるがよろしい。

との意は伝わりましたが。

使いの者に訊ねれば、五条の后も、高子の兄二人には抗《あらが》うこと叶わぬ、弱いお立場とか。

とりわけ基経殿は、叔父である良房殿に近く、良房殿の意の下に動かれるお方。賢《さか》しくも底企《そこだくみ》に長けておられるお方のようで。

順子様のお優しさを頼りにするのも、浅浅しいこと。

とは申せ、このまま埋《うず》み暮らすのも限りなく侘《わび》しいことです。

業平、かつて馴染んだあちらこちらの女に、文を贈ったり訪れたりいたしましたが、気は紛れず、女たちにはまことに無礼なことでした。

源融殿の邸にて船楽《ふながく》を催され、参りました折りのみ、気が晴れたのでございます。池に浮かべた竜頭鷁首《りょうとうげきしゅ》の船上にて、唐や高麗《こうらい》の音楽を奏でる様は艶やか、日輪月輪《にちりんがちりん》を表す大太鼓《だだいこ》の音は水面にひびき渡り、この世に天上世界を呼び寄せたかに酩酊《めいてい》いたしましたが、扇で面《おもて》を覆う姫君たちには、心が向きませんでした。

業平も苦しんでおりましたが、高子姫もまた、やるせなき心地は日々増しておりましたようで。邸の主の順子様のお見逃しがあってのことか、定かには判じられませんが、歌のやり取りのみ許されておりました。

そして六月、その名のとおり風待月《かぜまちづき》の半ばのころ、お目にかかりたいとの文を贈りましたところ、お返しがありました。

あれこれと思い定まらぬ中、この文を書いております。これまでのつれなきことの数々、お許しくださりたく。

いまとなり、あが君のお言葉に、なにひとつ異存はなく、同じ思いでございます。

あが君とお会いしたいこと、変わりはございませぬが、この暑さゆえ、肌に一つ二つの瘡《かさ》が出来てしまいました。

いまはこの暑い時節です。少し秋風が吹き始めるころに、必ずお会いいたしましょう。

それまでどうぞ、お待ちいただきたく。


との辛い文。

言寄《いいわけ》でありましょうが、願いを繋《つな》げる文でもありました。

夏が過ぎ行き、もうすぐ秋が立つと思われるころ、業平の耳に不思議な噂が入りました。

五条の后邸の高子姫は、誰それのもとへ行こうとされているらしい。

誰それ。

それがどの殿のことやら誰にもわかりません。業平の懸想が都人《みやこびと》に広まっておるなら、もしや噂は業平のことかも知れず、ならば有り難きことではありますが、他の殿のことであるかも。

五条の后邸に囲い込まれた高貴なお方は、都人どもの真も偽も判らぬ浮いた言の葉に、ただ塗《まぶ》れるばかりの定めのようで。


それはあまりに俄《にわか》なことでした。

高子姫の兄基経が五条の后邸に参り来て、高子姫を、迎え連れ去ったのでございます。

都に流れる根も葉もない言の葉のせいで、そのように急がれたか、すでに決められていたことかはわかりません。

連れ去られる折り、高子様は急ぎお歌を詠まれました。

そのお歌は、まだ染まり始めたばかりの楓《かえで》の紅葉を集め、それらとともに、箱に入れられ業平に届けられました。

秋かけて言ひしながらもあらなくに
　木の葉降りしくえにこそありけれ

秋を期待してお待ちくださいと申しましたが、そのお約束が守れなくなりました。木の葉が降り敷いて浅くなった入江のように、あなた様とのご縁は浅いものでありましたのか。

業平の落胆は大きく、病に臥《ふ》せるかと思われるほどでしたが、どのようにしても、もはや五条の后邸に、姫君は居られないということだけは確か。

打ち臥しながら、この成り行きを恨んでみたり、ときに高子姫さえ憎く思ったりしながら、苦しみに耐えております。

高子姫は藤原家の掌中の玉であります。いまだ十二歳の清和帝の元へと入内されるのを、良房殿はじめ、基経殿も強く望んでおられると、漏れ聞いております。

おそらくは、その玉にわずかな傷も許されぬとばかりに、隠されたのでありましょう。

業平は在原家の実直な官人の中でも、色好みで名だたる者。

そのように歌と色に身を染めるのも、父君のように政治《まつりごと》の力に弄ばれるのを嫌い、権力からの流離を願ってのこと。政治の様、無常にも世々くつがえされ見苦しきかぎり。真《まこと》の言の葉はうつろうことなく生々と永らえます。

業平は自らの思いと言の葉を踏みにじられた心地がして、胸ふたがれます。実らぬ恋の悶《もだ》えのみならず、権力より離れつつある在原氏の者として、いまあらためて傷つき痛むのでした。

業平、秋の気配濃くなるにつれ、都より逃げ出したい願望、濃くなりました。春よりの半歳、五条の后邸での事など忘れるためにも、東の山に入り、仏僧のように棲《す》みたいものだと。

そのこと、他のことのついでに、兄行平への文に歌を添え、贈りました。

住みわびぬ今は限りと山里に
　身を隠すべき宿求めてん

五条の后邸のことが兄の耳に入っているかどうかは判りませんが、同じ在原姓のものにしか、汲み取っては貰《もら》えぬ今の境地と、業平には思えたのです。

都に住むのが辛くなりました。この邸に居るのも今は終わりに思えます。山里に身を隠すための住まいを探そうと思っております。

ややあり、行平より返事が来て、それも宜《よろ》しかろうと。

山科《やましな》に父にゆかりのある寺があり、庵《いおり》もあると聞きます。徳も雅もある方がおられるようで、とありました。

冬ざれになれば路の雪深くなりますが、これより夜の星も深くなる季節にて、お心安まれましょう。

業平有り難く、この方を頼りに移りました。

秋にかかるとは申せ、まだ日は暑く、紅葉の色づきを見れば辛くなります。

庵を囲むように生え出た藤袴《ふじばかま》も、喪服の袴のように思え、このまま消え入りそうな、心細い日々を過ごすばかり。

この世のいずこも、破れしこの身を置くところなし。

そのように思いなして寝入った夜、夢の中に母君伊都《いず》内親王が立たれました。

母君は業平に、低い声で申されました。

……あが君、あ子よ、長く久しく身命《しんみょう》在りたし。あが命も、あが君に捧《ささ》げ尽くさんと願います

……

母君、しずかに両手を合わせられたのです。

とは申せ、山科の寺の庵は、業平にとりまして、思いの外心地良いものでありました。隠遁《いんとん》と申すより、秋の気配は趣きも深く、庵も良く整えられており、そこここに歌心を動かすものも多くあります。何より寺の住持覚行《じゅうじかくぎょう》は、業平と同年で歌上手な風雅の人。

高子姫のことを忘れることはありませんが、花の落ちた忘れ草が、庵のまわりに、葉茎のみ残り立つのを見ますと、

忘れ草我が紐に付く香具《かぐ》山の
古《ふ》りにし里を忘れむがため

と詠んだ古人《いにしえ》を思い、この草を衣の紐に付ければ、故里《ふるさと》を忘れることが出来たのであろうかと、しみじみ思い巡らせます。

忘れねばならぬほどの、故里への苦しい思いがあったのでしょう。あれひとりのことに在らず、なのです。

また、忘れてくださるな、の思いからこの草を身につける姫君たちも多く在るのだとか。はて高子姫はいかがであろう。

目を転ずれば、木の幹に絡みつく茜《あかね》は薄緑の人目につかぬ小花を付けており、根こそ鮮やかな茜の色を生むものの、蔓《つる》は哀しきほどの目立たぬ様。

月の出を待ちはかなげな花を開く草々もあります。

ある夕、家人が届け参った文は、恬子《やすこ》内親王からでございました。


いよいよ野宮より出でて伊勢へ下向いたします。

お目にかかることは叶いませぬが、兄君のお心安らかに、御身お健やかにと伊勢より祈りおります。

帝よりの御櫛《おぐし》の儀式無く発ちますのは、心惜《お》しきことですが、兄君のことのみ思い、かの地へ参じます。

今一度、笛の音聴きとうございました。


末尾のひとことに、業平胸締め付けられ、涙を流します。ああ、何と憐《あわ》れ、愛《めぐ》しことか。

伊勢への長旅どうぞご無事で、との返し文、斎王群行が勢多《せた》の大橋にかかる手前にて届けたと、文使いからの報《し》らせがありました。

勢多の橋は、京の都との別れの橋です。

橋にて恬子内親王は、どのようなお心で業平の文を読まれたのか。

伊勢斎宮へ向かう前に、帝より別れの御櫛を額に授かるのが古《いにしえ》よりの慣《なら》わしであります。帝がいかに幼く在られても、執り行われねばならぬ儀式。

それにより若き内親王も、都より遠く暮らす寂しさに耐え得ると申せましょう。

このような扱いを怖れてはおりましたが、清和帝にお目にかからぬままの発遣《はっけん》に、業平胸痛め、紀氏への扱いに怒りおります。御櫛を頂くこと無く下向なされた斎王は、恬子内親王のみなのです。

勢多の橋を越えられ、甲賀《こうか》、垂水《たるみ》、鈴鹿《すずか》、一志《いちし》と進まれ、五夜を旅寝しなくては斎宮に達しません。中でも鈴鹿の峠は難所と聞きます。

葱花輦《そうかれん》の輿《こし》にての群行ですが、山路にて雨風激しければ心細さも極まりましょう。何より、自らの任を信じること叶わぬお心持ちが、旅路をさらに難儀なものにさせてはおらぬかと。

山科の庵にて心砕く日々があり、伊勢へ無事着かれたとの報が、ようよう参ったのと同じ日、なんと、吉報と合わせるかのように辛い報が届きました。

九月十九日、伊都内親王が薨去されたのです。

伊勢への恬子内親王の発遣が九月一日、それが無事着かれ安堵されての、身罷《みまか》りであったのか。

業平その夜、寺の本堂にて長く御仏に祈りました。

まだ幼くあった業平と祖母君平子《ひらこ》様が同じときに病に伏せり、平子様は自らのお命の代わりに業平を助けて欲しいと祈られたとか。

このたびは恬子内親王の旅の無事を祈り、母君が命を差し出されたようにも思えます。

心細くなられて歌を贈り来られた折り、宮仕の多忙に言寄せて訪れなかったのを深々と悔い、夢に立たれた母君を思い出し、夜通し詫《わ》びるのでした。

山科の寺にも鶏が居るらしく、薄青い大気の中で、朝を告げます。

業平は本堂で仏に向かい合いながら、いつしかまどろんでいたようで。

何と不覚なことを、と身を立てたとき、傍らに人の気配がありました。

もしや旅立たれた母君か、いえ伊勢の地より舞い戻られた斎宮恬子内親王かと、明ける前の暗く不確かな堂内を見透かしますと、それは住持《じゅうじ》の覚行でした。

「夜通しのお念仏でしたか」

「途中で寝入ってしまったようです」

「お使いの者から聞きましたが、伊都内親王がお隠れになられたそうで」

「……つい数日前に夢に立たれて、わたしへの慈しみを述べられました」

「ほう、それはよろしかった……思い残すことなく旅立たれて……御子ひとりで、さぞ愛おしう在りましたでしょう」

「……去年《こぞ》の暮れ、母君よりお歌を頂きました。そのことがいま、悔やまれてなりません」

「どのようなお歌で」

業平は声で伝えます。夜の闇の中で仏に向かいあっている折り、繰り返し現れて来たお歌です。

いよいよ見まくほしき君かな

下の句で、会いたい、来て欲しい、と切望されたのに、勤仕を口実に長岡への見舞いを怠ったこと、傍らにはべる覚行に伝えます。

「……気丈なお方でしたが、老いてお気持ちも弱くなられたのでありましょう。それに気付いてはおりましたが」

「信心深い方でありました。この寺へも、御寄進をいただきました。阿保親王室になられる前のお若きころ、この寺にて比丘尼《びくに》となることを望まれたこともあると聞いております」

そのようなことも在ったのかと、業平、母君のことを良く知らぬままに、永遠のお別れをしたのだと、またしても涙で袖を濡らすのでした。

忍ぶ草

思うに任せぬ事多ければ、業平ならずとも心を通わす友が懐かしくなるもの。侘《わ》ぶる身であればこそ、足元の気付かぬ花にも目がとまるもののようで。

歳があらたまるまでは山科の庵へ棲《す》んで居たいと思う業平でしたが、冬が深くなる前に左京の高倉邸へと戻ってきましたのは、惟喬《これたか》親王より幾度も御文をいただき、友の居ない都は遣水が涸れた南庭のように荒れて見える、とまで申されたからでした。

惟喬親王も、母君を同じくするただ一人の妹君恬子《やすこ》内親王が、伊勢へ発たれてのちは、寂しさもつのる御様子。

業平は、母君を亡くし恬子斎宮を伊勢に見送り、思いを遂げることなく高子《たかいこ》姫も行方が判らなくなり、と、まことに身の周りが空《うつ》ろになっております。

惟喬親王もまた、業平と同じ心地なのでございましょう。

花が咲く季節となれば、水無瀬《みなせ》の宮にて杯を交わし歌を詠もうと、言い交わしてはおりますが、花はまだ先のことでございます。

歳が明けます。

桜花の前に梅花が参りました。

業平は梅の香が何より好もしく、香りに触れれば、来し方の人との縁《えにし》などが、しみじみ思い出されます。

そのような折り、憲明《のりあきら》が申すには、五条の后邸から兄基経《もとつね》により他所へ移されておられた高子姫が、この正月十日ばかりのころ、なんと内裏へ入られたとのこと。

業平の目より掻き消えたのち、どこにお住まいで居られたのかは判らぬままであったのが、そのお姿の有所《ありどころ》が見えて参り嬉しさひとしお、とは申せその有所は、手を伸ばすには遠すぎる内裏なのです。

良房《よしふさ》殿か、兄基経殿かが急がせられた参内と思われます。そのせいか、さほど高い位ではなく後涼殿《こうろうでん》へ入られたとか。

いまはまだ時到りませぬが、やがては清和帝の女御となるべく、この後涼殿にてご準備なされるのはたしかでございましょう。

梅の香が都に満ち満ち、業平の胸はその香に息苦しい日々。

憲明を介して五条の后邸の、近江の方へ、文を贈りました。

五条の御邸の、西の対の梅やいかにと。

謎めいてなど居りませぬ、すでにその対には居られぬ高子姫はいかに、の意。

物忌みにて、五条の后邸へ戻っておられた近江の方から、お返しの文がありました。


西の対の梅花は盛りでございます。妻戸の内、御簾の隅々にまで、香は溢れております。梅の香も、お待ち申し上げておりますでしょう。


文は小さき棘《とげ》のある梅枝に、柔らかく結ばれておりました。

近江の方は、心ばえ優れておられて、業平は嬉しくも有り難く、枝に顔を近づければ梅の声まで聞こえて参ります。

そのお声は、御簾越しにお聞きした高子姫の、気丈にして気高き響き。枝の棘に頬を刺されても、その痛みさえ甘い心地がいたします。

車を出し、夕景の中、五条の后邸へと参りました。お目にかかりたいお方の代わりに、梅の香のみ待ち居ると知りつつ。

すでに崩れた築地はなおされ、西の中門から上ります。

迎えの家人に案内《あない》されて、西の対へと通りました。

妻戸は開け放たれており、どなたも居られぬ様子が見てとれます。

業平は簀子《すのこ》にて庭を眺めます。

砂子が白く広がる中に、点々と梅の木が立ち、それらは空も暗くなる中で、影のみ枝枝をひろげております。人影のようでもあり、良く視れば白い花が咲き誇っておるのです。

冷気も和らぎ、香は一段と濃く深まって参ります。

ひととき西の対の南簀子にて、梅の林を眺めておりましたが、妻戸の横の簀子より、ひっそりと声がかかりました。

近江の方でした。

「……梅はいまが盛りでございます。ようお見えくださいました」

業平振り向かず、お方の気配に応じます。

「梅は、空の色が落ち、枝枝の姿が見えなくなってなおさら、香りが強くなるものですね」

どなたのことを申しているか、お方には伝わっております。姿が見えなくなって、より深く感じる恋しい御方。

「……今を盛りとは申せ、まだ咲きあぐねて、蕾《つぼみ》のままの花もございます」

高子姫の日々を、お伝えくださっているのでしょう。いまだ蕾のままに。

「……後涼殿の庭にも、梅は咲いておりますか」

さすがに近江の方ははっとなられます。高子姫のお住まい所を、業平が知っているとは意外であった様子。

「陰明門に近い西の庭に、かたちの良い梅が花を付けております。後涼殿のお庭には官人も近寄らず、簀子にて梅の香を楽しむには相応《ふさわ》しく……」

「お方のお仕えなさる姫君は、その庭にて」

「おそらくは、今この時も」

後涼殿は内裏の西の陰明門に近く、それは清涼殿の裏の建物にあたります。後宮とは区別されております。

内裏の南半分に、正殿である紫宸殿《ししんでん》をはじめ、宝物を納める宜陽殿《ぎようでん》、武具を置く春興殿《しゅんこうでん》、また文書や書籍を収める校書殿《きょうしょでん》などが配されてあり、清涼殿も政務に関わる建物として同じ南半分に置かれております。

衛府の武官はじめ、近習の文官も近づくことの出来る建物と申せます。

帝の后や妻たちが住まわれる後宮の七殿五舎のどこかに入られては居られない。それだけでも、業平には良き報《し》らせでありました。

近江の方が去られたあと、妻戸より中へ入りますと、そこはもう主《あるじ》が居ないため、姫君のための調度は取り払われて、いかにもがらんとした板敷です。

厨子《ずし》や唐櫃《からびつ》の置かれていた場所が、一段と黒ずんでおります。

蔀《しとみ》の傍らさえすでに暗く、廂《ひさし》の片側に寄せられた几帳《きちょう》のみ、かつての主を思わせます。

足元は冷え冷えと風が忍び入り、業平は思わずそこに座り込みました。

ここに居られた高子姫を、床の上に感じます。

あの折りは、打衣《うちぎぬ》だけであったのか。襲《かさね》の色は梅に蘇芳《すおう》であったか、それとも柳であったか、などと暗い床にその姿を描きます。

その姿の上に寝そべり、また起き上がり、立ち歩き、また気抜けて座ります。

どれほどの時間が経ちましたことやら。

いつしか月影が入り込む妻戸。

その妻戸に寄り、わずかな明るみを頼りに歌を書き付けました。

月やあらぬ春や昔の春ならぬ
　わが身ひとつはもとの身にして

ああ。この月はいつぞやの月とは違うのか。この春は去年の春ではないのか。何も変わらぬ月や春のはずなのに、わが身だけが元のままあの御方を思い続けているせいで、月や春さえ、昔とは違ってしまったように思えてしまうのです。

薄明かりに照らし、声にして読みなおしました。声にすることで、高子姫に、通じる気がしたのです。

夜が明けるまで西の対にて遠き人を思い、この歌を、梅の枝に結んで去りました。

近江の方が見つけて、高子姫に届けてくださるに違いないと。

官人は日記などを良く記し、また日に数カ所もの邸を訪ねることもあります。業平も従五位上の位階となり、内裏に勤仕することも多くなりました。左近衛権佐が病がちで、そのお役目も頼まれることが増えたのです。

夜に入っても、女人への訪れではなく、権佐からの頼みごとや計らいを、それぞれ関わりある官人の邸に参り、言上し、行き違いを整えたりいたします。

それにつけましても業平には、後涼殿のあたりがつねづね気にかかります。お飼いになられていると聞く猫などと御一緒に、後涼殿を囲む簀子《すのこ》にお出になることはないであろうか。五節などの行事があれば、それぞれの殿舎の格子を上げて、女房たちが通行する君達《きんだち》を覗き見しますが、そのような行事はまだ先です。

とは申せ、求めいけば、おのずと潮も寄せてくるというもの。

後涼殿の母屋は馬道《めどう》を挟んで二つに分かれ、納殿《おさめどの》となっております。その納殿の西廂《にしびさし》に高子姫が居られると、近江の方より聞きました。

高子姫は典侍《ないしのすけ》としてこの殿に居られるとか。他にも女官たちが、この殿に局をお持ちのようです。

納殿への用向きにて、業平は馬道に入ることが許されました。

馬道と申しましても、納殿を一間の幅で仕切る廊下で、馬で通るわけではございません。

業平は折り折りに、馬道や納殿で女官たちと言葉を交わすことに。

けれど高子姫のお姿はなく、その名を訊ねることもせず、ひたすらその折りを待っておりました。

業平がこの殿に出入りしていることは、女官たちの噂にも上っておりましたようで。

ある日のこと。

納殿より馬道に出たところに女人が侍《はべ》り居り、その前に草花が一つ置かれておりました。

見れば野百合にも似た忘れ草、文が結ばれております。

山科の庵のまわりに、葉茎ばかりになり果てたこの草が、葎《むぐら》とともに繁っておりましたが、今目の前に置かれた草は、半ば蕾《つぼみ》を開いております。

「これは」

なにごとぞ、と業平も膝を突き、手に取ります。

女人が顔を上げると、あの近江の方でございました。

この文は高子姫からだと知り、業平の胸の中を、西の対の梅の香が懐かしく溢れます。

「疾《と》くお納めくださいませ」

業平は急ぎ懐に納め、御文のお返しはいかに、と訊ねると、近江のお方は困りながらも、明日のこの時分に、と申します。

たちまち衣擦れの音のみ残し、局の方へと消えました。

女官たちの目が届かぬ西の庭に出て、忘れ草を取り出します。

この草ならではの、甘やかな香りとともに、折口より出でた汁がとろりと、懐に筋を引きました。

業平、酔うたように震える手にて文を開きます。


あなたはこの草を、忘れ草ではなく、忍ぶ草と申されますか。


何とした一行の文。業平を打ちます。

忘れ草のように忘れてなどおらず、ひたすら忍んでおると申されるのでしょうが、この草は、まぎれもなく忘れ草なのでございますよ、の声が聞こえて参ります。

あなたさまのお心の忘れ草が、忍ぶ草でありましたら、どのようにか嬉しいのですが。

その夜業平は、懐より取り出した草の花の香りを嗅ぎ、文を繰り返し読み、奇しき理《ことわり》を思いました。

世に忘れ草と呼ばれるこの草は、唐土より来たる薬でもあり、その味わいは甘葛《あまづら》ほどではなくとも甘み多く、思いを忘れさせる効には遠いこと。

その汁もまた粘りて香り、人肌を思わす効あるとは。

忘れ草とは、忘憂《ぼうゆう》の別名もあり、ならばこの甘さも腑に落ちます。

業平、その蕾を口に含み、甘みを確かめます。

そののち、ようやく歌をしたためました。

忘れ草生ふる野辺とは見るらめど
　こは偲ぶなり後もたのまん

わたしをどのように思われておられるのか。この草を示されるのは、わたしを忘れ草が生えている野辺のようなものと見做《みな》され、だからすぐに忘れてしまうのだとお思いでしょうか。

これは忘れ草ではなく、偲《しの》ぶ草なのですよ。わたしはあなた様を偲ぶばかりなのです。この後もこれまでのように、お会いできるよう頼みにするばかりです。

翌日、言い合わしたとおり、歌を近江の方を介して高子姫に届けました。

近江の方のお心が有り難く、それは幼きころより高子姫にお仕えしてこられた方の、高子姫への深い思いやりでもございましょう。

とは申せ、高子姫を守る良房殿や基経殿らの思い入れ、所存の堅さは並ではなく、このまま近江の方のみを頼りにするのも心苦しいかぎり。

いかに密《みそか》に逢瀬《おうせ》が叶うかに、心砕く業平です。

業平の直《ひた》ぶる懸想に動かされてか、夜更けて、立蔀《たてじとみ》より西廂《にしびさし》に入ることが許されたのです。

叶った逢瀬とは申せ、香りよりほかに頼むことのできない暗さ。近くに黒い影となり蹲《うずくま》るのは近江の方でございましょう。

業平は高子姫の手を取りました。

五条の后邸にて触れた手より、一段とふくよかに丸みを帯びておられます。それよりなにより、髪の長さと柔らかさは、光りの無い廂《ひさし》にても、高貴さを増したのは明らかでございます。

「……あの御邸の西の対よりお姿が消え、どれほど心細く過ごしましたか。忘れ草など何ほどの役にも立ちませぬ。あの草のせいで、更にも思いをつのらせることになりました」

業平、その身体を抱え込みます。

重ねた袿《うちぎ》の色は見えませんが、袿ごとの香りは、前にも増して深く、ほかの女人には真似ることの出来ない気高さがございます。

ようやく声がありました。

業平の耳元にて、近江の方にも届かぬ細い声で、このように申されたのです。

「今宵《こよい》のことでございます……あが君が、夢に現れなされました」

「今宵でございますか」

「はい、戌《いぬ》の刻ばかりに仮寝いたしておりますと、忘れ草の繁る野をかき分け、駒をかりて駆けこられるお方がございます。わたくしの前にて手綱をお引きになり、見ればあが君でございました」

「何とありがたい夢」

思い昂《こう》じて、業平は思わず耳元で歌を呟《つぶや》きます。近江の方に聞こえても構わぬほど明らかに、高子姫のお耳に刻み申しました。

思ひあまり出《い》でにし魂《たま》のあるならん
夜深く見えば魂結びせよ

思いが溢れ、あなたのまわりにまで漂い参ったのでしょう。どうかわたしの魂を捉えて、留めておいてください。

朧月《おぼろづき》

歌の力は恋の成就には欠かせぬもの。

その効《かい》ありましてか、後涼殿《こうろうでん》の西廂《にしびさし》にて忍び会うこと度々なれど、内裏のことゆえ遠慮が先に立ち、共寝には到らず、思うに任せぬ夜を過ごす業平でした。

月も身を膨らませ、雨を思わせる夜更けのことでございます。

業平、今宵は近江の方の手引きもなく、後涼殿の庭まで来て月を見上げております。

殿の簀子《すのこ》に、ぼうとやわらかな影があらわれました。

そのお姿は夜気の中にかすみ、今生の人とも思えぬ淡い光りに包まれております。

立蔀《たてじとみ》を避けて簀子を歩んで来られるではありませぬか。

高子姫であろうか、あってほしいとの思いで見据えております。その影にも、業平の姿が見えているはず。

水の中にてまさぐるほどの危《あやう》さながら、影は確かに近づいて参るのです。

気付けばその影、何やら歌を口ずさんでおられるのでした。

催馬楽《さいばら》の一節のようでもあり、お歌に節を付けて、酔うたように、喉よりころころと流しおられるようでもあります。

細長の裾あたりに御足を感じます。

その御声は、いまや高子姫に違いなく。

朧《おぼろ》な天より舞い来られた方。いえ神仏よりの賜り物。

業平にはそのように思えました。

有り難くも尊い心地で、長い髪が揺れて見えるのに手を伸ばし、掻き寄せました。

見回りの者もおりません。

「……今宵《こよい》は近江の方は」

「……酒《ささ》を召されて……このような夜は、どのお方も月の翳《かげ》りを縫い、天上にまで辿り着きたく……」

細長の中で、御身がふっくらと息づいております。

朧月の淡い光りにも、小袿《こうちぎ》のその色が濃く浮いて見えるのが不思議でございます。赤の下に蘇芳《すおう》の色らしき袖口も覗いております。

正装の裳唐衣《もからぎぬ》であれば唐衣の青色や赤色は禁じられた色でございますが、禁色を天皇より許された特別のお方でもございます。

その御身が、業平の腕の中でゆらりと揺れました。

業平、常の姫君とは違うものを覚え、もしや姫君も酒《ささ》を召しておられるのではと、同じく酔うた心地になり、

「……今宵は、何事か起きましょう」

と誘いますと、

「月は朧な水の幕に、釣られて揺れております」

あえかな御声。

「今宵こそ、かねての約束《かねごと》を……」

とさらに近寄りますと、風が来て梅の花が散りかかります。

「かねての約束とは……はて」

その口ぶり、酔うておられるらしく、さらに愛らしい。幼子のようでもあり、長じた女人の軽《かろ》びもございます。

もとよりこの女人の、戯《たわぶ》れ言の面白みを知る業平は、酔いに合わせて申します。

「約束をお忘れでございますか」

「はて……」

「音羽山の清水にて、物見越しに申しましたこと」

「あれ、あのこと」

姫君を馬にて、都案内《あない》いたしましょう、と。

あの折りより、ずいぶんと御長じなされた姫君です。

「さようでございます。覚えておられましたか」

「馬に乗せてくださる」

「たしかに、それもございました。その前に今ひとつ」

「その前に……今ひとつ……とは」

それが肝心なことでございます。

車の物見越しの約束は、馬に乗りたいという夢を叶えて差し上げることのみで、もう一つの約束など覚えはございません。

とは申せ、ここは嘯《うそぶ》くのも心の綾《あや》でございます。

「……覚えておられますはずで……春おぼろな宵《よい》に、梅の香の中にて」

「梅の香の中にて……まるで思い到りませぬが……」

ふっと吐かれる息と声は、万事を許しておられました。

それ以上何も申さず、姫君も訊ねず、業平は、長い髪を地面に落とさぬように抱き上げて、そのまま廂《ひさし》の中へと入ります。

高子姫は、身じろぎながらも声を立てられず、業平に身を預けておられます。

朧《おぼろ》な月の影と梅の香が、後を追って妻戸より滑り込みました。

長く待ちわびた一夜。二度とは訪れてはくれぬかも知れぬこの時。

業平は妻戸を閉じました。

廂の一隅は、そこだけ小部屋のように屏風で囲まれております。

ここが高子姫の曹司《ぞうし》と見えます。屏風の後ろには人の気配もありません。畳が敷かれ、その上に業平の腕より下ろされた小さなお身体がございました。真暗な中に、温かげに盛り上がっております。

お約束。

そのような戯《たわぶ》れ言を柔らかく受けとめ、業平の為すことに抗われる様子もなく、業平は喜びに震えます。

このお身体が、このお身体が、と幾重ものお着物の下へと手を伸ばしますと、さすがに身をくねらせられました。

そのとき、半ば脱がれた空蝉のような衣が、格子のすき間より漏れ入る明るみに色を表しました。

その赤は、この朧な中においても、高貴な香を放っておりました。

業平、その色を組み敷き、溺れ、ついに共寝を為しとげたのです。

朧月夜の出来事は、内裏のどなたにも気付かれては居りませんでした。

鶏が鳴くのを待たず邸《やしき》へと戻った業平ですが、後朝《きぬぎぬ》の文を届ける折り、いまだ酒《ささ》に身を浸しているように、余酔の中にあり、用心の足らぬことでありました。

これまでのように、近江の方に届けたのでした。

近江の方は驚き惑われました。乳母としての高子姫への思いと、与えられたお役目のこと、その狭間で迷いおられたようですが、後朝の文はどうにか高子姫のお手に渡されたようで。

お返しの文は、梅花の香を焚きしめた紙に、このようにありました。

香に惑うてのことではありませぬ

との詞書《ことばが》きの続きに、

梅の花香をかぐはしみ遠けども

とのみあります。

またしても、古《いにしえ》の歌を上の句だけでのお返しです。

心もしのに君をしぞ思ふ、と続くのを、試されておるようで。

梅の花の香りは遠くまで届きます。その香りのせいで心がまるでくずおれるように、あなたをお慕いしてしまうのです。

あなたをお慕いしてしまうのです、の吐露は、どうぞ推して御想像ください、の意で略してあるらしい。

文字を眺めおりますと、五条の后邸にいらしたころの御文は、いくらか放ち書きのぎこちなさもございましたが、いまや見事な崩し字です。

崩し字の、連綿とした流れは、昨夜の恋に酔うままの業平にとりまして、まるで滑らかな陰《ほと》を思わすほどのやわらかさ。

今宵も訪れたい、今一度あの梅の香に溺れたい。

長く思いつづけ、ようやくにして共寝を果たした業平。

これまでの女人のように、熱より醒《さ》めてはたと我に返り、後朝の文を贈ったのちは、あらためてこの先のことなどに心を砕くことになるのが、常のなりゆき。

けれど高子姫とのこと、そうはなりませぬ。醒めませぬ。

さらに思いが高まるのは何ゆえか。

あの、香に満ちたお身体の柔らかさが、業平の肌から離れないのです。

今ひとつは、あの衣の赤です。

共寝の夢のようなひとときの中で、薄闇にまぎれて、見知らぬ生きもののように、赤が息づいておりました。

それは高子姫の衣でありながら、妖しの心を持つかのように、業平に挑み来たのでありました。

このような女人との共寝は、他に覚ゆることも無く。

あの赤は帝より特別に許された色であると思えば、業平の身はいよいよ熱くなったのであります。

業平も気がついておりました。

あの赤は、ここより内に近づいてはならぬ、という帝が示された柵。まさに清水の観音の御前の、結界を示す犬防《いぬふせぎ》の柵と同じ。

けれど、あの色を思い出すたび、身内に雷が走ります。たまらずお会いしたくなり、この身を稲妻の下に、投げだしたくなるのです。

昼間、行き交う官人にまぎれて、業平は後涼殿《こうろうでん》へと向かいます。渡殿より後涼殿へと入り、馬道《めどう》あたりで時を過ごしております。

病がちな左近衛権佐の代理として、内裏各所の警護も任ではありますが、それも度を過ぎており、業平、他のお方の目も構わず、高子姫の近くにて、ときには妻戸より入りて、お方と向かい合っておるのでした。

夜の密かな訪れのみならず、昼間も高子姫の近くに寄り、他の女房たちも加わっての円居《まとい》に、近江の方からもそれとなく諫めの言葉なども。

夜の訪れはさらに度重なり、高子姫も業平の耳元にて申されます。

「このままでは、具合の悪いことになるやも知れませぬ……あが君の御身も破滅してしまうのではと……案じております。このようなこと、なさらぬ方が……」

業平はその声に身を削られる思い。

とは申せ、この恋を手放すことなど考えられません。

業平は歌を詠み、枕元にて書き付け、茵《しとね》の端に差し込みました。この切なき恋を、言の葉に残してようやく、二人を覆う衣の重ねより身を起こすことが出来るのです。

思ふには忍ぶることぞ負けにける
　逢ふにしかへばさもあらばあれ

あなたを思う恋心にくらべると、抑える気持ちの方が負けてしまったのです。お逢いできるのであれば、わたしの命などどうなっても構わないのです。

いささか居直りにも似て、思いを宣しております。

業平のこの強い思いの底には、自らも気付いてはおらぬ様々な理由《わけ》があるのでした。

高子姫への特別の思慕のみならず、その後ろにて高子姫を、思うさま操る兄の基経殿や良房殿への穏やかならぬ気持ちがあり、引き下がることが出来なくなっております。

近江の方や高子姫ご自身の忠言にも構わず、業平は高子姫の所へ通い続けました。

まわりの女官たちの目を受けて、一番困られるのは高子姫です。

ついに高子様は他の理由などを申し出て、五条の后邸へと里帰りをなされたのです。

内裏の後涼殿《こうろうでん》に忍び参るより、かって知りたる五条の后邸こそ、業平が訪れるには心やすきところでございました。

五条の后順子《のぶこ》さまも、出家をなされて家尼として御自邸にお暮らしでしたが、西の対に戻り来られた姪御《めいご》を喜ばれ、業平の噂など耳にも入らぬ様子。

西の対を訪れる業平は、神仏への祈りが叶ったような思いで、恋に溺れております。

とは申せ、世間の噂は嘲《あざけ》りとなって溢れ、良房殿、基経殿の耳にも及んでおるのでした。

官人としてのお役目にも、いくらかの手落ちが生まれて参ります。

宿直《とのい》は、内裏に夜中勤めておらねばなりませんが、宿直の夜であっても、高子姫に会いたさはつのり、抜け出してあの西の対へと参ります。

宿直が明けて出仕する折り、府《つかさ》の役人は、妙なことに気付きます。

前の夜、早くより宿直を勤めておりますなら、沓《くつ》もおのずと奥の方へ脱ぎ置かれているはずなのに、前の夜には無かった沓が、朝には奥の方へ投げ入れてあるのです。

宿直の役目を果たさず、けれど果たしたかのように、沓の置き場を変えているのが見てとれます。

このようなことをなさるのは、どなたなのか。

府の役人も、それが一度であれば見逃すものを、度重なれば、業平の仕業であると知ることに。

なにゆえ。

宿直の夜までも高子姫をお訪ねになっておるらしい。

恋に酔い、溺れる喜びの業平。その身にはひたひたと難が迫ってきてもおりました。

憲明《のりあきら》が主人の行いを深く案じます。他の家人たちも、あれこれ噂を聞きつけて、業平が通われているお方は、妃の身分のお方であり、これはただならぬことになるのでは、と胸を痛めるのでした。


五条の后邸にて夜を明かした業平。

鶏はまだ鳴かないものの夜明けの気配が御簾越しに迫り来て、ああまたしばらくは、このお身体から離れて日を過ごさねばならない、と嘆いている首筋に、ふと流れ込んだ風ひとすじ。

その風が高子姫の、枕より流れ出た髪を動かしました。

その髪は縄目のように絡んでかすかに揺れております。

重ねた衣《きぬ》を分かち、別々の衣《ころも》を着て出て行かねばならぬ、後朝《きぬぎぬ》の時を迎えています。

業平の目は、暁《あかつき》の明るみの中に広がる袿《うちぎ》の赤をとらえ、自らの思いがありありと見えてくるのでした。

それは何やら恐ろしくも苦しいものでした。

後涼殿《こうろうでん》の曹司《ぞうし》にて共寝していたころは、この赤を見て焦慮の炎《ほむら》を立ちのぼらせ、たとえ帝といえども奪われてはならぬ、いえ、帝だからこそお譲りできぬ、との執着がありました。激しく求めてしまう心の底には、帝への複雑な思いが渦巻いていたのです。

けれどいま、この白く明け行く夜の果てに見えて来るのは、あらたに芽ばえた恋しさです。

それはもう、帝へ抗する思いとは離れて、滴《しずく》がひとつ花の弁に落ちて、その柔らかな心地良さに吸い込まれてゆくほどの、無我にも似た、生《き》なる心。

初めには、我がものとしたい願い大きくありましたが、今やひたすらこの御方の幸《さち》のみ希《ねが》うほどの、澄んだ心地でもあるのです。

夜が明け始めているのにも気付かず、薄い眠りの中を漂うておられる御方に、なにゆえ、これまでの女人とは異なる愛しさを抱くのか。

業平は自らの新たな姿を見るように、高子姫の寝顔を見続けております。

高貴な血筋であることなど意味もなく、帝の妃となるお立場とも離れて、一人の寂しい女人が、そこにおられる。

寂しい女人。

すべてをお持ちなのに、それを上回る諦念が御声にも仕草にもあらわれて、御仏の前にひれ伏す心地に到ります。

古歌なども良く知り、すべてにおいて聡《さと》く賢《かしこ》くていらっしゃるのに、思い通りにならぬ何もかもを受け入れておられる。

なぜにそのようなことが、と思えば、幼くして父君を亡くされておられるゆえか。

それでいて、ときおり喉元にて笑われる愛らしさ、邪気のなさ。

うっすらと目を開けられました。

業平がひたとその寝顔に見入っているのに気付かれて、慌てて、目を逸らしました。

「……あが君、このような日々、これより先も続きましょうや」

すると、答えはこのように。

「……お別れの扇を、今もお持ちでしょうか」

参内する前、この邸を去られる折りに、御簾の下より差し出された扇のこと。

「持っておりますが、辛くて開くことが出来ませぬ」

「……扇に書き付けました言の葉は、生き続けて参るでしょう……命は短くとも、言の葉は長らえます」

案じることなどありませぬ、という風。

そしてまた、ことりと眠りに入られました。

その額に口をつけ、業平、心に期するものがありました。

このままでは、最後には姫君のみならずこの身もまた、恋ゆえ死んでしまうかも知れない。どうにかせねばならぬ。

身を滅ぼすとすれば御方ではなく、自らのこの身でなくてはならぬ。

とは申せ、滅びぬ道もあるのでは。

邸に戻った業平は、憲明を呼び寄せ、陰陽師や巫女《みこ》を呼ぶように言いました。

「なにごとでございます」

「女人への思いを断ち切るための、祓《はら》いを頼む」

「思いを断ち切るための祓い」

言いつつ憲明は、吹き出しております。業平の真剣さに打たれて、慌てて頷き、また笑いを堪えております。

さらには深い溜息をもらし、

「……それほどまでに」

「このままでは、命短こうなるに違いない」

「私ははじめより、申し上げておりました。五条の后邸の築地の崩れのように、業平殿のお気持ちも崩れてしまわれるようで」

「……私は母君をお慕いし……あの御方も、亡き父君を求めておいでなのです」

「そのようなことは、通じませぬ。なにを幼い若子《わかご》のようなことを……陰陽師や巫女より、他の女人をお訪ねになるのが何よりの仙薬」

憲明の申すこともっとも。

「……有常《ありつね》殿の邸をお訪ねになられてはいかがかと」

その意味、良く判っていました。有常邸には、和琴《わごん》の方と、業平の長子がおります。今も荒れた庭にて、虫と遊んでおられるのだろうか。

「いや、やはり陰陽師が良い。巫女でも良い。祓いの具を用意し、この身を禊《みそ》ぎいたそう」

言い出した主を治めるのは、いかにも難儀とばかりに、憲明は下がります。

笑止なこと、誰よりも判っておりましたが、神仏に頼めば、何か秘策でもあろうかと業平。

好色者《すき》業平らしい、とするか、業平とも思えぬ、と見るか。

そのいずれも業平でありました。

禊《みそ》ぎにて、この思い病む心、癒えるやも知れぬと。

半ば頼み、半ば放りたる心地。

賀茂神社の御手洗川に、車を連ねて参りますと、人集まり来て、何事かと囁いております。

この神社の巫女も川に寄りて、あれこれと促すのを見るにつけ、恬子《やすこ》内親王も伊勢に発たれる前、桂川にて禊ぎを行われたのに思い到ります。

その折りの境地はいかがであったか。

都にての華やかなる暮らしから離れねばならぬこと、業平にはことさら哀れに見えたものの、それは浅い推量《おしはかり》でしかなく、この水面のように真《まこと》は、冷たく澄みきっておられたやも知れぬ。

私の身は、この流れに洗われても、熱は取れまい。心が澄むことなど無いであろう。本心より願っておらぬのであれば、効《かい》も顕《あらわ》れず、指の冷たさのみ身にしみおります。黙したまま車に戻り、憲明らが集まる都人《みやこびと》に施しをしているのを物見の窓よりながめ、懐より紙筆を取りだしました。

恋せじとみたらし川にせし禊ぎ
　神はうけずもなりにけるかな

溜息。

自らを思い限りつつの歌。

もう恋はすまい、との思いで、御手洗川にて禊ぎをいたしましたが、どうやら神様は受け付けては下さらないままに終わってしまいました。

恋しさは変わらず、いまだに冷たき指は、温かい御方の肌を求めております。

憲明が戻り、禊《みそ》ぎは良いものでございますな、と妙に明るい面持ちなのでした。

恋の深まりにつれて、高子《たかいこ》の思いの綾《あや》も、ひととおりではありませんでした。

恋に盲《めしい》となった業平より見れば、美しき諦念の御方、賢くも哀《かな》しい女人ですが、高子は若き清和帝への申し訳なさも、胸深く覚えておりました。

帝はお顔もお姿も素晴らしく、仏の御名前を唱えられる御声も大層尊く聞こえて、涙が流れて参ります。このような帝にお仕えせずに、前世の宿縁が拙いのか、業平との恋に繋ぎとめられており、かなしいかぎりでございます、とまた涙。

業平の前にては、ひたすら耐えておりますが、自らの身の上に心はいたみ、惑い乱れて袖を濡らすのでした。

業平が恋を断ち切るために賀茂神社の御手洗川にて禊ぎをおこなった噂、高子の耳にも入っておりました。

神仏のお力を借りようとなさる業平様。

高子もまた、辛くはありますが同じ思いでもありました。

業平様のお気持ちが収まるのであれば、自らもまたそれに添うしかありません。いかに辛くとも、一人では叶わぬことが、二人では成し遂げられましょう。

たとえそれがお別れでありましょうとも。

涙ながらに高子は、思い深めております。

業平様は数多《あまた》の女人をお訪ねになってこられた、その数多の一人として捨て置かれるなら、諦めもつきますのに、思いを断つために禊ぎまでなさるとは。

その禊ぎも効ならずと。

効ならずと聞けば、高子の思いも鎮まりませぬ。

さらに怖れていたことが起きました。

都人の口の端こそ恐ろしいものはなく、業平殿の訪れを、帝がお知りになられたらしい。

五条の后と呼ばれる順子尼《のぶこ》も、放り置くこと叶わず、邸内の塗籠《ぬりごめ》に、見張りをつけて高子姫を閉じ込めました。

手を引き塗籠へと導く順子尼は、やさしくこう諭したのです。

「……このように致しますのは、あなたのためのみならず、あの御方の命を救うためでもございます」

順子尼は、業平の身の上まで、案じておられるのでした。

塗籠は母屋と妻戸のみでつながり、三方は壁にて覆われております。二間四方の暗い部屋で、季節に合わぬ御簾や古びた厨子《ずし》、櫃《ひつ》などが置かれておりました。

塗籠の妻戸とは別に通用口がひとつ開けられておりますが、長櫃が置かれて出入りを塞いでおります。

母屋にて見張るのは、すべてを知り護ってこられた乳母近江。

高子はそれだけでも有り難いことと思いつつ、涙は止まりません。

いずれの方々も、穏便にと考えられておられます。ただ、その扱いを良しとしない人もおられました。高子姫の実の兄基経《もとつね》殿と叔父良房《よしふさ》殿です。

帝にお伝えして、業平を流罪にするがよろしい、と怒りにかられて申す基経を、良房は押しとどめました。

のちのち、高子を帝の后に推すには、高子を清いままに保たねばならない。

業平の流罪に異はなくも、その罪科は別のものにせねばならぬと。

叔父兄らが謀《たばか》りを巡らせていること、順子尼より聞き及んだ業平、自らの行いがこのような事の様を招いたのを悔い、やるせなく涙にくれます。

とは申せ、都より離れる思い切りも叶わず、五条の后邸近くにて車より降り、築地に身を寄り掛けて時を過ごしおります。

この築地の中に、あの御方が。

今このとき、いかに居られるのか。

風は思いを運びます。

築地に業平が身を預けていますこと、誰も報《し》らせぬものを、高子、もしやと気配を感じておりました。

塗籠の仄暗《ほのぐら》い中で、灯台を引き寄せ、歌を詠みました。

海人の刈る藻に住む虫の我からと
　音をこそ泣かめ世をばうらみじ

海人が刈る藻に住んでいるという割殻虫《われから》ではありませぬが、なにもかもすべては我から起きたことなので、このように声をあげて泣いてはおりますけれど、世間を恨むことはしないでおこうと思っております。

書き終え、筆を置くと、抑えること叶わず思いが溢れ出て、詠んだ歌のとおりに、声をあげて泣いてしまいました。

声に驚き惑う近江の方が、塗籠の扉を開けて入り来ました。

「何事でございましょう」

高子姫は込み上げる声を抑えて、申します。

「……私の声ではありませぬ、私の中の割殻虫が鳴いておりますだけで」

灯台の灯りをかざして、書かれたばかりの歌を読む近江の方。

お方の胸も苦しく波打ちます。

そのときでございます。夜空のかなたより、笛の音が響き参りました。

こころにもあらず、二人は耳を傾けました。

笛の音は、西の築地の外より聞こえて参ります。

思わず近江の方と高子姫は顔を見合わせ、あれは、と身を起こしました。声にはせずとも、高子姫も近江の方も、思いは同じでございました。築地の外にて、あの業平殿が、笛を吹いておられる。あの業平殿が。

堪《こら》えることならず近江の方は、手に持つ主人の歌を高子姫の櫛《くし》に結び、音たてず庭を走り、築地越しの笛の音に向かい、放り投げたのでございます。

築地越しに投げられた櫛は、小石のように業平の前に降り落ちてきて、それを拾い上げたときの喜びは、言葉にもならぬほど。

その櫛に顔を付け、業平は月影にかざして、歌を読みました。音をこそ泣かめ。高子姫は声をあげて泣いておられる。

業平も、あらん限りの力にて笛を吹きます。

その音は、空を渡るより早く、塗籠にて袖を濡らしておられる高子姫に届きました。

涼やかな、ひと筋の、細く柔らかな横笛の音。切ない思いが、業平の口より息となり、横笛に吹き込まれ、竹の筒を震わせます。

哀《かな》しい調べに、都の路地を行く犬までも、立ち止まり聴き入る夜でした。

そののちも、そこに恋しい御方が来ておられるようだ、と高子姫は近江の方より聞きますが、逢い見ることはできません。

逢い見ることは叶わずとも、塗籠に閉ざし置かれた高子姫の歌は、笛に応えるように、業平に届けられたのです。

さりともと思ふらんこそかなしけれ
あるにもあらぬ身を知らずして

このようなありさまであっても、なお逢えると思うて来ておられるのは、まことに愛おしいことでございます。生きているのかどうかも判らぬわが身の上を知らぬままに。
業平も扇に歌を書き、築地越しに投げ入れました。
近江の方が、たしかに拾われた印の、築地を打つ音を聞き、有り難さでまた、笛の音も涙で一段と、湿るのでした。

いたづらに行きては来ぬるものゆゑに
見まくほしさにいざなはれつつ

むなしく、行っては戻ってくるだけではありますが、どうにかしてお逢いしたいばかりに、またしても誘われるように、やって参るのです。

白玉か何ぞと人の問ひし時
つゆと答へてきえなましものを

［芥川］

［杜若］

から衣きつつなれにしつましあれば
はるばる来ぬる旅をしぞ思ふ

名にしおはばいざ言とはむみやこ鳥
わが思ふ人はありやなしやと

［宇津の山］

［姉歯の松］

我ならで下紐解くなあさがほの
　夕影待たぬ花にはありとも

二人して結びし紐を一人して
　逢ひ見るまでは解かじとぞ思ふ

世の中に絶えて桜のなかりせば
春の心はのどけからまし
散ればこそいとど桜はめでたけれ
うき世になにか久しかるべき

［塩竈・水無瀬］

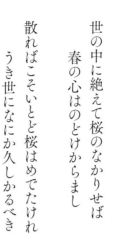

［夢うつつ］

きみやこし我やゆきけむおもほえず
夢かうつつかねてかさめてか

かきくらす心の闇にまどひにき
夢うつつとはこよひさだめよ

もみじ葉の流れてとまるみなとには
紅深き波や立つらむ

ちはやぶる神代も聞かず竜田川
唐紅に水くくるとは

［紅葉の錦］

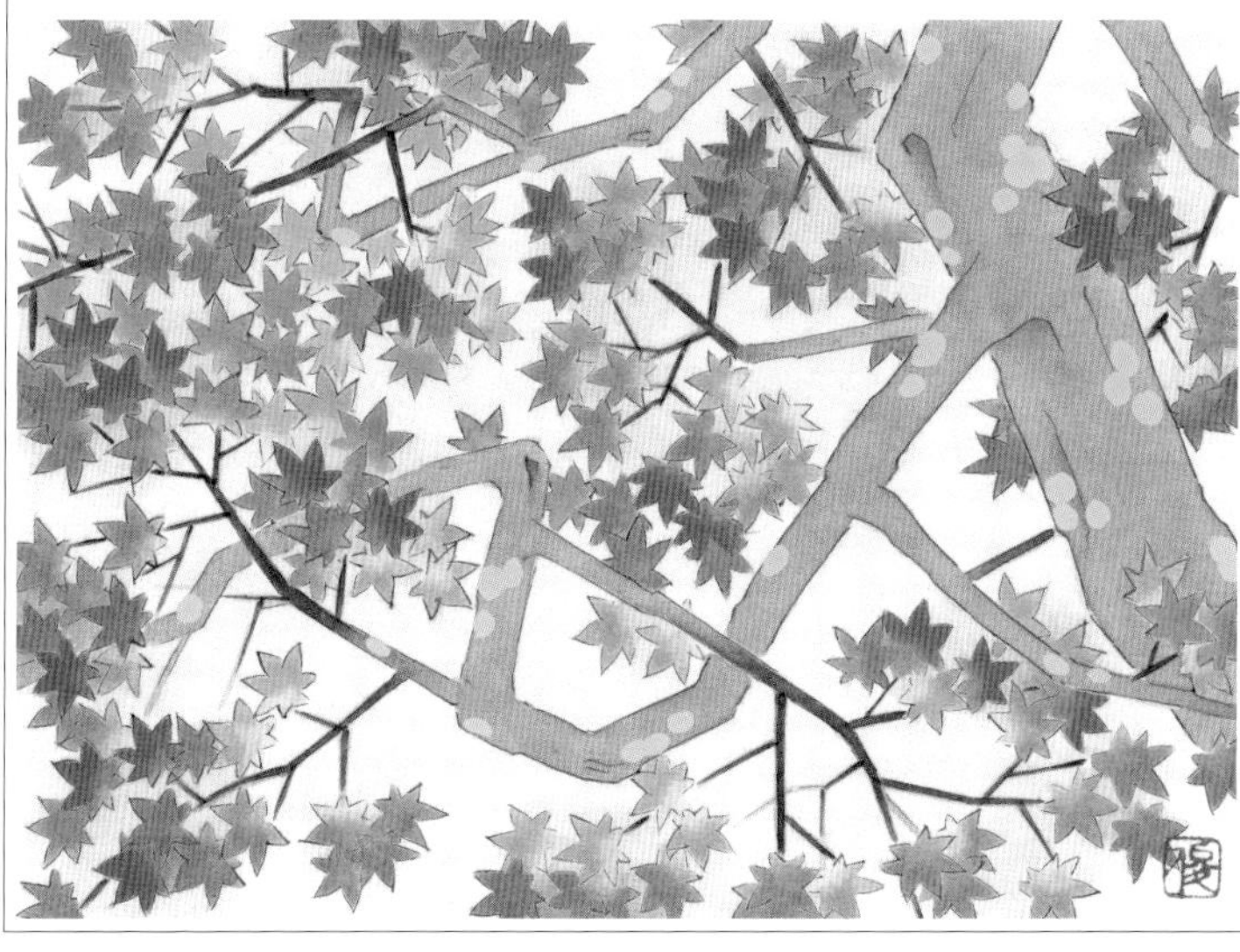

［ほととぎす］

秋の野にささ分けし朝の袖よりも
逢はで寝る夜ぞひぢまさりける

見る目なきわが身をうらと知らねばや
かれなで海人の足たゆく来る

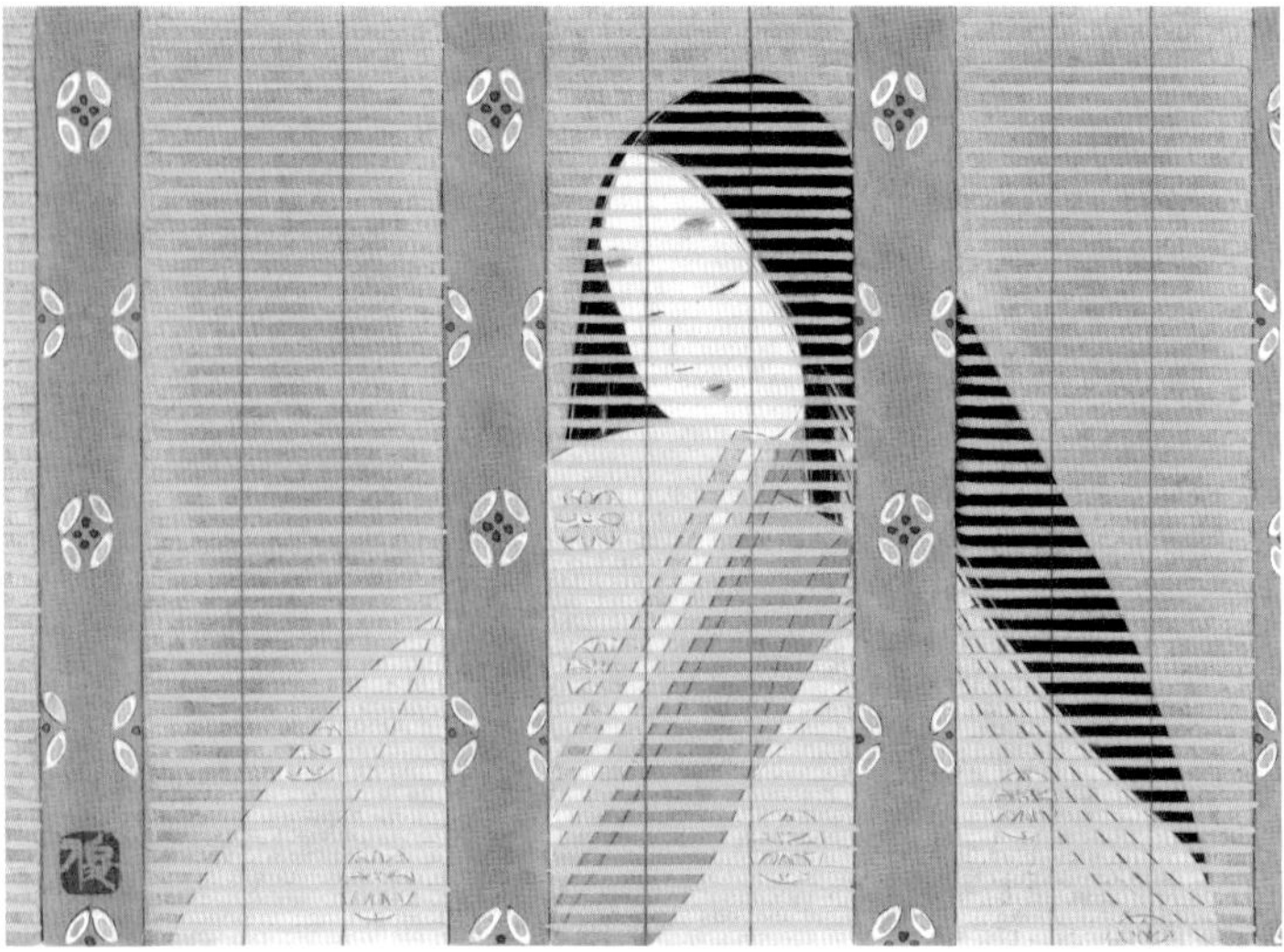

芥川

宵《よい》に入るころより、雨多く降り出し、ときに二間も先が見えぬ有様。

陰陽師によれば、これより何日か、悪しき天候が続くとの予言《かねごと》あり。

かねての手筈《てはず》のとおり、業平は築地の外にて笛を鳴らしました。

このときほど、神仏を頼みとしたことはありません。

雨音に負けじと吹き鳴らす音、どうぞ天の雷神に届きますように。哀れと思《おぼ》しめして、この逃避に力をお貸し下さい。

近江の方は、里に下がっておられます。そのように命じたのは、近江の方を護るため。お方も存じておられるはず。

叶うか叶わぬか。

なにとぞ、叶うてほしい。

ひたすら笛に念じておりますと、西の門より兎《うさぎ》か鼬《いたち》のように小さく身を屈めた人影が、濡れながら歩み出て参ります。

おお。

遠くに控えておりました憲明《のりあきら》が、指笛で車を呼び寄せます。

業平一人、高子姫《たかいこ》を車に抱え上げ、たちまち走り出しました。

憲明も車の外を走ります。

東寺の北側にて、牛を新たにした車に乗り換えました。

このときになり、業平はようやく高子姫に声をかけることが叶いました。

「お怪我はありませぬか」

息が切れておりますのか、濡れた衣が重くて支え難くなっていますのか。

高子姫は、打ち伏しておられます。

ようやく顔を上げられて、幾度か噎《む》せられたのは、桂あたりでございましょうか。

「……ここはまだ今生でございますか」

「はい、業平ともども、いまだ今生におります。桂の川を渡り終えたところです」

車は雨音にも負けぬほどの軋《きし》み音を立てて走ります。

「よう思い切って下さいました。この手拭《たのごい》でお身体を」

と差し出した布で、お顔と首筋に触られますが、幾重もの濡れそぼつ衣はいかにも重たげ、白い手指のみ動いております。

「……これより何処へ」

「このまま走り、夜明けまでに、長岡へ」

長岡には母君伊都《いず》内親王の邸《やしき》がございます。その邸には、母君を看取られた忠臣、藤原元親《もとちか》とその一族が住んでおります。

まずその邸にて休み、旅の仕度を調《ととの》えて摂津の国まで下るつもりです。

さらにそのあとは、芦屋の所領まで。

芦屋への旅は、幾度も高子姫に語り、姫君も行ってみたいと申された土地。父君阿保《あぼ》親王の墓所もございます。

高子姫は、海、浜、藻塩を焼く煙、いずれもご存じなき御身。なれど藻に住む割殻虫《われから》は、言の葉の綾《あや》として歌にはお詠みでした。

長岡の元親へは、旅の仕度を調えるよう、すでに言い遣わしております。

高貴な女人を伴うとのみ伝えておりますが、その女人がどなたかまでは申しておりません。

石清水八幡宮へ参詣の女人を、案内《あない》するぐらいに思いおるのでは。

車の前後ろになりながら、馬で付いて参るのは憲明と家人数名。蹄《ひづめ》の音も雨に掻き消されております。

どれほどの道のりであったか。疲れ果てた業平と高子姫、お互いの衣を重ねるように身を寄せておりましたが、いつしか眠りの中へ。

車輪の軋みが弱まり、気がつけば外は灰色に染まっております。その灰色、しだいに卯《う》の花《はな》に変わります。

物見より眺めますと、あけぼのの中、田畑の様子が懐かしい色を帯びて、長岡が近いことを知るのでした。


長岡の邸にて、泥のように眠りました。

陽の在るうちに次の宿に着くには、朝まだき時分に出立せねばなりませぬが、車にて遠路を来た疲れで、昼過ぐるまで居寝ることに。

午《うま》の刻を過ぎてようよう起き出し、長岡の邸に居ますこと嬉しく覚え、前夜のすべてに神のお手が添えられてありましたことを、つくづく有り難く思うのでした。

母君に仕えました女房が、いま、若い姫君の旅支度をいたします。

「ここよりは、道も荒うなります。車より馬にて行かれる方がよろしかろうと、馬を用意いたしました」

その声に、高子姫の目が輝きます。

あれは遠い昔、いいえ、さほどの昔とは思えませぬが、馬にて都を駆け抜けたい、と申されたのは。

「……鞍《くら》に構えを置きました。女人のお方を抱いてお乗せいたします。大人しい馬にて、静かに歩めば……」

面《かお》に扇をかざしておられた高子姫、声を出されました。

「……わたくしは、早馬も好むところでございます」

元親は慌て、

「早馬など……とんでもございませぬ……女人には難儀なこと、お命が危のうございます」

そのようなことを言い出すのは、どこの姫君であろうかと、いぶかる様子。

「雨が強うならぬ間に、芥川を越えられるのが大事、早うお発ちください。芥川を越えられましたら、摂津に散り居ります御母君の縁の者が、迎え居ります」

急かされ出でてみれば、すでに老いた馬に広い鞍が載せられ、元親の家人も馬にまたがり、出立を待ち居りました。

業平、高子姫を抱いて乗せると、ゆるりと馬を出しました。

あとに憲明や男どもが、続きます。


枚方《ひらかた》にはまだ遠いようで。

雨はいよいよ強う叩きつけて参ります。

差縄《さしなわ》を取る口取りが、足を滑らせました。するとそれまで大人しく歩んでいた馬が、俄《にわか》に走り出したのです。

口取りの小さな悲鳴があとに残されます。

振り向けど、口取りも他の供人の姿も見えず。

この大雨ゆえ遅れて、主人の馬を見失ったか。

業平、心細くはありますが、我が腕の中には高子姫があります。

雨よけの覆いの内に、ときに声を掛けますが、出立の折りの健やかさ、気丈な様子は消えて、鞍の前を摑まれている御手も、いまは白く冷え切っております。

稲光も差し貫きます。

まだ深く暮れる時分とも思えないのに、空は濃く暗く垂れ込め、そのいずこからか雨風や稲光が、際限なく落ちて参ります。

そのたび、高子姫のお身体が鞭で打たれたように怯《おび》えるのを見て、業平、さすがにこのままでは良くない、いずれかに宿らねば、と思いはじめました。

近くに音のみ聞こえておりますのは、おそらく芥川。この川を渡れば、案内の者とも会えると思われますが、この雨嵐では、渡りの所さえ判りませぬ。

雨滴を手で払いつつ眺めれば、遠くに幽《かすか》に建物の影が浮いて見えます。

あの家まで辿りつき、供人を待つことにしよう。

小さく丸くなった高子姫に声をかけました。

「……あが君、あと少しのご辛抱でございます。お休み所がございます。あれにてしばらくお身体を横たえ、伴の者を待ち、雨と雷鳴が止むのを待ちましょう」

さすがに安堵されたのか、覆いをあげて前をのぞまれます。

寺の堂か倉か、さほど大きくはない建物の影が、姿を現して参りました。

空の轟きの中、馬が立ち止まります。

馬が進むのを止めたところをみると、どうやら川沿いの道が切れたらしい。

建物の影がくっきりと見えて来たのは、雨の飛沫が消えたからのようで、いっときの間が与えられたのです。

「姫、馬から下りて、あの建物までお連れいたします。幸いにもただいま、雨が止んでおります」

高子姫は、言われるまま身を滑らせて馬から降りられました。

雨音のかわりに、流れが耳にとどきます。やはりここは芥川であったか。

雨は止んでも、あたりはあまりに暗い。

高子姫は、差し出した業平の背中に幼子のようにおぶわれました。

傍らの、草に置く露を見て、甘えるように業平の耳に囁《ささや》かれます。

「あの白い玉は……何ぞ」

「さて、何でございましょう」

「あれは……はかなきもの……朝は在るが昼には消える宿世のもの……消えると知りても、美しうございます」

その口ぶりの甘えが、心地良く伝わり、耳の奥から首筋が、こそばゆいばかり。

業平、この御方に、心根深くより頼まれていること、男子として身震いするほどの果報を覚えます。

神仏はお味方をして下さった。

先ごろは人さらいも多く、姿を消す女人や童もあると聞く。五条の后邸の方々もやがてお諦めなさり、折りが来たなら、ひそかに我が邸へお移ししよう。

業平、足元の暗さもものともせず、負うた女人の身体のぬくもりに酔いつつ、建物へと足を進めました。

その建物は、ただ板敷あるばかりで、かつては人の住まいであったようですが、いまは家の具ひとつ無い、倉です。

板敷の隙間より、葎《むぐら》が伸びております。

高子姫の手を引きながら、倉の奥へと参ります。

「いましばらく、ご辛抱くださいませ。やがて伴《とも》も追いついて参り、持参の御食《みもの》も差し上げます」

「いえ、御食など案じられますな。それより今宵《こよい》は、かねてのお歌どおりでございますね」

かねての歌のとおり。

ああ、そうであったと、業平思い出します。

思いがあれば葎の宿であっても、共寝できましょう。その夜は、ひじき藻の譬《たと》えどおり、お互いの袖を敷き物にいたしましょう。

まさに贈った歌のとおりの、あばらなる倉。葎の中に、花ひとつ在り。

その花を、奥へと誘います。

ふたたび雨が降り始め、破れた屋根より滴が落ちて参ります。

姫君を濡れぬ場所に移すと、いまひとたびここにて、と声を掛けますと、気丈な高子姫らしくもなく、

「どうぞ今宵は、傍らに居てください」

と手を摑み放されませぬ。

「悪霊よりあが君をお護りいたします。心やすらかに、ここにてお待ちを」

と言い置き、弓や胡籙《やなぐい》を背負い、倉の表へと立ちました。

怨霊化け物を、寄せ付けてなるものか。

追い来る供人に居場所を知らせねばならぬ。

業平、ひたすら弓をならします。

その弓音に気付いたか、馬らしい蹄《ひづめ》の音が、近くまで寄って来ているようですが、姿は見えませぬ。

そのもどかしさ。

月もなく黒い幕にすべて覆われ、鼻を摘まれても判らぬほどの闇。

闇の中を、雨の飛沫と雷鳴が上下左右、自在に飛び交います。自らの弓音さえ聞こえぬほどの嵐でございます。

早うこの暗い夜が、明けて欲しいものだ。

祈るように業平が呟《つぶや》いたそのとき、倉の奥にて、ああ、と声がありました。

高子姫の元に駆けよりましたが、お姿がありません。倉の裏手で幾つかの足音がして、それがたちまち雨音に掻き消されます。馬のいななきのみ、闇の中に浮き漂うておるのです。

あの蹄の音は、伴の者らではなく、山賊であったか。いや、人さらいか。

違う。

足元に落ちているのは、束帯用の浅沓《あさぐつ》。

業平はこのとき初めて、真《まこと》を悟ったのでした。

高子姫の兄たち、藤原基経《もとつね》、国経《くにつね》らに、あとを付けられていた。姫君を取り返されたのだ。

姫君を一人にしたとは、なんとした不覚。

業平、倉の裏手に出て雨降りしきる闇に向かい、声の限り、姫君の名を呼びました。

しかしすでに馬も人も気配を消しており、地団駄《じだんだ》を踏み、打ち伏して嘆くも、甲斐なきこと。

震える手にて、紙筆を取り出します。いま出来ることは、ただこの思いを歌にすることのみ。

白玉か何ぞと人の問ひし時
　つゆと答へてきえなましものを

あれは白玉ですか、何ですか、とあの御方が尋ねたとき、いえあれは露ですよと、真っ直ぐにお答えして、私もあの露のように、はかなく消えてしまえば良かったのに。

ああ、このような辛さに逢おうとは。

業平、葎《むぐら》の宿にひとり座し、大切な御方を護ることが出来なかったのを、責め苛《さいな》み嘆き、自らを用なき者に思いなすのでした。

名もなき草。人目にもつかぬまま埋もれる小石。この身はまさしく用なき者。用なき者にこの先、生きるすべなどあろうか。

業平の胸には一点の光りさえありません。

荒事を極める人さらいでなく、兄者らであったことが、せめてもの慰めではありました。

杜若《かきつばた》

芥川にて、高子《たかいこ》姫を失った痛みは大きく、恋を失ったのみならず、自らの思い上がりに打ち砕かれております。

思い屈した果てに山科の住持覚行《かくぎょう》を訪ねると、東国へ下るのを勧められ、ご自身も随行したいと申されました。

藤原基経《もとつね》国経《くにつね》のお怒りは、表立つようには見えませぬが、ここはしばし都を落ちるのが、あとあとのため、高子姫のためでもあるとの深慮でございました。

長岡の所領を預かる元親《もとちか》も、今は亡き母君伊都《いず》内親王の財産は、ただお一人のお子のためにこそ使われてあるべきと、銭に替えて同道することに。

むろん憲明《のりあきら》および家人も数名伴って、東国目指しての出立でございます。

業平一行は、勢多《せた》の大橋まで来て、橋の半ばに立ち止まり、馬上より振り返りました。

ここはすでに近江の国、足元には琵琶湖より流れ出す勢多川。流れ出した水は二度と湖には戻れませぬ。

橋のたもとにて、東に下る人に手を振る姿もそこかしこに見えます。都を望めば、そこに高子姫が居られます。行く先は伊勢にも続く道。恬子《やすこ》斎王がお暮らしの伊勢がございます。

馬三頭に目に立つ狩衣指貫《かりぎぬさしぬき》姿、それに供人たちが橋の上に立ち止まりおりますので、都へと急ぐ者、出る者が見上げ混み合います。

はやお急ぎを、と憲明が申しますが、業平の目には涙がひと筋。芥川の嵐の夜が、まるで悪い夢のように瞼《まぶた》を流れて参ります。

噂では高子姫、何事も無かったごとく、五条の后邸にて、過ごしておられているとか。その心中を思うことさえ、今となれば、思い湿ることでございます。

近江の草津あたりにて、東山道と分かれて鈴鹿の峠へと急ぎます。そこより伊賀の国。山道は険しくはありましたが、恬子斎王も通られた道でございます。

覚行の手配しました山房へ泊まり、やがて伊勢と尾張の国境へと出て参りました。伊勢の海浜が足元にまで寄せて、姿の良い松なども、見渡せます。

この海のかなたに、斎宮があると思えば、恬子様を訪ねたい心持ちもあり。

とは申せ、それは朝廷の許しなければ叶わぬことです。

白い波が寄せては返すのを、馬より下りて眺めおりますと、思いが口より溢れ出て参りました。

松のたもと、砂に座して書き付けます。

いとどしく過ぎ行く方の恋ひしきに
　うらやましくもかへる波かな

過ぎ去った都の日々がこの上なく懐かしく恋しく思われます。それにしましても、浦に寄せる波も、たちまちもとに戻りますのは、羨ましいことでございます。私は波のように、京に帰ることは叶いません。

他の供人も、業平を囲み、座しておのおの歌を詠みました。

この海より離れたくはありませんでしたが、次の宿へ急がねば、この浜にて草伏すことに。

一行は陽のあるうちにと、先へ馬を進めました。

尾張の東海道は、良く整えられた幅のある官道でございます。豊かな土地らしく、通行の人の身形《みなり》も、都人《みやこびと》との違いさほどなし。

馬の口取りも、どこかで聞き覚えた歌など歌いおります。

景色の良いところに幕を張り、その内にて家人らが用意する御酒や御食《みもの》を口にする興趣にも、皆々、慣れて参りました。

旅の風に目覚めて、風情ある所に到れば、歌会《うたかい》なども行います。

三河に入り、郡司の館に旅寝することに。

館の裏庭のただ中に、竹で囲われた筒井があり、そのまわりに童たちが遊びおります。

館の子か、近くに住まう子か。

家人たち、馬の水を求め桶《おけ》に汲み居りますと、袙姿《あこめ》の女童《めわらめ》はいくらか長じた様子で、同じ年頃の童と競い合い、手伝いなどいたします。

童二人はときに諍《いさか》いとなり、やがてまた力を合わせて、都の貴人たちに加勢いたします。

都に子たちを残して来た供人らも、子らの声に思わず笑い、相手いたしました。

その夜。

郡司のもてなしを有り難く頂いたのち、業平、筒井の記憶を呼び覚まして、

「……筒井には、それぞれ胸の底に、幼きころの古《いにしえ》の物語を秘めておられるはず」

と申せば、覚行は杯を置き、

「寺に無くては困るのが筒井でありますが、山科は幸いにも、山より筧《かけい》の水が年中あふれ……」

と筒井に興は覚えぬ様子。

「……筒井は童の遊ぶところのみならず、恋の行くえにも関わる話しが……」

と業平が語り始めますと、旅のつれづれに、皆杯を手に聞きおります。

あれは、大和に近いとあるところ、家々の者たちが水を汲む筒井がございました。筒井は今も昔も子らが集まり遊びます。その中に田舎をまわるのを生業とする人の子が居り、幼いながら共に遊ぶ女を恋しく思い、やがて長じたなら妻にしたいと思います。

近くに住むその女もまた、この男をこそ夫にしたいと思い続け、親が他の男を向けても首を縦に振らないのでした。

この二人、幼な恋を手放さず、お互いを思いながら長じて参ったのです。

やがてこの男より女に歌が届きました。

筒井つの井筒にかけしまろがたけ
過ぎにけらしな妹《いも》見ざるまに

背丈がこの筒井の井筒の高さを越えたら結婚をしようと願掛けて来た私ですが、もう井筒の高さを越してしまったようです。あなたとお会いしない間に。

するとその女からも返しの歌がありました。

比べ来しふりわけ髪も肩過ぎぬ
　君ならずして誰かあぐべき

あなたと髪の長さを比べてきた私の振り分け髪も、もう肩を過ぎる長さになりました。あなたの他のだれのために、髪上げをするというのでしょうか。あなたのためだけです。

このように、互いの思いを何度も言い交わし、ついに幼な恋の心のままに結婚したのでした。

ところが年月が経ち、何かと男の世話をしてきた女の親が亡くなり、生活の支えが無くなるにつれ、二人が共に住んでいると惨めな生活になるのではと男は案じ、河内国の高安の郡に新たに通う女ができたのです。

この妻はそれでも男の行いを責めず、気持ちを込めて見送るものだから、男はかえっていぶかります。

もしや妻は浮気心があるので、このように快く送り出すのではないか。

男は河内の高安へ行ったふりで、庭の植え込みの中に隠れて様子を見ていると、妻は丁寧に美しく化粧をし、物思いにふけり、外を眺めているのです。

さらに筆をとり、歌を詠みて書き付けます。

ああ、やはり。

男の胸が灼《や》けて騒がしいのは、歌を贈る先が、他の男に違いないと思い紛《まご》うているからです。

妻が書き付けた歌を、他の思い人への相聞とばかりに思い込む男。身を隠す植え込みの中にて、妻が詠む歌に懸命に耳傾けます。妻の歌はこのようでありました。

風吹けば沖つ白波たつた山
　夜半にや君がひとりこゆらん

風が吹くと沖の白波が立つのと同じに、恐ろしい名前のたつた山です。あの人はこんな夜半に、一人で越えて行かれるのでしょうか。どうぞご無事で。

河内の女のところへ行くと知って、なおこのように夫の身を案じる妻。男は驚き悔い、妻を限りなく哀れに思い、もう河内の高安の女のところへは行くまいと決めました。

とは申せ、ごくまれに高安の女の家に来てみると、前には奥ゆかしげに振る舞っていたのに今は、だらしなく気を許し、自らの手で杓文字《しゃもじ》にて飯を盛る有様。男は興醒《きょうざ》めて嫌になりました。

女の思いは変わらず、男の住む大和の方を見遣り、歌など詠むのです。

君があたり見つつ居《を》らん生駒山
　雲な隠しそ雨は降るとも

あの人が住んでおられる方角を、何度も何度も見ながら待ちましょう。雲よ、生駒山を隠さないで下さい、たとえ雨の降ることがありましょうとも。

あなたの住む生駒山を、私は見て居たいのです、と歌を贈り、あいも変わらず外をぼんやりと見ていました。

男もその執心にほだされ、ようやく、ならば参りましょう、と返事を致しました。

高安の女は、男が訪れるという文に、喜び待ちますが、予定する日が幾度も過ぎてしまい、訪れはありません。

君こむと言ひし夜ごとに過ぎぬれば
　たのまぬものの恋ひつつぞふる

あなたが来ると仰った夜は、そのたび空しく過ぎてしまい、もう当てにはしませぬが、それでも恋い慕いつつ過ごしております。

男の心は離《か》れてしまい、ついに通うことは無くなったのでした。

話し終えて業平、呟《つぶや》くのでした。

「……いかに幼きころより良く知り、心通う仲であっても、男は他の女に懸想してしまうもの。それでも優れた心根の女の元へ、男はついに戻るもののようで」

確かにそのようで、と頷《うなず》きつつも覚行は、

「……その高安の女も哀れでございます。飯の手盛りはいかにも鄙《ひな》の女、何が不都合にて男が離れたか、解らぬままでありましょう」

元親は主人業平の意に添いつつも、

「この話、思いのほか深うございます。女の心は、執心が顕《あらわ》れぬ加減にて、心染《し》むものとなりましょう。色も重ねれば黒く重とうなります。幼き頃より知りたる妻こそ、執心はあれどそれが顕れぬ程にて、思いやる歌にとどめましたのでは。もしや植え込みの陰にて、耳そばだてる夫のこと、気付いておりましたのでは」

夜更けても尽きませぬ。それぞれが筒井筒の成り行きに、自らの意を申し立てます。

これらの声を呑み込むように、雨が降り出したのでございます。

憲明がふと口に当てた杯をそのままに、呟きました。

「……この話し、どこかで聞いたことがございますが、もしや業平殿ご自身の懺悔《さんげ》では……」

業平、わずかに頬を緩めただけで、何も申しません。

三河の国に入りました。

川多く在り、このあたり湿る地のようで。

案内《あない》の者も居なくて迷いましたが、流れに多くの橋がかかるので八橋と呼ばれる所に、ようよう辿り着きました。

見れば流れる川が蜘蛛《くも》の手のように八方へ広がっております。

流れのそれぞれへ橋が渡されおる風情は、都に造られた遣水より雅《みやび》にして趣《おもむ》きの深さもまた、わざとならず在りのままに、見事でありました。

上手の手で庭を造りましても、このようには成りませぬ。

鄙《ひな》にて鄙に在らずの景色。

と申すのも、八つの橋が架かる流れに沿うように、見事な杜若《かきつばた》が群れ咲いているのです。

藍や紫、菖蒲色の花の弁を、やわやわと広げている絢爛《けんらん》たる様。

水に立つ、その数もわからぬほどなのです。

花の色は水に映り、水の底にも杜若の花が咲き濡れております。

「この地は八橋と呼ばれるそうな。八つの橋は何処《いず》こへ繫がり行くのやら」

と誰かが申せば、皆、溜息をもらします。

八つ橋の架かるかなたは天上か都《みやこ》か。

誰ともなく馬より降り、木陰へ座しました。

このまま行き過ぎることなど、風流を好む者には出来ないのです。供人が、幕を張ろうと急ぎますが、業平も他も、幕など要らぬ、この杜若こそ、錦糸銀糸で織られたこの上なき幕であると、手で制しました。

ここにて、御食《みもの》など頂こうとなりましたが、幕も張らずではあまりに粗野でございます。御食の役の者が重ねて問いますが、幕など要らぬ、この水面と杜若を吹き来る風は、豊楽院《ぶらくいん》の宴より美味などと、口ぐち言い交わして、思いも深く、色とりどりの花に心奪われておるのでした。美しき杜若を愛でておりますと、おのずと心直《なお》く、柔らかくなり、都に思いが向かいます。景色も胸のうちも、しとどに濡れ潤います。

覚行が言いだしました。

「……歌の上手、業平殿。かきつばた、の五文字を歌の頭に置き、旅の心を詠んで頂きたい。いかがでしょう」

それは良い、業平殿、是非にと、皆言い寄ります。

御食《みもの》の用意がととのい、地の菜や蕪《かぶ》の膾《なます》などと、乾飯《かれいい》が供されます。塩と醬《ひしお》も添えられておりますが、乾飯は火をおこさず、水にて潤《ほと》びさせたのみ。

言われて業平、箸を動かしつつ五文字を詠み込みます。

しばし在り、業平は箸を置きました。

頭を上げ、五文字を風に流すがごとく、歌を声に致しました。

から衣きつつなれにしつましあれば
はるばる来ぬる旅をしぞ思ふ

慣れ親しんだ妻は、着慣れた唐衣のように身に添うもの、そのような妻のあることを思い出せば、はるばるやって来た旅が、いっそうしみじみと感じられて参ります。

「……お見事」

と覚行。

皆もまた、箸を置き手を叩いて褒めたたえます。

業平の歌は、どの女人を詠んでいるのか誰もわかりませぬが、その場の男達は、それぞれ都に残した人が、目の前に浮かび来るらしく。

ふと見ますと、憲明は目を潤ませております。元親も手元を見詰め、遠くを思いやる様子。供人らも同じでした。

皆、水に浸した乾飯を、都を思いながらしみじみ口に運ぶのでした。

宇津の山

ひたすら東へと向かい、駿河の国へと入りました。

これまでは広く真っ直ぐな道でございましたが、やがて道は狭まり、蔦《つた》かずらに空を覆われた峠道となりました。

まだ暮れる時分ではありませんが、あたりは暗くなり、心細きこと限りありません。

東海道の難所の一つ。

馬は蹄《ひづめ》を傷め、蹴り落とした小石が、枌《おうご》をかつぐ家人をも傷めます。

みな一列となりて進みますが、この先思いもかけぬ艱難《かんなん》が待ち受けていそうで、山の冷気にも肝が冷えるほど。

見れば峠道の向こうから、蔦かずらを避けるように、修行者《すぎょう》が現れました。

背に小さき仏像や衣服などの入る笈《おい》を背負い、大きな編笠を頭に載せ、脛巾《はばき》もきりりと巻いて、杖は持てるものの身軽に歩き参ります。

馬が通るのを脇に避けた折り、笠の前を上げて馬上を見ました。

業平、おお、と懐かしく、馬を降ります。

母君伊都《いず》内親王が病に伏せられておられた折り、加持祈禱《かじきとう》を頼んだ方でありました。

「業平殿、これよりいずこへ」

しばらく都を離れておられたのか、都人の東下りをいぶかり居られます。

「神仏にこの身をお任せして、下っております。これより都へ戻られるなら、文をひとつお届け頂きたく」

としばし山中にて、筆を取りだしました。

駿河なる宇津の山辺のうつつにも
夢にも人にあはぬなりけり

遠く駿河に在る宇津の山辺に来ています。宇津はまさに現《うつつ》でありますが、現にも夢にも、あなたにお会いできないのでした。

私の思いは、宇津の山ほどに深いのですが。

「これを都の惟喬《これたか》親王へ」

文を差し出しますと、修行者はかしこまり、押しいただきました。

山越えや大河の渡りは苦しく難儀なことですが、過ぎてみれば穏やかに広がる見晴らしの良い地。

片側は弓のような入り江、振り向けば富士の山が、姿も優れて聳《そび》えておりました。

今は五月の晦日《つごもり》にありながら、雪が白く降り積もっております。この山は時を知らず、自在に姿を変え、見物を驚かせ感嘆させます。

暗き山々を越えてきたゆえ、美しき山の姿に心安らぎ、いずれもが筆を取りだしました。

業平の記した歌。

　時知らぬ山は富士の嶺《ね》いつとてか
　　鹿《か》の子まだらに雪の降るらん

時節を知らぬ富士の嶺ですね、まだら模様に雪が白く降り積もっておるのは、今をどの季節と思っているのでしょうか。

富士の山を、京都に居る心地になり眺めてみれば、比叡の山を二十も積み上げた高さに見え、姿は塩をとる浜の砂山、塩尻のように、なだらかに裾を広げております。

業平、あまりに美しい景色に、思わず目を閉じます。閉じた瞼《まぶた》の裏に、もう一つの険しく恐ろしげな山が浮き出て参りました。

噂に聞く、浅間の嶽《たけ》でございます。

火を噴き煙を立て、富士が優しき表の山なら、これは裏に猛《たけ》る、もう一つの山。

目を閉じたまま低く詠います。

信濃《しなの》なる浅間の嶽に立つ煙
　をちこち人の見やは咎《とが》めぬ

信濃の浅間の嶽に立つ煙は、遠くの人も近くの人も、見とがめないことがありましょうか。

業平は、宮廷の貴人たちが富士の山の姿のように優しく手を広げてみえても、心の裏には浅間の嶽のように、燃えたぎる蔑みの姿があることに思いを及ばせ、深い息を吐くのでした。

その夜は、空も海も穏やかなので、浜に幕をめぐらせての仮寝となりました。

屋根を覆わず、星を見上げるのも興があります。敷きものの傍を、浜の草が這《は》うのも面白き様。

松明《たいまつ》に火を灯せば、昼と間違え千鳥などが訪れて参ります。

業平、手枕に頭を載せて、遠き都を思いつつ申しました。

「……富士は美しいが、その裏の浅間の嶽は火を噴き煙を立て、いかにも恐ろしいと聞く。人の心の表と裏もこのようなものか。都では私の雑言も行き交っておるに違いなく……」

元親《もとちか》は応えず、波音に身を預けておりましたが、いくらかの後、口を開きました。

「……業平殿はお姿も歌も才に恵まれておられるゆえ、皆が口さがなく物言いいたします。並《な》べての男は、数多《あまた》の女人を得ることもなく、ただ羨むのみでございます」

業平、ふと思い出します。

「元親殿。八橋にて杜若《かきつばた》を句の頭にして詠んだ折り、どなたを思われておられたのか……」

「……はるばる来ぬる旅をしぞ思ふ……」

の歌の折り。

「さよう、あの歌を披露いたした折り、心ここに無き様子であったが」

「お歌にありましたな……妻しあれば……でございました……私も妻を思うておりました」

「ほう、どの妻を思うておられたのか」

元親殿、深く息を吐かれます。

「……私めには、業平殿のように数多の思い人は居りませぬ。これまでもこれより先も、妻は一人にて、あれこれとはございませぬ」

業平、起き上がります。

男に生まれ、そのように言い切られる元親殿が、不思議にも訝《いぶか》しくも思われたのです。

夜更けて、波音のみ寄せては返し、天空の星も浜の砂子のように美しく広がりおります。

覚行《かくぎょう》も憲明《のりあきら》も寝入り、業平の相手は元親のみです。

「……元親殿には長岡の所領の世話、母君の葬《はふ》りのことなどを頼んでおりましたが、御身のことなど、知らずに参りました。妻君《めぎみ》の話し、これまで聞かずにおりました。唐衣《からころも》きつつなれにし、のようなお方がおられるのですか」

元親はいくらか恥ずかしげではありますが、星々よりほかは闇のみ、心も慣れて柔らかくなっております。

「いまだ慣れにし唐衣とは参りませぬ。妻は年も若うございますゆえ」

「ほう、お若い方か」

「はい、長岡にて幼きころより見て参りましたが、男童《おのこわらわ》のようで、親も困りおりました」

「……それで」

「京の父君の邸にて、習い事などで躾《しつけ》られてのち、長岡に戻りますと、見間違うほどの良き女人に……」

業平が見上げる星、騒ぎます。

「見間違うほどの良き女人にか……その女人の父君のお力でありましょう」

「さようでございましょうか。何事につけ陰陽師に頼り、白髪を乱し、夜ごと幣《ぬさ》を振り回しておられる父君に、あが妻は愛想《め》が尽きたようで、長岡に戻ってきたと申し居ります」

「……それで、その御方は、さぞ見目麗しうありましょうな……」

長岡より父君の邸に引き取られ……その父君は万事、陰陽師頼みとは……まさか。

騒ぎ立つ星々が、業平目がけて降り落ちて参ります。

元親が申しているのは、もしや紫苑《しおん》の方のことでは。

業平、不穏な心地ながら、口ぶりは穏やかに申します。

「……その御方、お気持ちの強い方のようで」

「さようで、あちら、と申せばこちら、こちらと申せば、あちら。気丈で扱いにくくはございますが、それがまた歳の離れた私にはいとおしく、飽かず楽しうございます……そうそう、まだ裳着《もぎ》にもならぬ昔、業平殿が長岡の母君をお訪ねの折り、童たちと田にて落ち穂を拾い、歌など詠み戯《たわぶ》れたようで……覚えてなどおられますまいが」

元親に、含みはございませぬようで。

ただひたすら、妻への恋しさのみ声に顕《あらわ》れております。

やはり紫苑の方のことであった。

波音と星々が、業平を揺すります。

業平、心を悟られぬように、申します。

「……そう聞けば、あの折り、そのような女童《めわらめ》がおりましたような……数多《あまた》の童らが、鬼のように騒ぎたてておりました覚えが」

「さようでございます。衵《あこめ》の裾をたくし上げ、鬼の子らのように、走り騒ぎおりました中の一人でございます……」

「その女童は、紫苑色の袙姿では」

「まことに、紫苑色を好んでおりました」

都の父君に引き取られた後のこと、元親は知らぬと見えます。

「……父君がお引き取りなさり習い事などさせられたのは、先行きのことなど計らいがあってのことでは……それがなぜに、ふたたび長岡に戻られたのか」

「都は好まぬ、長岡の田畑が懐かしいと、父君に言い立てておりましたようで……陰陽師も同じことを申したとか」

「……それは元親殿には何よりの果報で」

苦しいながらの業平の声。

「さようでございます。鄙《ひな》育ちの女とは、さまざま違い、すべてに雅《みやび》でございます。長岡の他の女人などにはもう、目も行きませぬ」

元親は胸に溜めた妻への思いをあからさまに語り、業平の胸のうちなど思いもよらぬ風で、やがて寝息を立て始めました。

そうであったのか。

元親が掌《たなごころ》の玉のように恋しく思う妻とは、長岡にて待つ紫苑のお方のことであったか。

業平は眠ることなど出来ませぬ。

蕾《つぼみ》が花開いた紫苑の御方に懸想したものの、その後は訪ねず、恬子《やすこ》斎王のことなどに心を傾けておりました自らを、しみじみと顧みておりました。

さらには、高子姫《たかいこ》との成り行きも、いまだ痛みとなり強く残りおります。

紫苑のお方は、いかにも遠くなり、時ばかりが過ぎおりました。

今一度、あの闇夜の中で聞いた紫苑のお方の、才有るお声に触れたい心地が、胸の底より上り参ります。

いえ元親の、真《まこと》の思いこそ、あのお方のためであろうと思われます。

それにしましても、紫苑のお方は、都にての業平の訪れなど、口の端にも表しては居られぬらしい。元親の様子からは、そのように見える。

なんと懐深く、凛々《りり》しきお方か。

この先も、業平のことなど、元親に悟られることはなさらないであろう。

それとも、業平の訪れなど、一枚の木の葉が吹き寄せられただけのことであったか。

都にてのこと、すべて曲の一節でしかないのか。

元親をこのように恋しく思わせ、他の女人への懸想さえ有り得ぬと言わせるほど、あのお方は、その後、見事に変じられたらしい。

その変じられたお姿、お声に、今一度触れたい。元親と業平、どのように異なる様子を見せられるのであろう。

二度と触れること叶わぬ人となり、あらためて忘れがたきお方になられたとは。

その天性の素養を見出したのは、他ならぬこの我であるという思い上がりも、いまや苦しく。紫苑の色に染まる心の乱れは、収まることなく、天空を駆け巡ります。星が西に動いても、眠りに入ることが出来ないのです。

都にては上下《うえした》の関わりありて、表には顕《あらわ》れぬことも、旅寝にては本性も見えて参ります。これも旅の効と申せましょうか。

夜ごとうち話せば、深き思いに到り、思いもかけぬ真実《まこと》にも出合うこともございます。


このようにして、あちこちに宿をとりつつ東へと下り、ついに武蔵の国と下総の国の中に流れる川へと参りました。

大層大きな川で、隅田川と申すそうで。

川の辺りに、みな群がり座して、都へ思いを馳せております。

この川を渡れば、二度と都へ戻り帰ること叶わぬ心地が致します。

限りなく遠くまでやってきたものですね。

何やら寂しくかなしく、口々に嘆き合いました。

渡し場の船頭が、声をかぎりに呼びかけます。

「早う、舟に乗ってください。そのように群れて座しておられては、陽も暮れてしまいますから」

皆つらい気持ちのまま、舟に乗り込みました。これでいよいよ、都が遠くなるのだと思えば、さすがに切なき心地。

それぞれに、胸には、京に残した思い人があるのですから。

舟が川岸を離れると、たちまち白い鳥が飛び来て、水の上を遊びながら魚をついばむではありませんか。

嘴《くちばし》と脚が赤く、鴫《しぎ》の大きさで、都では見ることのできない鳥です。

何と申す鳥かと、口ぐちに問い合いますが、どなたも名を知りません。

船頭にその名を問うと、

「これが、あの音にも聞こえる都鳥《みやこどり》です」

と応えます。

都、の言葉に、一同色めき立ちました。それほどまでに、都が恋しいのです。

業平は渡しの舟にて歌を詠みました。

名にしおはばいざ言《こと》とはむみやこ鳥
　わが思ふ人はありやなしやと

その名前に都という名を背負っているのなら、都のことは良く知っているはず。ならば問いたい。私が思いを寄せている人は、健やかであろうか、それともそうではないのか。

ああ、案じられることよ。

この思いは、業平のみならず、みな同じでありました。業平は、一同の都への心持ちを合わせて、歌にしたのです。

書き付けたものを、憲明が声にて詠いあげます。

川風は流れと同じく、上より下へと来て、さらに海の方へと行きて戻りません。

風も流れも、元には返らず、この舟に乗る皆もまた、都へは戻れぬと思えば、それぞれに袖を顔に当て、涙を拭うのでした。

都鳥ばかりが、賑《にぎ》やかに鳴き交い、白い羽根も赤い嘴や脚が一同の顔近くに寄り、涙に濡れた顔を覗き見ております。

「この鳥は、なにゆえ都鳥と」

と船頭に問えば、このあたりの人と同じに、都への憧《あくが》れゆえだと申します。

「私は年中をこの渡しで、渡し舟を漕《こ》いでおります。あの川岸よりこちらへ渡る人はみな、つらくかなしげに見えますが、こちらよりあの川岸へと渡る人は、みな晴れやかに見えます。都とはそれほどまでに、芳《かぐ》わしうて尊き地なのでありましょうな」

それを聞き、皆はなおさらに袖で涙を拭き居ります。

業平は顔を上げ、船頭へ申しました。

「これより今少し、東へと下らねばなりませぬが、かならずやふたたび、この舟にてこの川を渡り、都へと帰る折りもありましょう」
　その声に一同、涙の袖をふと止めて、鳥の羽ばたきを見上げたのでした。

武蔵鐙《むさしあぶみ》

隅田川を渡ると、心の色が変わります。都鳥《みやこどり》さえ鳴き追い来ることはありません。都を恋しく思う心地が薄らいで、見知らぬ世を旅する安らかさがございます。東へ向かう前に北へと足を向け、氷川神社に参ることになりました。業平一行のこと、先々へも聞こえておりますようで、さらに入間の郡に向かい、田を広く領有する家より乞われて、旅寝をいたすことに。

川を幾本か渡るとあたりは、稲穂も青あおと茎を立て、童らも水遊びに興じております。

この家の主《あるじ》とその妻、家人らもみな、遠い都《みやこ》より参った人どもを、地の魚や鳥でもてなします。枌《おうご》を荷《にな》う下人や馬飼《うまかい》たちにまで、身にあまる御食《みもの》が供され、酒に酔い庭にて舞い戯《たわぶ》れるほど。

屋敷の造りは、京の邸《やしき》を真似ておりますが、住まう人らは都にくらべ、いくらか素直にて粗《あら》あらしく見えます。

母屋に畳を敷いて座し、この家の主と妻も加わり宴となりました。

家の主が申します。

「私は祖代々《おや》この地に住みついて参りましたが、あが妻の親は武蔵の国の国司で在った人。文も絶えて久しいことですが、都人《みやこびと》への憧れ強うありまして、都より来られた旅の方々より、都の話しを聞くのがこの上ない慰めでございます」

と近くに控える妻を見遣ります。

憲明《のりあきら》が頷き、

「ならばひとつ、都の女の話しをいたしましょうか」

と杯を置きました。

業平も面白がり、身を乗り出します。

憲明が、いかに都の女たちを知っておるのか、業平には興深きこと。

主人業平の文使いの役をなし、女人への手引きを頼むには、それぞれの邸に働く女房とも通じておらねば、首尾良うは参らぬものです。

憲明が語るのは、宮中に流れました過ぎし日の噂でありました。

「……都の女が優れておるわけではございませぬ。昔、ある男が宮中にて、高貴な御方の局の前を素通りしたのでございます。この御方と男は縁《えにし》があったらしいのですが、このところ離《か》れており、それを恨んだのか、それともほかに讐仇《あだかたき》の由がありましたか、女は男にうら荒《さ》ぶる言の葉を投げかけたのでございます。

あなたなど、もうどうでもよろしい。あなたはどうせ草の葉のように、すぐ枯れてしまう人。枯れて遠くへ離《か》れて、どこかに散り行く本性であること、じっくり見届けようと思います。

男は立ち止まり、歌を詠み返しました。

罪もなき人をうけへば忘れ草
　おのが上にぞ生ふといふなる

罪もない人を呪うと、同じ草の葉でも恐ろしい忘れ草が、あなたの身の上に生えて、あなたご自身が忘れられてしまうと申しますよ。

これを聞いた女、男の歌の才に、いよいよいまいましく思ったようです。

また別の折り、この男がかつて親しくなった女に、何年もの後、このような歌を贈りました。

いにしへのしづのをだまきくり返し
　昔を今になすよしもがな

昔より在る倭文《しず》の織手巻《おだまき》を繰り返し巻くように、昔をもう一度繰り返したいものであります。

見事な歌にも女は、何も思わなかったのか、返事もありませんでした。

このように、都の女にも、情に乏しく、才に劣れる女はおるのですよ」

夜を明かしたのち、さらに引き留められた次の夜、主《あるじ》の妻よりこの家の娘の話がございました。

主は親として、娘を在地の直人《なおびと》に婚がせるのが幸いと考えていましたが、藤原の血をひく妻は、都の貴人こそ娘に相応しき婿、と思い込みおるようで。

この妻は、業平にかような歌を手渡しました。

みよし野のたのむの雁《かり》もひたぶるに
　君が方にぞ寄ると鳴くなる

三芳野の田の面《も》の雁も鳥を追う引板《ひた》を振ると、ひたすらあなた様の方へ寄り来たくて鳴いているようです。あなた様を頼みとする我が娘も、あなた様のお側に居たいと申しております。

あまりに直《す》ぐな願いに、業平心動かされ、母君の手引きにて、娘と共寝をいたしました。

とは申せ、後朝《きぬぎぬ》の歌も交わす才なく、ようよう忘れたはずの都の人の、雅《みやび》なる姿を懐かしく思い出す始末。

業平は、娘にではなく主の妻に、先の歌への返しを詠みました。

わが方に寄ると鳴くなるみよし野の
たのむの雁をいつか忘れん

私の方に寄ると言い鳴く、三芳野の田の雁ですが、忘れましょうか、いつまでも忘れはいたしません、娘さんのことは。

主の妻への礼を欠いてはなりませぬ。胸苦しき悔いもしきりでございますが、この邸にいつまでも留まることもならず、胸苦しき悔いもしきりでございます。

主の妻も、都より遣わされた国司と、在地の女《ひと》とのお子でありましょう。もし自らが去りて後、三芳野の雁にお子が生まれたなら、同じ宿運の繰り返し。

とは申せ、三芳野の雁は、どうにも都には似合わぬ、鄙《ひな》の鳥なのでございます。

三晩めの宴となりました。

業平と娘との共寝を、ようよう成し遂げた主の妻は、さらにこの先もこの家に留まるよう、しきりに申します。

業平も他の供人も、はや旅立ちへの誘《いざな》いに、勇みおります。

覚行《かくぎょう》が、都の男と、都より離れた在地の女との別れの辛さを、酔いにまかせた様子で語りだしました。

主と主の妻は、つれづれ聞きおります。

覚行は二人に、心構えを促すつもりでありましたようで。

昔、ある男が、摂津の国の菟原《むばら》の郡《こおり》に通っていた女がいました。女は、この度男が都へ行けば、ふたたび戻っては来ないであろうと察している様子なので、男は女にこのような歌を詠んだのです。

蘆辺《あしべ》より満ち来る潮のいやましに
　君に心を思ひますかな

この蘆辺より満ちて来る潮のように、さらに増してくるあなたへの思いでありますよ。どうぞ案じられますな。

女からの返しの歌はこのようでした。

こもり江に思ふ心をいかでかは
　舟さす棹《さを》のさして知るべき

蘆が繁って人目に隠れた入り江のように、人に気づかれない所にて密かに思うあなたへの心を、舟さす棹をさすように、それとはっきりどうして知ることなど出来ましょうか。

さて、この返歌、鄙《ひな》の女の歌としては良いか良くないか……いかがでありましょう、皆様。

この男も、女が察したとおり、行ったまま戻ることはありませんでした。離れた所に住まう男とは、つまるところ、このようなものなのです。

業平には耳の痛い話しでした。

三芳野の里を発つ日、業平は都の有常《ありつね》に文を届けるよう頼みました。

その文には、都の様子を知りたい思いが込められておりました。有常ならば察するところもあろうかとの思いもありました。

忘るなよほどは雲居《ゐ》になりぬとも
空ゆく月のめぐりあふまで

忘れて下さるな。私との距《へだ》たりは雲の居所のように離れておりましても、空を行く月がふたたびめぐり帰って来るように、私が都へ帰ってきて、お目にかかれるまでは。

この家の娘からは、いざ発つとなっても、別れの歌は頂けませんでした。

ここよりさらに旅を続けますが、都への戻りにも、お寄りしたいものです、と業平は礼を尽くした歌を残しました。


武蔵の国は緑が噎《む》せるほどの季節でございます。

広い丘の上にて陽が落ちたので、幕を張り巡らせ、一夜の仮寝となりました。

富士の見える浜にての仮寝とことなり、ここは草むらの丘。風の強いところでございます。

供人どもが手配した雉《きじ》や川魚などを食し、風の音に耳を塞ぎながら、寝入りました。

すると業平、恐ろしい夢を見たのでございます。

業平は人の娘を盗んで、武蔵野を逃げ迷いおるのです。

盗人なので、国守に追われております。

やがて捕まりそうになり、業平は草むらの中に盗んだ女を置き、ひとり逃げたのです。

娘は連れて逃げて欲しいと頼みますが、足手まといと知り、のちに戻り来るからと言い置いて、走ったのでした。

風が強まったのか、それもまた夢の中なのか判らぬままに、業平はひたすら逃げます。

草むらの中に置いてきた女の声が、遠くより聞こえます。

それはときに高子《たかいこ》姫のようであり、また母君に乞われたとは申せ、先の約束もせずに共寝をした三芳野の雁《かり》の方のようでもあり、胸苦しきこと限りありません。

そのうち、追い来た国守に、捕らえられてしまいました。国守の面を見れば、あの三芳野の里の家の主でした。

引かれて行くおり、道を来る人が、かように申します。

この野には盗人がいるらしい。これより火をつけ、あぶり出そう。

その声を、草むらに隠れた女が聞き、声を限りに歌を詠み叫びます。

武蔵野は今日はな焼きそ若草の
　つまもこもれり我もこもれり

武蔵野を今日は焼かないで下さい。私の夫も隠れているし私も隠れているのですから。

その声で、女も捕まり、ともども引きたてられて行くのです。

焼かれる命が救われた、との安らぎの中で業平は、はて、私はどのような女を盗んだのであろうと、共に引かれる女を振り向けば、女は長い髪を振り乱し、その面は誰とも見分けがつきません。

女は俯《うつむ》いたまま、呟《つぶや》き申します。

あなたのせいで、私は焼き殺されるところでした。あなたは自らの命のみ尊び、私を見捨てて逃げられた。お恨みいたします。

その声とともに、女の姿が幾つもに分かれ、それぞれかつて見知った女に変じます。

ああ、すまない、神仏よ、お許しください。

声の限りに叫んだようで。

自らの声にて、はたと目覚めてみれば、丘を吹く風いまだ衰えず、星さえも雲に巻かれ、流され行くのです。


丘の上にて恐ろしき夢を見た夜も、ようよう明けました。目覚めた業平は、胸の底に業火の痛みが残るのを覚えます。

あの火に焼かれて死ねば良かった。

やはり高子姫に、思いを伝えねばと、それまでの躊躇《ためら》いを捨てて、文を書きました。

筆が震えます。

歌にしたくとも、思いがかたちを作らず、ただ言の葉が散り溢れるばかり。

きこゆれば、はづかし。きこえねば、くるし。

文を差し上げるとなると、耐えがたいまでに申し訳なく辛い。とは申せ、文を差し上げなければ、胸のうちが火に焼かれるように苦しいのです。

そう書いて、この文の上書きに、むさしあぶみ、と記しました。

あぶみ、は逢う身。武蔵の国にて、そのような女が出来てしまった、との投げ打つばかりの懺《さん》悔《げ》。

高子姫であれば、上書きのひと言で、業平の今ある身が伝わるでありましょう。それでもあなたに、こうして文を差し上げているのです、との切なる思い。

今、高子姫はいずれにお住まいでおられるのか。五条の后邸に今も居られるなら、近江の方を介して、この文が届くでありましょうが、他にお移りであれば、詮なきこと。

文を遣りましたものの、この文が都まで届いて欲しいような、都鳥飛び交うあたりで流れ消えて欲しいような。

丘より下りて武蔵の国より陸奥国《みちのくに》へと、魂の抜けたような身体で旅を続けるのでした。

行けども行けども武蔵の国より出ること叶わず、一同疲れ果て、覚行の知る寺にて身を休めている折り、なんと早馬にて、文が届けられたのです。

届いた文に、変事でもあったのかと身をあらためて開くと、それは打ち驚くことに、高子姫からでした。

三芳野の家の主が、行先を探し届けて下さったらしい。

業平の手が震えます。

武蔵鐙さすがにかけてたのむには
　とはぬもつらしとふもうるさし

武蔵で他の女《ひと》に逢われる身、と仰られますが、それでも心にかけて下さり、結ばれるのを心の頼みとしておりました私でございますから……文を下さらないのは、つれなく思われますし……文を下さるのも、惑い迷惑なことでございます。

この東国の遠い旅先になど届けられることはないと思っていましたので、業平の喜びは大きく、なにより高子姫がご無事に暮らして居られるのも有り難く。

とは申せ、業平が贈った文は、きこゆれば、はづかし。きこえねば、くるし、でありました。

文を差し上げるのも差し上げないのも、いずれも苦しい、と書いた危うい思いを、高子姫はそのままお返しの歌にも使われておられるのでした。

どのように振る舞っても、お互いの苦しみからは逃げられない。

業平、思わずふたたび、歌を贈ります。

問へば言ふ問はねばうらむ武蔵鐙
　かかる折にや人は死ぬらん

文を贈れば惑われ迷惑と仰る。贈らなければ、つれなく辛いとお恨みなさる。武蔵鐙は武蔵の国にて女と逢う身、ではありますが、私の心は、文を贈るか贈らぬか、思いはあちらとこちらへ振り分けられ、迷うのです。馬の背に鐙《あぶみ》をかけるではありませんが、かかる折りに、人はどうしようもなくなり、死ぬのでありましょうか。私も死にたい心持ちです。

高子姫との文の遣り取りは、天にも昇る幸いにして、苦しみもまた救われない深さなのでした。

姉歯の松

宿から宿へ、駅家《うまや》にて馬を代え、日々の流れにまかせて陸奥国《みちのくに》まで、やって参りました。途中塩竈《しおがま》の浦に立ち寄り、海を眺めました。

良き季《き》とは申せ、その後の奥州の道は細く曲がり、行く手を阻む木々なども多くありましたが、たどり着いた地には、岩ばしる滝水が流れ入る湖が、見晴るかす限りに広がっておりました。

湖の半ばを占めるのは、玉を載せて風に揺らぐ蓮葉《はちすば》の群《むれ》。

桜よりやや濃い退紅《あらぞめ》色の花が、幾多の葉の間より伸び出でて、それらの花は両の手を合わせ広げるようにも、また蕾《つぼみ》であれば、その手をすぼめ天に祈っているようにも見えます。

いずれも仏の世界のような広やかさです。

ここは栗原《くりはら》と申す地のようで。

滝の傍の大樹のもとに幕を張り敷きものを整え、片側を蓮の沼に広げ眺むれば、憂きこと忘れるほどの心地です。

供人たち、滝の溜まりにて水浴びに興じております。馬もまた背を洗われて、いななき交わしおります。

ここは他ならぬ神仏が、天上世界と人界の境と定めた地。誰ともなく、ここが東《あずま》の国の行き止まりと、口ぐちに申します。

またこれより先の山々には、化けものが棲《す》んでいる、と恐ろしげに語る者もいます。

滝水白く撥《は》ね、蓮の花美しきこの地にて、しばらく住み暮らすことにいたします。

都よりはるばる参り、まことに遠き旅でありました、との思い。

くつろぎ遊ぶ日々が過ぎ、月が欠けはじめた夜、このところ夜ごといずれにか出掛けておりました憲明《のりあきら》が、戻り来て宵居《よいい》に加わり、栗原の女は、鄙《ひな》びてはいるがなかなかに面白いと申します。

真《まこと》の情《なさけ》は都と同じながら、その顕《あらわ》れは凄《すさ》まじく露《あら》わにて、尻込みいたしました、と語ると、みな、身を乗り出し聞くのでした。

憲明はこのところ夜ごとに、地の女のもとへ通いおりましたと、懺悔《さんげ》。

「……殿、春日野にて垣間見た女人へ、忍摺《しのぶず》りの狩衣《かりぎぬ》の裾を切って歌を詠まれたのを、お覚えでございますか」

業平、覚えておりました。女人二人、あれは姉妹と思われたが、あの折りは初冠《ういこうぶり》を終えたばかりのころで、そのまま行き過ぎてしまった。

「あの忍摺りの草を育て、布を染めるのを生業にしておる家がございました。立ち寄り、面白う見ておるうち、女は京の男をことさら珍しう思うてか、強う乞われて、通うことになりました」

覚行《かくぎょう》は、その草のこと、知っておるようで、

「陸奥国《みちのくに》の、すでに通り来した地に、その草は多く生えております。さらに寒きここあたりにても、忍摺りが行われておりますのか……それで、女との首尾はいかがでございましたか」

と住持《じゅうじ》らしくもなく、面白がり問いただします。

憲明が語ったのは、このような女でした。

女が俄《にわか》に、忍ぶ草の汁で書いた紙を、憲明に手渡したのです。

そこにある歌は、このようなものでした。

なかなかに恋に死なずは桑子にぞ
　なるべかりける玉の緒ばかり

なまじ恋い焦がれて死んだりしないで蚕になりたや、短い命であろうとも。

書かれた紙は草の露で汚れ、手渡す女の面《おもて》も歌もあまりに鄙《ひな》びていて、なにより蚕に馴じみなく、興などとは遠い心地でありましたが、それでも憲明は情け心から、その夜は共寝をしたのでした。

とは申せ、下々の女であろうとも、京の女はいますこし雅《みやび》なもの。女の寝顔を見ているうち、耐えがたくなり、まだ夜の深いころ、鶏が鳴くか鳴かぬかのうちに、立ち去ろうといたしました。

すると女は憲明を追いかけてきて、急ぎ書いた乱雑な文字の文を手渡したのです。

夜も明けばきつにはめなでくたかけの
　まだきになきてせなをやりつる

夜が明けたならあの鶏を水桶《みずおけ》にぶち込んでやります。老いぼれた鶏め。こんなに早く鳴くものだから、あの人を行かせてしまったではありませぬか。

憲明は言い訳に困り、私は京へ参らねばなりません、と申しました。そしてこのような歌を返しました。

栗原のあねはの松の人ならば
　都のつとにいざと言はましを

この栗原にある姉歯の松が、もしも人であるなら都への土産として、いざ一緒に行きましょうと、言うのであるが、これではどうも、連れては行けません。

松を伴っては参れないことで、やんわり別れを伝えたのでしたが、この歌がわからなかったか、身勝手に思い紛うてのことか、あの人はやはり私を思うておられる、と周りの人々に言い触れておられるようで。

「女の忍ぶ草の匂いは、いかがで」

と覚行が面白がり訊ねると、

「いやはや、布に摺りつけてこそあやしき風情もございますが、手の指はどうもよろしくありません」

思い出したくも無い様子なのを、皆して笑いおります。

それぞれに、鄙《ひな》の女との逢瀬《おうせ》はあるようで、元親《もとちか》も、それに似た話をいたしました。都の男は、いずれに出向いても、呼び止められ招かれるのです。

業平の順となり、自らのこととは言わず、かような男がありました、と話し出します。

ある男が、土地の老いた男に都の話しを乞われて、家に参りました。蓮《はす》の実の餅を馳走になりましたようで。

蓮の実は腹が下る病に良う効く、とのことです。

脇を見れば、このような鄙《ひな》にしては物静かにして風情もある若い女が、酒など注ぎます。都にては、遊び女の振る舞いで、およそ有り得ぬこと。

ですがその女、老いた主の妻でありました。

ここは陸奥国《みちのくに》、妻の振る舞いも様々なのでありましょう。

女は見目も良く、このような田舎のつまらぬ男には釣り合わぬように見えました。

男は、老いた主が退いた隙に、いち早く文を書き、杯の下に敷いて渡しました。

しのぶ山しのびてかよふ道もがな
　人の心の奥もみるべく

信夫山《しのぶやま》ではありませぬが、忍んで通う道が欲しいものです。ここは陸奥《みちのく》、まさに道の奥のように、あなたの心の奥まで見たいものです。

妻はこの歌を大層褒めたたえましたが、男の示した深い意、誘いまで読み取ることが出来ましたかどうか。


「さて、男とその妻は、いかがなりました」

と元親が問います。

憲明が、さらに申します。

「その後の首尾はいかにあれ、趣き乏しき鄙の女の心を覗き見ても、仕方ございますまい」

静かに聞いておりました覚行が、ふふと頰を崩して申します。

「そのお歌の見事さ、なかなかのお方と覚えます。先ほどの憲明殿の忍ぶ草の話しより、信夫山へと連ねることが出来ますのは、よほどの才。さて、その男とはどなたでありましょうな」

業平をにこやかに見遣るのでした。

地の女との話しをすれば、いかにも都の女が恋しうなります。

幕の内にて、夜の風が運び来る滝の音に酔いながら、都の恋を語り合います。

業平より。

「一人思えども、つれない振る舞いばかりの女に詠み贈ったことがあります。

言へばえに言はねば胸に騒がれて
心ひとつになげくころかな

素直に気持ちを言おうとしても言い出せず、とは申せ、言わなければ胸の中が波立ち騒ぎます。つまるところ、私の心の中だけで嘆きの息を吐いているこの頃ですと。

恋とはいかにせんとて、迷うものです。迷いなくては、恋とは申せませんな」

覚行が即座に差し挟みます。

「……おや、それにしましても、随分とあからさまに打ち明けられましたことで」

その覚行が、昔、若かりし折りのこととして、自らのことを語ります。

「……男はひとところに定められぬ性、私もゆえなく心移ろいし後、時経て昔の女《ひと》に、かような歌を贈りました。

玉の緒をあわ緒に撚《よ》りて結べれば
　絶えての後も逢はむとぞ思ふ

二人の仲は、ゆるく撚《よ》って結んだ美しい緒です。中途半端に緩んだままほどけたのでありますから、あとになり、それぞれの片緒を撚り合わせれば、もう一度つながることが叶うと思います。あなたとも、もう一度撚りを戻したい……と」

「それで、玉の緒は、繋がりましたか」

業平が問えば、覚行は下を向き応えません。

「……男が考えます緒と、女の緒とでは、違いますようで」

一同、頷きます。

結んだ縁を頼みとする女人にとり、撚った緒と、絡む蔓《つる》草の玉鬘《たまかずら》は、いずれがたしかに思えましょうか、という話しになりました。

元親はこう申します。

「撚った緒は、切れ物の刃《やいば》で切れますが、蔓は易《やす》くは切れませぬ。ゆえに古《いにしえ》の歌にも、玉鬘は多く詠まれております。思いの乱れのたとえにも、蔓の這い乱れる様が詠まれおります」

「ならば、女の心を安らかにさせる蔓の歌など、どなたか知りおられるか」

元親はしばし思いをめぐらせ、膝を叩きました。

「……ございました。詠み人は誰とも知られておりませぬが、このような歌でございます。

女に、私のことなど忘れてしまわれたようですねと問われた男が、女に詠み返しました。

谷せばみ峯まではへる玉鬘
絶えむと人にわが思はなくに

谷が狭くて、峯まで這い上る蔦かずらのように、あなたとは切れることなく長くつづけて、別れることなど思ってもいませんよ。

そのような歌でございます」

「……宇津は、まさにそのような山道でありましたな」

と覚行が、思い出し申します。

暗き山道の険しさが目に迫り、あの荒れた様は、美しき玉蔓のたとえには合わぬ。恋の雅《みやび》な心とも違うて、修験《しゅげん》の世界だと、色が褪《さ》めたような心地であります。

「何事も、歌に詠まれれば風情となるも、在るがままの姿は、興趣とは離れるものですな」

これぞ業平の本音でございました。

業平はまた、このようにも思いました。

歌に詠むことにより、荒《すさ》みて徒《あだ》なるもの、つまらないすずろ事も、情趣のある雅へと変じるものなのだと。

水音しずまり、夜の風が肌に柔らかくなって参りました。

「……今宵《こよい》、色好まれる良き方々、色好みたる女の、さらに色々しき歌などいかがでありましょう」

業平が、色を重ねて申しますと、みな打ち解け、宇津の険しい景色も消えました。

「……情は深いが、恋心もあちこちに置いてしまう女を妻にした男が、妻の振る舞いを案じて、このような歌を詠みましたとか。

我ならで下紐解くなあさがほの
　夕影待たぬ花にはありとも

私以外の男に、下裳《したも》の紐を解いてはいけないよ。たとえ朝顔が夕べの光りを待たぬ間に姿を変えるように、あなたに心変わりが起きても。

するとき妻は、このように返しました。

二人して結びし紐を一人して
逢ひ見るまでは解かじとぞ思ふ

あなたと二人で結んだ下紐を、次にお逢いするまでは、一人では解くまいと思います。

いかがですか、これらの色なす歌は」

覚行がふたたび、もの含む面《おもて》で、ふふと笑み申します。

「……そのようにあからさまに下紐を結び合うても、他の男より恋慕われ、それが強ければ、自ずと下紐が解けるとか……業平殿も、そのように思い強うするだけで、幾人もの女人の下紐を、解いてしまわれたのではありませぬか」

業平、参り閉口し、

「さようなこと、起きて欲しいものです」

と逃げます。

業平の胸には、久々に高子姫《たかいこ》のお姿が顕《あらわ》れます。高子姫の下紐は、同じ衾《ふすま》の内に臥《ふ》せる折りには、すでに解けておりましたが、あれはなにゆえであったか。

業平のみならず一同みな、鄙《ひな》の女にも景色にも飽きて参りました。着いたころは蓮《はす》の花も美しく咲き誇り、滝水も涼やかに落ちておりましたが、蓮はいつしか枯《や》れて水面を濁しております。

季節は秋へと移ろい、ここに居るのにも倦《う》み疲れた折り、馬にて文が届きました。早便の手配などはまたしても三芳野の主でした。

都より三芳野へ届いた文を、急ぎ馬にて栗原《くりはら》まで運び来させたのでした。あの家の主の実直《まめ》人ぶりは、業平有り難いかぎり。

都よりの文は、有常《ありつね》殿からでした。

「ご案じなされておりましたことごと、都にてはすでに鎮まりおり。早々に御帰京されたがよろしいと存じます」

とあります。

有常に遣った文への、業平の意を汲んだ嬉しい返しでした。

高子姫について、あからさまには書かれておりませぬが、ふたたび参内されておるのでしょう。もはやこのことで、兄基経《もとつね》国経《くにつね》殿のお怒りも、鎮まっているとの意が伝わります。

業平は目を上げ湖を見渡しました。

湖面をさざ波が寄せて参ります。向こうの岸も見えぬ広がり。浮かぶ小島には、魚を捕る人の粗末な家も見えます。

　ふと芦屋の浜を思い出し、歌を詠みました。

　　波間より見ゆる小島の浜びさし
　　　ひさしくなりぬ君に逢ひ見で

　波が立つ間から見える、あの小島の浜の家のひさしではありませぬが、あなたにお逢いしなくなってあまりに久しくなりました。

　高子姫への思いを詠みはしましたが、これはもう、都に届けることなく、長き旅を終えて自らが持ちかえることにいたします。

　業平立ち上がり、皆に申しました。

　これより都へ帰りますと。

塩竈《しおがま》・水無瀬

京への戻りは、東へ下る日数を思えば、仰天の急ぎでした。京へ運ぶ荷役の傍らを、馬は駆け抜けます。

勢多《せた》の大橋を渡りましたのは、神無月《かんなづき》半ばで、高倉邸よりの出迎えもそこそこに、都《みやこ》へと入りました。

夜に帰り着く慣《なら》わしに従い、灯台や紙燭《しそく》を揃えての家人たちの迎えを受けました。供人らもひさびさの都が嬉しく、覚行《かくぎょう》や元親《もとちか》も業平の邸《やしき》へ落ち着いたのです。

翌日、有常《ありつね》殿が訪ね来られ、お互いの無事な姿に涙を流します。和琴《わごん》の方とその子も変わりなくお過ごしの様子、遠き旅は、幾年も過ぎて見えますが、戻り来てみれば一年にも満たぬ月日です。

都のこの季《き》は、去年と変わらぬ風情で、菊花も赤味がかり紅葉も色美しく散り敷いておりました。

有常殿より、さまざま政治《まつりごと》についての報《し》らせを受けますが、さすがに高子姫《たかいこ》については憚《はばか》られ、有常殿の御様子よりお健やかにお暮らしのことのみわかります。

「……東《あずま》の地は何処《いずこ》までいかれましたか」

と問われ、陸奥《みちのく》の栗原《くりはら》まで、と答えます。

「塩竈《しおがま》へは」

「立ち寄りました。美しい浦の景色が目に浮かびます」

「まさに、それでございましょう。源　融《みなもとのとおる》殿は六条に見事な邸を持たれておりますが、その南庭を、陸奥の塩竈の浦に似させて造作されたと聞きます。融殿に、業平殿のお帰りを伝えて在りますゆえ、まずは参られるようご進言いたします」

苦労人有常らしい心配りと見えます。

正三位中納言の融殿は、従四位下参議の基経《もとつね》殿の力を越える官位の御方であります。のみならず優れた歌人であり、あらゆる趣味において雅《みやび》に通じておられ、嵯峨帝の御子としての財力にも護られておられます。身を隠すように東に下り、そしてようよう都へ戻り来た業平の立場とは、くらべようもない距《へだ》たりがございます。

業平とも、住吉や芦屋への旅で、心を置かず語り合えた、親しき仲でもありました。

その融殿より文が参りました。

ご無事で戻られて嬉しいかぎり、とあり、菊の花が色を変える日々、いよいよ枯れ散るまえに、邸にて宴を催すのでお見えくださりたく、とのお誘い。加えて、業平殿にお見せしたき趣向もございますと。

有常が申していた塩竈のことであろうと、都の情趣に飢えておりました業平、すぐさま、文を返しました。

南庭に、世々に語り継がれる面白き造営をなさりましたと聞きおります。都を離れますと、ひと夜で幾夜もの老いが重なり、わが身は翁《おきな》と成りはてておりますが、造営の言祝《ことほ》ぎに、この翁もお役目果たしとうございます。

様々《ようよう》、有り難きこと。

自らを翁とへりくだりましたのは、身を細めてこそ生きる方途《みち》も見えてくると思われたからで。

融殿の苦笑いが見えて参ります。

業平は融殿より二歳若年なのでございます。業平が翁であれば、融殿はさらに老翁となるのが道理。

へりくだったとは申せ、憲明《のりあきら》の心配りで、牛車は新しく仕立て、衣装も美しく調《ととの》えました。都人《みやこびと》への見栄えを心掛けてのことでございました。

さて、六条坊門南、六条大路北、万里小路東の四町を占める融殿の邸は、嵯峨帝より伝わる財を注ぎ込み雅《みやび》を極めた造営で、都人たちの憧れでございました。

一度なりともこの河原院の邸内を見てみたいとの願いが、渦巻いております。

その豪華さのみならず、融殿の造営への執心の深さまでが、都人の口の端にのぼります。

これほどまでの執心は、良房《よしふさ》基経らと脈を異にすることへの、苛立《いらだ》ちの証しではあるまいか、などなど。


業平は言祝ぎの翁を装って、河原院へと参りました。

枯れるまえに色を移ろわせる菊花の、まことに美しい限り。

紅葉もまた、赤や黄を綾《あや》なしております。

すでに車宿《くるまやどり》には、八葉車《はちようのくるま》や糸毛車《いとげのくるま》がいくつも並び入れてありました。

近しい親王たちをお招きと聞き居ります。

融殿は嵯峨帝の第十二皇子でありますから、御兄上も多くておられます。

邸へ入りますと、まさにこの世の神仙境と思えるばかり。悠々たる景色が広がり、滝音なども聞こえて参ります。

聞き及びましたところでは塩竈の景色を模した南庭には、南池《なんち》や遣水、中島や築山も造られて、季の移ろいを愉《たの》しめるよう工夫が行き届いております様子。

鴨川より邸内に水路が引きこまれ、その水を流す遣水に舟が行き来するほどの凝りよう。これには訪れる者みな、驚きを隠せません。

業平も、西の陽を受け朱を広げた庭に、しばし立ちすくみます。宵の気が立ちこめてようやく、寝殿へと進みました。

簀子《すのこ》にて、南庭を指しながら頷いておられるのは、融殿の御兄上のようで。

業平に話しかけられます。

「業平殿、あの煙は」

見れば中島より細く、松の枝に絡むように、白い煙が這い上っております。

「ああ、あれでございますね」

「塩竈を造られたと聞きましたが、あれが塩を焼く煙なのか……私は藻塩を焼くのを見たことがありませぬ」

「……まこと、塩を焼く煙と思われます。私は芦屋の浦にて見たことがございます。このように松の枝に絡む趣《おもむ》きなどはございませぬ。浜に立てた塩屋と申す小屋より、煙が流れ出ておりました」

煙が立ちのぼっておりますのは、中島に造られた石組のあたり。その中に釜が据えられてあるらしい。

業平、御殿《ごてん》の傍らに腰を低くして申します。

「古《いにしえ》より、歌にも詠まれておる塩焼きでございますが、鄙《ひな》の浦に立ちのぼる煙を、このように中島の松の枝に這わせるとはまた……融殿はいかなる思いつきで……」

業平の言の葉を、背後にて掬《すく》い上げる声がございました。

「思いつきではありませぬぞ」

振り向けば、この邸の主である源融殿が、扇を口に当て、いささか白すぎる化粧の顔で、嬉しそうに笑みおられます。

「……塩焼く煙は、浦であれば珍しうもありませぬ。都にて立ちのぼる藻塩の煙こそ、目にも面白う、忘れがたき趣きとなります。広き野に生うる花が、築地の崩れに花開いておれば、業平殿も歌に詠まれましょう。有り難き姿こそ、趣きの要《よう》であります」

業平、膝を折り、久々の対面を喜びました。

「……業平殿、無事で何より。言祝ぎの翁として参られたとか」

「さようでございます、この庭、この邸のすべてを言祝ぐ、しがない翁でございます」

融殿の御兄上は、ふたりの遣り取りをめずらしそうに聞き居ります。ほかの招客らも集まり来て、庭へと下りました。

やがて遣水に沿うようにしつらえた席へと集い、いずこからか管弦の者たちが現れます。

陽が落ち、月が上がって参りますと、庭に篝火《かがりび》を焚いての酒宴が始まりました。

融殿が招客らに、声高く申しました。

「私は陸奥《みちのく》、塩竈の藻塩焼きをこの邸に現したいものだと、長く思い続けて参り、この度ようよう、都に塩竈の煙を上らせること叶いました。陸奥の塩竈の浦にも優《まさ》る煙でございましょう」

ほう、と、どよめきが沸き立ちます。

融殿が業平のもとへ来られ、

「いかがであったか、真《まこと》の陸奥塩竈の煙は」

と問われます。

篝火の爆《は》ぜるなかを、白い煙は上り続けております。

融殿は按察使《あぜち》になられましたが、ほかの方々と同じように、任地に入ってはおられませぬ。塩竈の浦も、目にしたのは業平のみ。

「あいにくと、塩竈を訪れた折りは藻塩焼く煙は立っておりませんでした。あの浦は、まことに広やかな美しきところでございました」

「ほかにも、面白きところの話しが聞きたい」

融殿、自らは遠くへは参られず、業平より聞き学ぼうとしておられます。

「……さよう、さまざまございます……融殿の信夫摺《しのぶずり》の御歌をいただき、奈良の女人に詠み贈りましたことがございましたが……」

「私のいかなる歌を」

思い出すのも恥ずかしい、初冠《ういこうぶり》のすぐあとのころ。春日野を彷徨《さまよ》い歩き、垣根より姉妹とおぼしき姿を覗き見た折りの、初々しきたかぶりが蘇ります。

「……しのぶもじずり誰ゆえに……のお歌でございます。狩衣《かりぎぬ》の裾を切り取り、書き記して贈りました」

ああ、と融殿の笑われる声は、扇の内より軽やかに漏れ出ます。

「それで、その女人とは」

「その折りは私もまだ幼《おさの》うして」

「それは何とも、口惜しいことで」

「……その信夫摺の里を、このたび通り越し、さらに東へと下りました……信夫摺を生業とする女もおりましたようで、苦しき旅の中で、融殿のあのお歌を、幾度となく思い出しおりました……」

俄《にわか》に、辛く凄《すさ》まじき旅の日々が蘇ります。

融殿は都の雅《みやび》の中に在りながら、鄙《ひな》の風情を持ち寄り際立たせる才において、見事なお方でございます。

酒《ささ》もすすみ、闇も黒く深まり、篝火の上遠くに月が架かっております。

闇があるゆえ火が尊く、火を掲げれば闇がさらに濃くなります。

管弦の舟はすでに灯りを消し、南池近くに造られた舞台のみ篝火に浮かび上がっておりますが、金色の面で陵王を舞い終えた舞人も、今は去りました。

中島のいずこにか、琴を弾く人が隠れおるようで、しみじみ心深く、琴の音が風に乗り宴の場まで流れて参ります。

融殿に声かけられて、南池近くまで寄りますと、今は塩を焼く煙も絶えて、何やら浜のにおいが漂い残りおります。

「……この匂いは」

と問うと、

「業平殿、ここに寄られて、水の中を覗かれてはいかが」

中島への橋のたもとへと身を乗り出しましたところ、篝火を映す水面の奥で、魚が動く気配。

「……今動いた魚は、鯉《こい》でございますか」

「いやいや、小さいながら鯛《たい》です」

「鯛」

「さよう、海にしか棲まぬ鯛で、住吉の沖にて捕まえて参りましたもの。およそ二百尾は放ちおります」

「……と申しますと」

「あの中島に架かる反橋三つ、下には石にて隔ての関を作りました。こちら半ばは、難波津より運び入れた海の水。塩竈のためには海の水が要りますし、海の水には海の魚が要ります。三百石の海の水を運ぶには、鴨川よりの水路も舟も要ります」

業平は声もなく、水面に砕ける月を見ております。

融殿の語りかける声は続きます。

「……陸奥の国の塩竈の浦には、籬《まがき》と呼ばれる島が在るそうな。その島の塩屋より立ちのぼる煙こそ、まことに哀しげに揺らめくそうな。都には有り得ぬものと知っております。業平殿は、心の底にては、このような大仰な造営を軽んじておられるかと……」

「いえ、軽んじるなど、ありませぬ。この翁《おきな》は、このたびの晴れがましき邸を、言祝《ことほ》ぎに参りましたのです」

「……私の心の奥に在るのは、満ち足りたものとは遠い。満足とはならず、飽かずかなしい心地は、どれほどの造営を行うとも、残るものです」

その声に、業平は胸を塞がれます。

融殿は、得意の頂きに到ろうとしておられる。宴はそのためだと思い決めておりました。

「……私がこの世に在って、世々に残せるものは、この財と才を尽くした邸のみか……やがてはそれも、朽ち果て草草が生い繁る野となりましょう」

「融殿の今のお言葉、胸に刻まれました。業平、生涯忘れませぬ」

あまりに豪奢《ごうしゃ》な一夜。

今宵《こよい》の月のごとく輝いておられる御方の、それでも満ち足りてはおらぬ哀しみ、やがて荒れ野となる予言《かねごと》に、業平は声もありません。

「……ここに居る誰も、今宵の私を知ることなく、あのように快楽《けらく》に酔いておりますが、業平殿にのみ、語りたき心地でありました。今宵、この南庭を見ながら、荒野を語ることが出来るのは、業平殿のみ……さてさて、宴に戻りましょう」

夜露が衣にかかるので、みな寝殿へと入りました。年中の季のうち、やはりこの時期こそ哀亡の趣きがあると、酔うて口ぐちに申します。

「さよう、盛りなれば衰えあり、衰えあればふたたび萌《も》え出るもの」

融殿のさらりとした声が、業平の身には深く届くのでした。

そろそろ夜明けも近くなり、

「さて皆様、これほどの邸第を、歌にて愛でることにいたしましょう」

業平は翁《おきな》の役を、果たします。

宮中にては位は低くとも、歌人としては融殿の他のどなたにも劣らぬ業平。

皆々の間を歩きまわり、歌を集め、融殿への言祝《ことほ》ぎとして読み上げます。

最後に自らの歌も、声にしました。

　塩竈にいつか来にけむ朝凪に
　　釣する舟はここに寄らなん

塩竈の浦に、私は何時の間に来てしまったのだろう。朝凪《あさなぎ》の中、釣りをする舟は、この浦に寄って欲しい。この河原院にも、釣り舟のように、人多く訪れて欲しいものです。

業平が陸奥《みちのく》より戻り来たばかりなのを、皆知っておりますので、

「塩竈は、それほどに趣きふかき浦でありましたか」

などと問いかけます。

「皆様が思われる限りを越えて、興趣ある地が多くございました。わが朝廷の統治される六十余の国々の中で、塩竈と較べることの出来る見事な浦は、他にはございません。それゆえ、私めも今ふたたび、この浦を愛で、歌に詠んだのでございます」

業平、さらに申し加えます。

「……融殿が塩竈をこの南庭に造られたのも、思いつきにてはございますまい。鄙《ひな》の極み、貧しき海人の営みにこそ、時めく華やぎなどの為しえぬ、永久《とわ》に心打つものありとの、深い真《まこと》があると覚えます」

ふと夜明けの白む空を見上げられた融殿は、宴の主らしく胸を張られてはおりますが、いくらか疲れて化粧も落ちた面にて、

「皆々方、今宵《こよい》はまことに、有り難きこと」

と静かに笑まれました。

業平にはその横顔が、贅《ぜい》を極め、興趣の頂きに立たれた御方と申すより、この庭がやがて草の原と成りはてた景色を見ておられるように、思えたのでございます。

時うつり、業平、右馬頭《みぎのうまのかみ》を拝命いたしました。官馬や馬具、地方の牧場を預かる馬寮《めりょう》の頭《かみ》は、警護に関わる役で心得もございました。

山城の国のさらに先にある水無瀬《みなせ》に、惟喬《これたか》親王の別宮がございます。桜の花の盛りともなると、この何年かは毎年のように親王はこの宮においでになりました。

業平や有常も、幾度となくお伴をしたものです。

水無瀬や交野《かたの》は、山野の遊行や鷹狩《たかが》りに面白き地なのでございます。狩りをしていて、交野にございます渚《なぎさ》の院に、一同立ち寄りますと、家のまわりにはまことに見事な桜。今を盛りに花は、散りかかるか留まるかの、極まりたる姿でございます。

業平、この世の憂きことも知らぬ若きころ、この院に参った折りも、桜は空に満ちて昏《くら》きほどでございました。

ああ、このまま散らずにと、願ったことなど思い出しております。

年に一度の桜花、年に一度の散りどき。この時を逃しては、桜を愛でるなどと申せましょうか。

たちまち、狩りなどはやめて桜を楽しむこととなりました。

桜の木の下にて馬より降り、一同座します。枝を折って挿頭《かざし》にし、酒宴となりました。

惟喬親王の杯に、ひらりと散りかかりましたが、親王はこれを喜び、一息に飲み干します。他の者もみな、真似て花を口に含みます。酒《ささ》の心地良い酔いが、精となり身を満たして参ります。

業平の身には、この宴が特別に思い深く届きます。ああふたたび、このように都の粋《すい》なる御方たちと、懐かしき歌人たちと、花の下にて酌み交わしているとは。夢ならばどうぞ醒《さ》めず欲しいものだと。

この座に連なる者、身分の高い惟喬親王より、中位、下位へと、次々歌を詠みます。

業平が詠んだ歌は、このようでありました。

世の中に絶えて桜のなかりせば
　春の心はのどけからまし

この世に桜というものが無ければ、散るのを案ずることもなく、春の心も、のどかに過ごすことが出来るというもの。

これほどの情趣をもたらす花があるからこそ、かえって心穏やかには過ごされません。せめて桜が散らないものであったなら。

この歌に心動かされた惟喬親王は、業平に杯を差しだし、

「この歌には、深い思いが込められておるようで」

と申されました。

さらにこう加えられました。

「……業平殿には、女人もまた、花と同じかと……いかに」

業平、低頭して、その声の意を受けとめました。

さようでございます、私めにとりまして、女人は花と同じく、心騒ぎ案じられるもの。いっそこの世から女人が絶えたならば、胸の底の荒波も、静かになりましょうに。

声にしては返さず、このところの恋路のあれこれ、東に下りし顛末《てんまつ》を思い返しております。

そのうえで、親王はやさしく慰めておられる、と思えば、散る桜が謝恩の涙となって降りかかるのです。

他の者が、業平に返歌いたします。

散ればこそいとど桜はめでたけれ
　うき世になにか久しかるべき

いいえ、散るからこそ桜は素晴らしいのです、この嫌な世に何が永遠《とわ》に在るでしょう。

皆、その木の下より立ち上がり帰ります。ちょうど日没となったのでありました。

暮れればなおさら、興趣はつのり、水無瀬の宮へは戻りがたくなります。

業平も従者に酒を持たせて、春の夜の酩酊《めいてい》を絶ちがたき心地。

「この酒を飲んでしまいましょう」

と、良き所を探しておりますと、小さな川のほとりへと参りました。

ここもまた交野の地と思われます。

「この川は」

「天の川、と申します」

その名に思いを繋げて、惟喬親王は申されました。

「これが天の川か。一年《ひととせ》に一度逢える彦星《ひこぼし》と織女《おりひめ》の川か。面白い。歌会《うたかい》を催そうぞ」

たちまち座を作らせ、業平は惟喬親王へ大御酒《おおみき》を注ぎます。親王が申されます。

「さて、交野にて狩りをし、天の川のほとりへと来てしまったのを題にして、歌を詠み杯をさしなさい」

業平、たちまち声にて奉りました。

狩り暮らしたなばたつめに宿からむ
天の河原に我は来にけり

一日狩りをして参りましたので、今夜はこの地の棚機《たなばた》を織る妻《め》にでも宿を借りましょう。天の川の名を持つこの川の河原に、こうして来ているのですから。

親王は業平の即妙なる歌に感じ入り、自らは返歌がならず、業平の歌を繰り返し詠じておられます。

そのとき、お伴の一人である有常は、場の興を削がぬよう、このように急ぎ詠みあげました。

一年《ひととせ》に一度《ひとたび》来ます君待てば
　宿貸す人もあらじとぞ思ふ

その織女は、年に一度の彦星殿を待っておられるのですから、他に宿を貸す人もおられますまい。

そろそろ水無瀬に戻りませぬか、との思い、一同に伝わりました。

夢うつつ

この歳の秋、右馬頭《みぎのうまのかみ》である業平は、勅命を受けて諸国をめぐる旅へ出ました。土地それぞれの野禽《やきん》を狩りし、宮中へ捧《ささ》げるという御役で、そのため鷹《たか》や犬を伴ってはおりますが、殺生を嫌われる清和帝の御代になってからは、狩りはかたちだけのものになっております。

諸国の事様《ことのさま》を巡察《じゅんさつ》し、朝廷へ報じる役目もございました。

このたびは、山城国《やましろのくに》、大和国《やまとのくに》、伊賀国《いがのくに》などを通り、伊勢国に参り、さらに尾張の国を海路で訪れます。

行きの路程は、斎王が都へと戻る路を逆さに辿ります。業平には、斎王恬子《やすこ》を迎えに参る心地がいたします。

とは申せ、この路を辿り斎王が都へ戻るのは、天皇などの身内に不幸があった折りのみで、難波津にて禊《みそ》ぎを行ったのち、都へ入らねばなりませんでした。

ひとたび斎王となられたなら、任を解かれるまで都には戻ることかなわず、天皇譲位ならば伊勢へ来た群行路《ぐんこう》を帰ることになりますが、そうであっても難波津にての禊ぎは必要でした。斎王が都に戻るには、このような儀式を滞りなく執り行わなくてはならず、都にて生き直すのは、たいそう難儀なことでした。

それゆえ、清和帝より別れの御櫛をいただけないままの発遣《はっけん》は、斎王恬子がいかに潔い御方でも、心にわだかまりが残ると思われました。

紀氏の血筋ゆえ冷ややかな扱いを受けた幼き妹を見るようで、業平、哀れにも愛おしく思いつづけて参りましたが、箏《そう》の手ほどきを受けておられた後ろより笛を合わせた折りの御姿は、寝よげに、まさに共寝するに良さそうな、と歌に詠んでしまうほどの、女人でございました。

十六の歳の秋、恬子姫が伊勢へ参られてから、はや四年の月日が流れております。

同じ歳、前後して母君伊都《いず》内親王が薨去《こうきょ》されたことなど、旅の日々、胸深くより立ちのぼって参ります。

このようにして、大和国の都介《つげ》、伊賀国の阿保《あお》などを経て、いよいよ伊勢へと入って参りました。

伊勢の地は、東の海へと流れ込む川が幾筋もございます。

川口、一志《いちし》にも、難儀な川がございましたが、無事渡り終えました。

群行路に重なる一志より伊勢へは、斎王も通られた路と思えば、いよいよ恬子斎王を近く覚えます。

業平の一行は総勢で三十人ばかりですから、葱花輦《そうかれん》や牛車での数百人もの群行と較べれば、馬も走らせますので、身軽ではございます。

かたちばかりとは申せ、鷹飼《たかがい》も犬飼も同道しての下向《げこう》でありますので、賑《にぎ》やかで心弾む伊勢入りでございました。

斎王が禊《みそ》ぎをされる祓《はら》い川の手前にて、一行が待ちおりますと、先駆《さきがけ》の使いの者が戻り来て、斎王と、斎宮寮長官よりの文を届けます。

斎王の文をまず開く業平。

長くお待ちしておりました。都の母君より早くに報《し》らせを受けております。良くお世話を為すようにとも。

とあり、業平の嬉しさもひとしお。

いますぐにでもお会いしたい。

長官よりは、方角を違えて南西の八脚門《やつあしもん》よりお入りくださいとあります。

伊勢道を行き、八脚門を探すようにと皆に伝えましたが、斎宮の敷地の広さと大きさには驚くばかり。

馬上より眺めれば、円柱に支えられた檜皮葺《ひわだぶき》屋根の大小の建物が、ゆうに百は見渡せるでしょうか。都人、在所の者含めて、五百を越す人が、ここで斎王を支え、穏やかに暮らしていると聞きおります。

ようやく八脚門より伊勢斎宮の中に入りますと、午後の陽が白く落ちかかり、目がくらむほどの影を作っております。

八つの脚に支えられた門は巨きく、それをくぐれば都と同じに、方格地割《ほうかくちわり》の碁盤《ごばん》の目状に整えられた家並みが、目で捉えられないほど遠方まで、広がっておりました。

建物の間を走る白砂の路幅《みちはば》も五十尺はありましょう。木々が育ち、真《まこと》に神聖で広やかな心地に到ります。

ここは伊勢の神々に仕える斎王の都、京の都と異なるのは仏殿などを覆う重い瓦屋根が無いこと。唐より伝わる造作でなく、白木が清らかに広がり、白砂が敷き詰められ、それゆえ黒木の柱も目立ちます。

それら木肌がまた、雨に晒《さら》されたあと、陽を含み明るく匂いたっておりますのも、目に新しき風情でございます。

この伊勢の都には斎宮寮として定められた組織と職があり、斎王や官人の生活に直に関わる膳《かし》部《わで》、掃部《かにもり》、水部《もいとり》、酒部《さけ》、薬部《くすり》、炊部《かしき》、采部《うねめ》などの司の他に、警護や管理に関わる門部《かど》、殿部《とのもり》などの司も。

むろん、蔵部《くら》や舎人《とねり》や馬部《うま》などの司は京の都と同じですし、何より大事な司は、神祭を行う主神司《かんづかさ》であります。

いずれも朝廷より歳ごとの積《つもり》にて賄われますが、ほかにも、東海道、東山道の十八国より、米、麦、紙、海藻や魚、陶器、履き物、衣類など、この地に集まります。

神嘗祭《かんなめのまつり》、月次祭《つきなみのまつり》など、これより数里南に在ります伊勢神宮へ参るのは、斎王のもっとも大事な御役。

斎王は、これらも見事に全うされておられると聞きます。

あの幼顔の恬子姫が、この四年でどのように長じられたのかと、業平、胸ときめきます。

伴《とも》の者や馬、下人などへは、たちまち斎宮寮のそれぞれの司の役が出て参り、落ち度なく手当をいたします。

鷹《たか》や犬の世話も、慣れておりますようで。

業平は、白の裳唐衣《もからぎぬ》に緋《あけ》の袴《はかま》を装う官女の案内《あない》で手足を清め、白砂の広場を通り抜け、正殿へと向かいました。

そのあいだにも、寮内で仕事をもつ者たちが、それぞれ業平に低く頭を垂れて、都よりの使いに心を尽くします。

驚くのは、男も女も、都の大路を行く者たちと変わらぬ衣を着て、沓《くつ》などを履いていますこと。いえ、都より豪奢《ごうしゃ》にも見えて、ここは天照大神《あまてらすおおみかみ》に祝された地であることをあらためて思います。

正殿は高床に造作され入母屋造《いりもやづく》りの屋根。殿への階段《きざはし》は雅《みや》び、手摺りも丸みを帯びて擬宝珠も美しい。広場に面する蔀《しとみ》もやさしげで、これまでの山中での仮寝を思うと、さすがに心落ち着きます。

正殿は儀式を行う殿であります。

階段《きざはし》をのぼると、すでに迎えの儀式の用意も調えられ、業平は斎宮寮の長官の挨拶を受けました。

業平は朝廷よりの使いでございます。長官のひれ伏す姿の後ろに、斎王を探しますが、姿は見えず、ひんやりと白木の香りのみ漂って参ります。

挨拶を交わし、たちまちくつろぎます。

何より、都より赴任されたただ一人の貴族である長官は、都の匂いを待ちくたびれて居られた様子。

東《あずま》に下った身の業平にも、わかる心もちではございますが、老いた白髭のこの御方は、もはや都へ戻るお気持ちもないようで。

「……幼きころより妹のように知りおります斎王には、いかがお過ごしかと、案じておりました」

おもわず声にしてしまいました。

業平が斎宮の様子を問うと、

「お健やかにございます。つい先ごろも、神嘗祭を無事終えられて、伊勢の神宮よりお戻りになりましたばかりで。帝の名代をほころびなく務められております」

長官は柔らかな目で答えられました。

「……数日も前、兄のようにお慕いして来た業平殿が着かれるのだと、それはもう、心よりお待ちでございました。こちらへ」

と促されて正殿より下ります。

広場の西に、正殿にも増す大きさの建物があり、西脇殿だと教えられます。

こちらは檜皮葺の切妻造りの屋根に、広場に突き出した板葺きの廂《ひさし》、さらに広縁があります。

正殿よりこちらに移り入りますと、奥から女たちの衣擦れが風のように動いて参りました。

「どうぞこの御敷物を」

と供され、前の御簾《みす》に目をやりますと、御座《おまし》から御簾に躙《にじ》り寄られました恬子斎王。窓より入る陽でそのお姿がはっきりとわかります。

「……久しうお目にかからず参りました。このたびは遠きところを、ご無事でお着きになられて、嬉しうございます」

そのお声も御簾に透ける御姿も、箏を手ほどきされておられた日とは較べようもなく、すっくと長じておられる様子。四年の月日が行き過ぎたことに、思わず涙がこぼれます。

恬子斎王も、袖を目の辺りに寄せられて、ふたたび逢えたことを喜びおられます。

「……あの折りは、見送りもなさずに、心痛むばかりでありました……野宮に入られた折りも、どうにかしてお目にかかれないものかと」

斎王に決まり、伊勢へ発遣《はっけん》までほぼ三年の時がありましたが、禊《みそ》ぎを行われる姿に、近づけるものではありませんでした。

「……勢多《せた》の大橋にて、追いかけて文を頂いたのは、こちらに参ってからも私の心の支えでございました」

「それにしましても、お見事なご成長の御様子」

いささか憚《はばか》られる言葉を、さりげなく洩らします。

長官は供人たちの応接をみるために、下がります。

長官の説明によりますと、業平は朝廷の使いとして、客殿を寝所に用意してあるとのこと。それは朝廷からの使者や神社の高い位の方のための宿舎であるそうな。

「聞き及んではおりましたが、これほどまでに広い伊勢の都とは……斎王は、この殿にてお暮らしですか」

「いえ、こちらは儀式や宴の建物でございます。私は、竹の宮の寝殿に暮らしております。都と同じに御簾も蔀《しとみ》も作られておりますし、都にて野宮に居りましたうちに、几帳《きちょう》や屏風、調度のすべて、都の住まいと同じに調《ととの》えられておりました」

そうであったか。

幼い姫が、都を恋して泣き暮らすことが無いよう、都に在るとおりを、この伊勢に作られたのでありましょう。

「兄君は」

「惟喬親王《これたか》はお健やかでございます」

「では母君は」

「……ちかごろお目にかかってはおりませぬが」

「度々文を書き、母君からも頂いております。このたびも、他の使いの者より、業平様をさらに手厚くもてなすようにと……」

「有り難いことでございます」

「……母君にお会いしたい……とは申せ、伊勢からは離れること叶いませぬ。母君にこの伊勢へ訪れて欲しいと、都に戻られたなら、業平様よりお伝えください」

その言葉に、業平は胸が詰まります。恬子斎王の母紀静子《きのしずこ》は、病に伏せっておられると、惟喬親王より聞いております。何と酷なこと。それを申せば、恬子斎王を悲しませるばかりなので、申せませぬ。

「いかがなされました、業平様」

業平の頰を伝う涙の様を、御簾越しに見咎められましたようで。

西脇殿における供応は、業平の推量を越えたものでした。

高坏《たかつき》に載せられた器には、菜類のほか粟、麦、胡麻《ごま》などの穀類、鰹《かつお》や鯛《たい》、鯖《さば》、鮫《さめ》など魚類に、鮑《あわび》、烏賊《いか》、昆布《ひろめ》、貽貝《いがい》と、色美しく並べられておりました。

それらを、酢や塩や醬《ひしお》、魚を煮つめて作る煎汁《いろり》などの調味料で食します。まことに、都に劣らぬ贅《ぜい》のかぎり。

白い酒《ささ》も素焼きの器一杯に注がれております。

その座には、十三も在る司の長が並び、御簾の奥にて恬子斎王も酒を召されております。みな都の様子に身体を傾けて聞き入りますが、ここ斎宮においては、不浄な語は禁じられておりますので、業平も心して声にいたします。

死は奈保留《なおる》、病は夜須美《やすみ》、哭《な》くは塩垂《しおたれ》、墓は塊《つちくれ》のように、言い換えねばなりません。いずれも、忌まわしきことを柔らかく変えて申します。白木の世を言の葉で汚してはならないだけでなく、唐より入り来た仏教の言い方も、ここでは排しておるのです。

「……都の政治《まつりごと》に変わりはございませぬか」

「はい、都はどうにか、穏やかに過ぎております。斎王のお力のおかげで……」

とは応じたものの、大納言伴善男《とものよしお》殿と左大臣の間には、良からぬ噂も流れて対立があり、いまはただ火が立たないだけで、重苦しき気配が内裏に満ちております。

変事でも起きれば、都にはまさに忌み言葉の世が現れましょう。

その予感を振り払い、白い酒を口に含みます。

「女人には、都よりこの伊勢こそ、住みやすき地でございます」

御簾の向こうの恬子斎王へ、申しました。御簾がかすかに揺れております。

その夜は案内されるままに、客殿にやすみました。

その殿中もまた都の邸《やしき》と変わりなく、廂《ひさし》も簀子《すのこ》も造作優れて、母屋の御簾、几帳も同じで、蔀《しとみ》より入り来る薄い風は、几帳の裾をわずかに動かしております。

ここが伊勢の地とは思えぬ馴染み様です。

旅に疲れて寝入り、恬子斎王の姿が夢幻《ゆめまぼろし》に揺らいだのも白酒のせいのようで。

翌朝は、慣《な》らわしどおりに狩りに出ます。

鷹《たか》を飛ばし犬を放ちますが、禽獣《きんじゅう》はおろか、魚も捕りません。

この伊勢の地には紙が豊かに集まると聞き、業平は懐に入れた紙の珍しき梳《す》き具合を、取りだして楽しみ、馬上にて時には降りて、歌など書き付けます。

斎宮の敷地の東に流れる川に沿い、佐々夫江《さざふえ》の宮まで参り、その名の由来のとおり、笹が多く生えているあたりを馬から降りて歩みます。

この宮は、天照大神の鎮座の地を求めて、大和の国を発たれた倭姫命《やまとひめのみこと》が過ごされた宮であるとか。

佐々夫江は、笹笛でもあり、興を覚えた業平は、笛を取りだし吹きました。

山国を抜けて伊勢まで来るあいだ、笛を吹く折りもなく、耳にするのは、下人たちの荒い息や馬のいななき、犬の吠え声、鷹の鋭い鳴き声ばかりでした。

いまようやく、広い野をくねり流れる川の風にまかせて、笛の音が斎宮の方へと流れ行きます。

やがて川は広がり、東の海浜へと出ました。

数日の後には、この大淀の浜より、尾張へと発たねばならぬのを、業平はこころ惜しく思い眺めます。

お会いしたばかりの恬子斎王を残して、発たねばならぬのか。

時を惜しみ、急ぎ斎宮の客殿へと戻りました。


その夜もまた、西脇殿にて、恬子斎王より手厚い馳走《ちそう》になり、また打ち解けて、傍近くにて幼き頃の話しなどいたします。

斎王に近いところにかしずく、幼くも若い女一人のみ残し、人を払っての宴。恬子斎王はようよう手の届く近さに来られました。

若い女、童女に見えますが十二か十三、斎王を見上げる眼差しには鄙《ひな》には希《まれ》な才が宿り、都の官人が在地に残された子かと、面白く見ます。

「伊勢にても、箏《そう》は弾かれておりますか」

斎王は、はい、と応え、女に箏を持って来させました。

恬子斎王の箏は、あの折りには幼子が強いられて手ほどきを受けていたばかりであったのに、今は曲の中に浸り酔うほどの上手。

御身が長じられたほどに箏の手も優れられて、ときに震えるのも綾《あや》なるお心を表してか、切なること、切なること。

業平たまらず近寄り、若い女も払ったのち、

「お会いしたく思い続けて参りました。今宵《こよい》こそ」

と耳元にて申せば、ただ黙り箏の上に涙を流されます。

「……私は斎王の身でございます……禊《みそ》ぎに明け暮れた身でございます」

とようやく申されました。

「ならば、共に月を見上げて一夜を……斎王とて、月を見て過ごす宵が許されぬことなどありましょうか」

「あの折り、差し上げた歌のとおり、ただ兄君とのみ」

「いえ、それは違いましょう」

「ここは人目が多うございます。どうぞお放しくださいい……」

女の近寄る音に、斎王より手を放した業平は、

「……これほどの満ちた月の夜、このように満ち足りぬかなしみがありましょうか」

と言いつつも、客殿へと戻るしかありませんでした。

業平、客殿へ戻りましたものの中には入らず、庭にて隣の区画の小さき森ほどの竹の宮を眺めております。

それは竹に囲まれた斎王の御殿でございます。建物こそ見えませぬが、竹林のあちこちに幾つかの篝火《かがりび》が置かれ、竹林のすべてがぼうと夜の空に浮かんでおります。

見上げれば月白く、それでいておぼろに光りを散り撒くほどの明るみ。とりわけ落ちてくる月影の粉は、竹の宮の御殿に向かうように覚えます。何やら、月より降り来るもの、月へと昇るものが、おぼろな道を行き来しているかに。

殿の内に入り、眠れぬまま臥《ふ》せりおりました。

西脇殿にての斎王の箏の音が、今も耳に流れております。それは屋根の端より落ち入る月明かりを震わせます。

落ち着かない業平のこころゆえの、月の震え。

子《ね》の一刻あたり、月も動いたかと思われるころ、庭の暗がりに、灯りがひとつ見えました。

業平ふと身を起こし、幻かと見定めると、緩やかにそしてたしかに、近づいてまいります。

紙燭《しそく》でございます。紙燭を捧げている女の面が、ほのあかく照らされ、見ればそれはあの若き付き人。

宴の折りには十二、三と見えたけれどいまは、も少し幼くあやしげ。灯りが揺れるたび、その面も右左と明るみます。

その後ろより、月影の中を歩いて来られるのは、その面までは見えないけれど、髪かたち、肩の辺りに浮き上がる衣の模様、なんと恬子斎王でございます。

先ほどより眠れぬまま思い澱んでおりましたのが、天よりの恵みかと思えるほどの喜び、いえこれは、業平の盛《さか》る思いが生みだした幻か。

消えずに、どうぞ消えずにここまで、この寝所まで。

階段《きざはし》の下まで迎えに下りた業平は、恬子斎王の手を取ります。

傍らの紙燭を持つ女に申します。あのおぼろな月が、竹の宮の竹の真上に架かるか、この足元の砂が見えるようになって、迎えに来るようにと。

一足一足、階段《きざはし》を昇られる恬子斎王は、このような夜がこれまで一度とて無く、これより先にも二度と無いのを、覚え確かめるように、手指に力を伝えられます。

その必死なお力を、業平、命の覚悟のように受けとめます。

今このときさえ、朝廷の平安を祈り護りおられるのが斎王です。

業平、それを思いますと、斎王の細い手が、都の行く末、朝廷の禍福《かふく》を宿しているかに覚えておののきます。この手には、都の先々の命運が委ねられておるような。

臥所《ふしど》に誘い、お身体を横たえました。

「……ここまで参りました……これは夢か幻……今の私は、斎王ではございませぬ」

「そのとおり、斎王の恬子様ではありませぬ……あの月より降りて来られた御身と存じます」

「私も、長く竹の宮より、竹の葉越しに落ち来る月影を見上げて、都に戻ること叶わなければ、あの月に昇りたいと、幾度願いましたことか」

業平、いとおしさと哀れさに、涙が伝います。それを恬子斎王の指がやさしく拭います。

「……それそのとおり、斎王ではなく、月の姫として、私の思いを受けていただきたい」

業平は恬子斎王の身体を、幾重もの衣から抜き取るようにし、自らの衣の中へと包み込みました。

それはもう、白菊の茎を剥いたほどに、青白く匂い立っております。

ではありますが、あまりに高貴な御身ゆえ、そこより先にも進めません。

業平の腕の中にて、恬子斎王は囁《ささや》かれます。

「……私はひたすら朝廷と都の平安を祈りおりますが……都のこと、何も知りませぬ……母君のことも兄君のことも……」

「お健やかにお暮らしだと、申し上げました」

「ならば、私の祈りは叶えられております」

「さようにございます。すべて有り難く、皆、斎王への報謝の思い、深く抱いております」

この小さき御身は、清和帝より御櫛を頂かないままなのを、いかに思うておられるのか。その限りでは、朝廷より一身に負うものなど無いはず。

朝廷内の不穏な動き、母君静子様の御病についてお話すれば、今宵《こよい》このように業平を訪ね来られたことを深く恥入られて、御寝所に戻ってしまわれるかも知れぬ。

自らの斎王としてのお力を情けなく思われ悲しまれるのも、あまりに不憫《ふびん》なこと。

いえ、恬子様は紀氏の血筋ゆえ都より遠ざけられ、朝廷は藤原良房《よしふさ》殿とそのお血筋ばかりが遇されておりますことなど、ありのままを申し上げれば、斎王の役責の荷を下ろされて、安穏《あんおん》を得られるかも知れません。

数多《あまた》の女人に触れて来たこの身が、斎王を我が物にして良いものか、とのためらいも。

業平、さまざま迷います。

兄の立場であること、紀氏に縁のあること、なにより男子としての焦がれが、渦を巻いておるのです。

それらを振り払い、細い身体を掻き抱きますが、またもやこの腕の中の身が、神にもっとも近い斎王であることに突き当たり、たじろぐのです。

それは恬子斎王も同じ様子で、いかにもこのような有様に不慣れと申すか、初事《ういごと》なのが見てとれ、ともども、悶《もだ》え焦がれつつも、手足を縛られたごとくに、時が過ぎて参ります。

身体を寄せたままとろりと寝入ったような心地も。

ふと目を庭に向ければ、白砂の上に灯火が一つ、動かずありました。

はや朝かと思いますが、あたりにはまだ闇も残り、月も傾いてはおりますがいまだ空に架かっております。

先ほどの女が灯を捧げて近寄り、すでに丑《うし》の三刻でございます、と声を潜めて申します。

振り向けば衣を着けた恬子斎王が、するりと業平の傍を通り抜け、声を掛けるまもなく、迎えの女とともに消えたのでございます。

業平、今宵《こよい》は何が起きたのか。

まだどれほどのことも語り合うてはおらぬのにと悲しく、東の空が明るみましても眠ることなど出来ないのでした。

明けても落ち着かないままに、ひどくもどかしい時をやり過ごしております。業平より斎王の寝殿へ使者を遣わすことなど出来ません。

すっかり朝が来て時が経ったころ、あの女が文を届けて参りました。立ち姿のまま、急ぎ読みます。歌のみの文です。

きみやこし我やゆきけむおもほえず
　夢かうつつかねてかさめてか

あなたがおいでになったのでしょうか、私がそちらへ参りましたのか。昨夜の事は夢でありましたか現実《うつつ》のことでありましたか。寝ていてのことか醒《さ》めておりましたのか、それさえわからぬままでございます。

業平は涙を袖で拭い、女を待たせて歌を返しました。

かきくらす心の闇にまどひにき
　夢うつつとはこよひさだめよ

お別れした悲しみで私の心はいまだ闇の中、お逢いしたのが夢であったか現実であったか、今晩お見えくださり、明らかにいたしましょう。どうぞどうぞ、来て下され。

文を返して、とりあえず狩りに出たのでした。


狩りで野に出はしたものの、心は虚《うつ》ろで、今夜こそ、周りに仕えておる人が寝るのを待ち、少しでも早く恬子斎王にお逢いしたい、との思いばかり。

ところが斎宮に戻り着くと、伊勢の国守でもある斎宮寮の長官の酒宴が、待っておりました。

一晩中の宴となったのです。

これではどうにも、恬子斎王と逢うことが出来ません。あれほど今宵逢いたいと申しておりましたのに。

気持ちのみ逸《はや》りますが、時ばかり過ぎて参ります。

業平、杯を置くたび、血のような涙が流れるのを隠します。恬子様も同じであろうと思えば、さらに辛く、焦慮極まります。

夜が次第に明けて参るころ、昨夜の女が宴の裾に寄り来て、杯の皿を差しだしました。

さりげなく取り上げると、皿の裏に歌がありました。気付かれぬよう読みます。

かち人のわたれど濡れぬえにしあれば

と、上のみで、続く下の句はありません。

徒歩《かち》の人が渡っても濡れないほどの浅い江、浅い縁で、ございましたのか。

業平、その皿に傍らに在った松明《たいまつ》の炭で、下の句を連ねます。

またあふさかの関は越えなん

ふたたび逢坂の関を越えて逢いにまいります、としるした杯を女に持たせます。

杯を受け取る女に、他には知れぬよう、何事もなき素振りにて申しました。

「……明くれば尾張へ発たねばなりませぬが、斎王にお伝えください。尾張より戻る折り、この大《おお》淀《よど》の浜に舟を寄せます。今宵は叶いませせぬが、その折り、必ずお逢いしたいと」

業平、しかと女の目を見詰め、手を取り、言い含めました。女がこくりと頷きました。

大淀

尾張より役目を終えて伊勢の海を渡り、業平がふたたび斎宮に近い大淀《おおよど》の浜に戻り来ましたのは、あの夢現実《ゆめうつつ》の一夜より十日ばかり後のことでした。

この十日のあいだ、業平は片時も恬子《やすこ》斎王のことを忘れず、果たせぬままに迎えた旅立ちを、恨めしく思い続けておりました。

大淀の浜にて、海人《あま》を束ね、海の労を取りしまる老いた男の家に、旅寝をいたすことに。

すぐさま斎王に逢えるよう手を尽くします。

頼みは斎王に仕える女。すでにふたたび訪れること、言い含めてあります。

文を届けるよう頼みますと、老いた男は問います。

「……伊勢の君のことでございますか」

「名は知りませぬが、斎王の傍におられる、十二、三ほどの……」

「それは伊勢の君で、都の藤原なにがしの娘と聞いております。都より群行される斎王に同道されて参られました」

「ほう、在所の女童《めわらめ》にしてはどこか才ある女と思うておりましたが」

「……伊勢に下る折り、伊勢と名前を貰《もら》われたそうで……この地にては杉子と呼ばれておられます。その方にこの文をお渡しすればよろしいので」

「渡したのち、返しを待ち、戻り来て頂きたい」

「海人の童《わらわ》がおります、それを遣わしましょう」

恬子斎王を訪れたい、と記し、歌を書き付けます。

斎王の目に入ることもありましょう。

みるめかるかたやいづこぞ棹《さお》さして
我に教へよ海人の釣舟

海松布《みるめ》を刈る潟はいずこか、あの御方にお目にかかれる方角はどこなのか、棹で指して教えて下さい、あまの釣り舟よ。

役目果たし戻り来た童に、次第を訊ねますと、頬を赤らめ、胸を張ります。

竹の宮の外にて、二刻も待って文を手渡せたのだと。

それのみか、宮の裏にて餅を貰ったとも。

明日、子《ね》の一刻に、東の川を上り来て、尽きたるあたりにて、合図を頂きたく。

杉

筆も幼いなりに良く書かれてあります。

やはりあの女は伊勢と名付けられたと申す、杉子でありましたようで。

赤い顔で昂《たか》ぶりおります童に、その合図とは、と重ねて確かめます。

「笛の音で、迎えが参られると」

何とありがたいこと。

都にて、箏と笛を合わせたのが、深い縁に思えます。

その夜、業平は海に浮かぶ数多《あまた》の星と、遅い時分にようやく海の果てより昇り来た弓張月に、手を合わせました。

あの夜は満ち満ちた月でありましたが、あれからの時のせいで、いまは片割れ月となっております。片割れの月をふたつ重ねれば、ふたたび満ちた月にもなりましょう。

そのような歌を詠みましたが、書き付けることもせず、念じるばかり。

ここ大淀の浜は、各国からの貢物が国府官人により運び込まれます。

海路にてこの大淀の浜より揚げられるものも多くあり、昼は賑《にぎ》わっておりますが、夜は静かに波音のみ聞こえます。

供人たちは海女たちと遊び戯れ、いずこにか姿を隠しておりますようで。

そして待ちわびた夜が参りました。

浜よりの風は、斎宮の方より流れくる川を溯《さかのぼ》るがごとく、やわやわと南へ吹いております。

月の出はいまだ遅く、笹笛橋のたもとより、平底の舟へ乗り込みました。

川の流れもやさしいゆえ、風に乗りながら棹《さお》を差すことにいたします。

棹を差すのは、文遣いの役を見事果たした童、海川で育った甲斐あり、なかなかの腕の強さです。

佐々《ささ》夫江《ふえ》の宮を過ぎると、たちまち右に懸税《かけちから》の宮が現れます。飛び来た真名鶴が、一株で八百の稲穂を繋らす束を銜《くわ》えておりましたとか。それを天照大神の御前に懸け奉られたのです。

この真名鶴の伝承より、伊勢神宮では神嘗祭にてこの懸税を奉り、年の実りに報謝いたします。

その選ばれし地に造営された宮の傍らを、業平の舟は水音もたてず、滑るように過ぎて参ります。

薄暗やみに目が慣れて参りますと、いまはまさに稲実る季《き》でございます。稲穂の波を越えてくる風は、水の匂いと混じり、豊かに満たされたこの地を思わずには居られません。

童が申すには、斎宮の中の建物は広く数多ありますが、竹の宮御殿とその隣にある客殿は、南東の場所にあり、川に近いのだと。

川は次第に細く浅くなるようで。

西の方を見遣れば、斎宮の建物が灰色の影を連ねて見えて参りました。

舟は、葦《あし》に覆われた砂地にて停まります。

童が申します。

「手前の建物が客殿で、その向こうの竹にくるまれたほどの繁みが、竹の宮御殿です」

夜目にて定かではありませぬが、笛の音が届く近さにございました。

業平、子《ね》の一刻と思われる時を待ち、懐より笛を取りだしました。

思いの丈を息に込めて、吹き鳴らします。

大淀の浜より流れくる、柔らかな風に乗り、笛の音は斎宮寮に向かいます。

広い寮地の近いあたりが、竹の宮の御殿。

平底の舟より立ち上がり、身を斎宮に向け直し、祈り吹きますと、葦原《あしはら》がさわさわと鳴りました。

薄い月の光りを透かして見れば、紙燭《しそく》を手にした女の姿が。

「……どうぞこちらへ……」

声をひそめて申します。

業平、平舟より上がり、女の手引きにて葦原を進めば、竹の宮とその隣に立つ客殿が、一つの黒々とした塊となり、近づいて参りました。

「こちらにてお待ちください。今宵《こよい》は警護の者も居りませぬ」

業平、かつて見知った白砂の庭を行き、階段《きざはし》を上がります。

小石を踏む音のみ、周りに伝わります。

中もまた灯火一つございませぬが、蔀《しとみ》より入り込む薄いあかりが仄《ほの》白く、足元に落ちております。

敷物にゆるりと座しますと、ついに恬子斎王との一夜が叶うのだと、昂ぶりを抑えることが出来ませぬ。

立ち上がり、簀子《すのこ》にでて、庭の片隅より現れる紙燭を待ちますと、ようよう月が顔を出しました。夢うつつの宵《よい》は満月が浮かんでおりましたが、すでにこのように細くなっております。密やかな逢瀬に相応《ふさわ》しくもございます。

待つこと長く思えましたが、月の傾きを思えばわずかな時でありましょう。

庭に小さき灯が現れ、階段《きざはし》の下にてその灯は去ります。残る柔らかな影こそ、斎王でございます。

一足一足、階段を上られるのを手引きし、母屋の敷物にお連れしました。茵《しとね》や衾《ふすま》も置かれております。

「……今宵《こよい》は斎王とはお呼びいたしませぬ……恬子《やすこ》さま、尾張を行くあいだ、片時も思わぬことございませんでした」

「私も、業平さまの笛の音を忘れたことなどありませぬ。この髪が、吸い寄せられておりました」

業平は、その髪を手に受け、有り難く引き寄せます。

「……尾張のお役は、何事もなく……」

「はい、伊勢の海はいかにも平らかで、船頭によれば心積もりより早う大淀へ着きました。どなたかに呼び寄せられておりますようで」

頬に手をあて、幼きころより慣れ親しみ、いずれかの時、女人となりし人の肌のぬくもりを確かめます。

その頬は竹の肌のように滑らかで、いくらか冷えて汗ばみ、胸は早鐘を撞《つ》くほどの高鳴りでございます。

「あの夜の宴はいかにも悔しく、早う終わらぬものかと切に思いましたが、お逢い出来ぬまま、旅立ちました」

「……あふさかの関……と頂いた下の句を、念じ続けておりました」

「ここに、これへ」

と業平は自らの衾へ招き入れ、先の夜はためらいに押しとどめられておりました思いを、解き放ちます。

このひととき、時の時。

二度とは掻き抱くことも叶わぬと思われる汗ばむ御身に、思いのすべてを預け、恬子さまの深々とした息を受け取ります。

夜が明けるまで、幾度となく繰り返し、ふと蔀《しとみ》を上げて見上げれば、片割れ月が二つに重なり浮かんでおりました。


別れの時が参りました。

いましばらく大淀の浜に旅寝し、いまいちど今宵《こよい》のように訪ねて来たいと申しますと、恬子斎王は、身をよじるようにして、声をふりしぼられました。

「……それは叶いませぬ……この一夜のみと心に決めておりました……夜が明ければ、私は斎王の身に戻らねばなりませぬ」

「ならば、あと一夜のみ、いまいちど」

と業平、すがりますが、聞き入れられませぬ。

「私は月へ戻ります」

「なんと」

月とは、身の上のことでありましょう。そう思えば、空にかかる月も、聖なるかなしみを宿して見えます。

「……私は、あの片割れ月となり、生涯、御兄上、いえ業平殿を御護りいたします。片割れ月が空に上がりましたなら、この一夜を思い出されてくださいませ」

それでも業平得心せず、

「この先数日は大淀の浜に居りますゆえ、心が許されますなら御文をいただきたい、御文が届いたならば、今宵のように、お訪ねいたします、必ずお待ちしております」

繰り返し申しますが、良いお返事は頂けず、空も白みはじめましたので、いよいよ退出したのでございます。

戻りの川に浮かぶ平底の舟は、童が棹を差さずとも、流れに乗り、海へと下り行きます。辛い心持ちで振り返れば、次第に斎宮寮の家々が薄闇に包まれ、消えて参ります。

「……首尾は上々に、叶いましたか」

童は自らの手筈《てはず》を自慢するよう、背伸びして申します。

「そなたはこの先も、斎宮に近い大淀の浜に暮らす身……私は京へ戻らねばならぬ身……羨むばかりです」

童は驚き、都の貴人がこの賤《せん》なる身を羨むとはどのようなことかと、首を傾げております。

業平、翌日も波の音を枕に、恬子さまからの文を待ちわびております。

さらにその翌日、ようよう、文が届きました。

しかしこの文は、斎王からではなく、付き人の杉子からのもので、歌が一首記されておりました。

ちはやぶる神の斎垣《いがき》も越えぬべし
大宮人の見まくほしさに

杉

私は畏れ多くも、神の垣根を越えてあなたの元へ行ってしまいそうです。都の殿方にお逢いしたいばかりに。

都人《みやこびと》は都人それだけで、在所の女人から情を懸けられます。業平、東《あずま》へ下った折りに、あちらこちらで触れた都人への憧れを思い出し、苦い笑いなど浮かべます。

裏心なく、きさくでいささか幼い歌には、斎王が思いを遂げたのち、次は自らも、との思いが透けております。

藤原なにがしの娘とか。伊勢の名前を持ち、斎宮寮にては杉子。才はありますが、恬子斎王の深い思いが満ちるこの地にて、相手はなりませぬ。

恋しくは来ても見よかしちはやぶる
神のいさむる道ならなくに

恋しければ神垣を越えて出てみなさいよ。恋というもの、何も神様が禁じられた道ではありませんでしょうに。

軽い心地で返歌をいたしましたが、童に渡したあと、もし一途に出て来られても困ると気づき、急ぎ斎王への文を加えました。

ふたたび逢うことなく、この地を発つのは、何と辛いことでしょう。大淀の松さえ、あなたのお姿に見えて参ります。訪ねるおゆるしが無いのを、お恨み申します。

やがて文使いの童が戻って参りました。

その手には一つだけ文がありました。

業平、それがあの杉子からの返事であるのか、それとも斎王からのものか、心静めて受け取ります。

けれど文を開くまでもなく、斎王からの文であるのがわかります。紙の重みと香りは、身分の高さを伝えておりました。

つれない、との思いを伝えたのが、斎王を動かしたのか。ふたたび訪れるおゆるしが書かれてあるのか。

目に入る浜辺の松が、海の風に枝葉を動かしております。業平の胸のように、騒ぎ立ちおるのです。

文は、歌一首のみ記されておりました。

大淀の松はつらくもあらなくに
　うらみてのみもかへる波かな

大淀の松は、つれなくなどございませぬ。私も決してつれなくなどありませぬのに、波は浦を見るだけで返って行くのと同じに、あなた様もうらみをお持ちのまま帰って行かれるのでしょうか。

業平、その歌を手に、立ちすくみます。

杉子のあからさまな歌と較べれば、さすがに含み多く、優れております。

大淀の松を自らにたとえ、私はつれなくなどないのだと申されたうえで、そのどこにもふたたびの訪れをゆるす言の葉は見えず、波が浦を見るだけで寄せては返すのを、恨みの意に重ねておられます。

恨みつつお帰りになられるのでしょうか。どうぞお恨みくださいますな。私は斎王に戻りました身です。あなた様は浦を見ながらも、波となり帰り行かれる身。大淀の松は、あなた様をお見送りいたします。

その潔さ、斎王の身の強さを、業平思い知ります。

業平、この歌を大淀の松の枝に結び祈り、都へと戻るしかありませんでした。

都へ戻る道中、旅寝の夜に空を見上げれば、明け方近く月が昇ります。

斎宮寮、大淀の浜にて見たのと同じ月であります。同じ月であれば、なんと無慈悲なことでありましょうか。

居られるところはわかっておりましても、いまや文を贈ることも叶わぬ御方を思い、業平歌を詠みました。

目には見て手にはとられぬ月のうちの
　桂のごとき君にぞありける

目にはこのように見えておりますが、手にとることの出来ない、月の中の桂のようなあなたでございます。

月へ帰ると申されたのですから、あの月に桂の木となりて、おわしますのか。

独り詠み、書き付け、胸の底に仕舞いました。

また別の日。

逢いたさ募《つの》れど、為すすべもなく、今さらながら恨みも湧き出て参ります。

叶わぬゆえの心惑いでございます。

そのような折り、業平は歌を詠み、自らを慰めるほか、ございませんでした。

岩根踏み重なる山にあらねども
逢はぬ日多く恋ひわたるかな

お互いの間には、岩根を踏んで行くほどの重なる山があるわけでもないのに、逢わない日が多く重なると、遠きあなたのことが、いよいよ恋しく慕わしく思えて参ります。あなたを思うゆえ、お恨みいたします。

この歌も、懐にしまうしかありません。

このように、京へと帰る道中、思いは揺れ、伊勢にてのこと、振り返り、振り返り。

ときに、空に浮かぶ月さえ憤りを覚えるのですが、やがて都より風が吹き来ますころには新月となり、月への憤りもいくらか鎮《しずま》って参ったのです。

炎上

貞観八年。

その年は、業平のみならず京の都にとりましても、空が赤く染まるほどの禍《わざわ》いの年となりました。

伊勢より都に戻りました業平は、月を見上げるたびに斎王との一夜を思います。

斎宮の月は白く朧《おぼろ》で、伊勢の凪《な》いだ海に、やわやわと浮かんでおりました。ああ、あの片割れ月が恋しい。

それにしても都の不穏なる様。太政大臣良房《よしふさ》殿の存在が、宮人の間に波風を立てるのを、密かに怖れておりますのは業平のみにあらず。とは申せ、その年、空を赤く染めるほどの大事が起きようとは、都を離れていた業平には思い及ばぬことでした。

何かにつけ目につくのは、大納言伴善男《とものよしお》殿と左大臣源信《みなもとのまこと》殿の背き合い。

左大臣殿は良房殿の覚え目出度いお方ですが、良房殿は伴氏には心をゆるしてはおられぬとの噂も。

良房殿とは脈を違える伴氏一族、紀氏一族もまた、穏やかならぬ風を身内に覚えておるのでした。

業平はさまざま負い目のある身にて、目に立つことなきよう、勤仕いたしておりますが、内裏の空気の険しさは、何かにつけて感じられております。

新春の行事を終え、春まだ浅きころは、そうは申せ、朝廷内の対立に火がつくことはなく、月はかなしいまでに、よく澄んだ空に浮かんでおるのでした。

如月《きさらぎ》の梅の香の中で、三条町の紀名虎《きのなとら》邸にて、恬子《やすこ》斎王の母君、静子《しずこ》さまがお亡くなりになりました。

業平が狩りの使いとして伊勢へ旅立つ前、惟喬《これたか》親王より病に伏せりおられること、聞き及んでおりましたので、釈迦入滅に前後しての身罷《みまか》りを、静心《しずこころ》にて受けとめましたが、斎王は、どのようなお心にて聞かれることかと、そちらが案じられます。

母君の病のこと、申し上げること叶わぬままでした。

お見舞いのために京へ戻ること許されぬ斎王の御身であれば、さらにお辛くさせるのを知ってのことではありましたが、兄惟喬親王より早や文にて唐突なる報《し》らせがあれば、その重さはいかばかりか。

あのお心の強い斎王も、どれほど嘆かれることかと。

斎王としての禁を破ったことで、自らを咎《とが》められることにもなりましょう。

業平は伊勢の地にて、母君のご病気をお報らせした方が良かったのかと、あれこれ悔いが湧いて参ります。

斎宮長官より兄君への返事によりますと、斎王は母君の身罷りを、気丈に受けとめられておられるとか。

それは業平にとりまして、心安らぐ報らせではありましたが、併せての報に、業平はまたもや心穏やかならぬことに。

斎宮にて、流行《はや》り病が起こり、斎王は他国からの客はむろん、都よりの使いにも会われることなく、竹の宮の寝殿の奥に籠もられておられるのだとか。

業平は、斎宮よりの返し文を持ちかえった文使いを邸に呼び、直《じか》にかの地の様子を訊ねました。

斎宮長官の命により、御所の内に入るのを許されず、神宮よりの使いのみ本殿にて応じられるそうで、それも斎王のお出ましは無いのだとか。

心穏やかならぬまま、花の季節を迎え、さらに閏《うるう》三月となりましたある夜明け。

妻たちを訪れることもなく夜を過ごしおりましたが、まだ鶏も鳴かぬ昏《くら》い時分、業平は家人の叫び声に起こされたのです。

「殿、大事でございます」

憲明《のりあきら》が妻戸の外にて声を掛けます。

その間にも、庭を走る者たちの足音、息遣いなど、穏やかならぬ気配。

「……大事とは」

「応天門が、燃えております。火が放たれたと、走り遣らせた警護の者が、申しております」

簀子《すのこ》に出て、内裏の方角を仰ぎ見ますと、業平の左京高倉邸からは北西の空が、暗い飴色《あめいろ》に染まっております。飴色の中に、ときおり鋭く、筋状に紅の炎が立つのが見えます。

業平はすぐさま狩衣《かりぎぬ》に着替え、車を用意させますが、憲明によると、車では大内裏へは近づけないほどの混みようとか。

「物見によると、火の粉が車に降りかかり、牛も暴れて、朱雀大路の車は動くこと叶わぬ有様でございます」

「火は、応天門のみか。それとも内裏まで及んでおるのか」

業平が勤仕する馬寮は、応天門のある朝堂院の近くにあります。

若きころより、都の警備の役に当たってきた業平にとりまして、いまこそ働くべきとき、一刻も早く、駆けつけねばなりませぬ。

「馬を用意したか」

「はい、待賢門《たいけんもん》からお入りになられるのがよろしいと思われます。馬で東洞院大路を上られて、中御門大路より近づかれ、あとは馬を捨てられて徒歩《かち》にて……私も走ります」

「内裏を護らねば」

内裏の方々、さぞやご不安なことでしょう。

中御門大路もまた、大変な混みようでした。

業平は馬も捨て、待賢門より大内裏へと走り入りました。

内裏の建礼門を見て、応天門がある朝堂院へと急ぎます。

内裏へは火が及んではおりませぬが、人々の騒ぎ立つ声や行き交う人たちのぶつかりあいは、大内裏の建物の間を埋め尽くし、その中を衛士たちが、大声を上げながら走り行くさま、まるで戦《いくさ》の乱れを思わせます。

搔き分けながら朝堂院までたどり着きましたものの、ついてきた憲明ともはぐれてしまいました。

朝堂院は八省院とも呼ばれ、朝賀や即位の大礼などに使われる、もっとも大切な儀式用の建物です。

内部は官人の集合場所、それぞれの政務を執り行う十二の堂のほか、竜尾壇《りゅうびだん》を境にした一段上には、大極殿がございます。

この朝堂院の南門が応天門なのです。

朝堂院の建物を邪気より護り、聖なる建物へ入れぬ意思のもと、偉容《いよう》を誇示して屋根瓦の翼を広げております。

この応天門、二重の瓦屋根と厚い六枚の扉を備え、二階には物見の回廊も回されておりました。回廊の中央に立てば、大内裏の朱雀門を手前に、遥か南の果て羅城門まで、朱雀大路が延びておるのが見下ろせます。

朱雀大路の左右に広がる都の軒並みのすべてを、手中におさめた心地にしてくれるのが、この応天門の回廊でございました。

業平も警護の折り、回廊に昇り、その一景を目にしたことがあります。

朝堂院の西隣には豊楽院《ぶらくいん》があります。気がつけば人の波と火の粉にまぎれて、その豊楽院まで来ておりました。

立ち止まり見上げれば、応天門の火柱は、夜明けの空を朱に染めておるのでした。

どれほどの時が過ぎましたか。

昼近くなり、応天門の火もようよう鎮まって参ったのです。

大内裏の内にて動き回る官人たちも、人心地を取り戻しましたようで。

怪我人の搬出を命じる声や加持祈禱《かじきとう》の唱え言も、いっそう高く聞こえて参ります。それまでは人々の足音が、加持祈禱の声を吹き消しておりました。

足元は、焼け落ちた木屑で歩きにくいかぎり。

憲明が煤《すす》で黒ずんだ顔で戻って参りました。

「……お怪我はありませぬか。あれ、指貫《さしぬき》の裾に穴が……」

「おお、火の屑が飛んできたのであろう」

「火の手はようよう鎮まりましたが、瓦屋根の下にはまだ火が籠もり残っております。どうぞ近づかれませぬよう。いつ何時、壁が崩れ落ちてくるやも知れませぬ」

「……大極殿に火が移らなかったのは何よりで……あぶないところであった……しかし、夜の明ける前に、失火があるような門とは思えぬ。寒さゆえ、焚《た》き火をする季でもない」

「殿、怨霊による火だと、下人たちはひそかに申しております」

「怨霊。どなたの怨霊であろうか」

そのような噂、変事があればこの都に、たびたび流れます。大内裏のあちこちにて、陰陽師はじめ数十人もの祈禱師が声を上げておりましたことからも、多くの者たちが怨霊を怖れているのがわかります。

業平の胸をよぎったのも、たしかにその類いのことではありました。

都を護るために斎王として伊勢の神に仕えておられる恬子様と、一夜を過ごしたことと無縁であろうか。

あの逢瀬の折り、自らの役目は都の平安を護ることだと申された。その都の中心に立つ応天門に火がついたのです。

伊勢の斎宮も、流行り病に冒されておるらしい。

業平は無残なかたちを保つだけの門を見上げ、溜息をつきます。

業平は、斎王との密《みそ》かごとが、応天門に火をもたらし、斎宮に厄災をもたらしたのでは、との思いを、人知れず、胸の底におさめておりました。

門の火事もようよう鎮まりましたので、伊勢の方も、流行り病よりの興復が叶うよう、あらためて斎王に文など贈ります。

月は月。満ち欠けはあれど、澄み渡る空に浮かぶ美しさは、伊勢も京も同じ月。

あなたさま、恬子《やすこ》様も、私にとりまして変わることはありませぬ。流行り病の雲も、やがて取れて、白い満月があらわれましょう。

返しを待ちましたが、ありません。文使いの者によると、いまだ斎王のお出ましはないのだとか。

案ずれど、為すすべもない業平です。

そのような折り、応天門の火事が、思わぬ成り行きとなりました。

路地路地に、暑い気が溜まり動かぬ頃。

大納言伴善男殿が、左大臣源信殿を、応天門に火を付けた罪で告訴なされたのです。

あの火事が、朝廷の政争にまで行き着くとは、業平も思い描いておりませんでした。いえ、大納言殿と左大臣殿の不仲は知れておりましたので、思えば関わりがあっても不思議では無かったのですが。

検非違使により、源信の邸《やしき》は取り囲まれました。

応天門は大納言の伴氏による造営でしたので、それを恨んで、源信殿が火を付けた、との大納言による訴えでした。

ところが藤原基経《もとつね》は、この訴えを良房に申し上げ、良房は清和帝へ言上し、源信の無罪をとりつけたのです。

源信の邸を取り巻いていた検非違使は、勅により、引き下がりました。

大納言伴善男の訴えは、基経、良房、清和帝への権力の道筋により否定されたばかりか、その刃先はたちまち、伴善男、そして息子の中庸《なかつね》に降りかかって参りました。

業平は歌人として、朝廷内に名前を知られており、色の世界、女人に通じてはおるものの、権力の脈からは弾き出されております。

それを望んで、父君阿保《あぼ》親王は、臣下としての在原姓を頂いたことでもありますし、その父である平城帝は、事変で憂き目に遭ってもおりますので、業平はいよいよこの政争より距離を置いておりました。

応天門の火災は、朝廷の神聖なる山陵が穢《けが》されたことへの鉄槌《てっつい》であると、陰陽寮より公に告げられ、司の長が責を取ればおさまりがつく、と思われたのもつかのま、それではおさまらなかったのです。

その年の八月、良房殿が人臣初の摂政になられたことと、火災の犯人をめぐる諍《いさか》いが、どのような関わりを持っておりましたのか。

業平には見えぬものが、朝廷内の噂には映し出されておりましたようで。

およそ雅《みやび》とは遠くかけ離れた、非道な意志が、この事件の底に流れていたのは確かです。

伴氏一族、紀氏一族に近い業平は、大納言伴善男の訴えが排されたと聞き、いよいよ不穏な心地にかられておりましたところ、大宅鷹取の密告により、ついに伴善男と息子中庸が、応天門放火の犯人として捕らえられたのです。

この父子を含めた三人が、応天門より走り逃げた直後、門より火が出た、との鷹取の訴えでした。

父親はあくまで否認しておりましたが、苛烈な詮議に耐えられず息子中庸が自白したと聞き、父もすべてを諦め、罪を認めました。

この自白を、都人のどれほどの人間が信じたかはわかりませぬが、業平にとり、また伴氏や紀氏一族にとり、それは受け入れがたい成り行きでありました。

伴善男殿は伊豆国へ、中庸は隠岐へ、他に連座させられた一族は壱岐や佐渡、そして紀氏一族も安房国や土佐国へと遠流となり、朝廷は良房を中心とした藤原一族の天下となったのです。

秋深まったころ、業平は見知らぬお方より文を頂きます。

戌《いぬ》の刻の初め、高倉小路の一条あたりにて、牛車にてお待ちしております。必ずやお越し頂きたく。他へは申されませぬように。

男文字の文に、業平この一年のおぞましき出来事を思い起こしました。応天門の一件、とりあえず収まりが着いておりますが、どのような罠《わな》があるかも知れません。

憲明は、行くなとしきりと止めます。一条大路は都の北の外れ、このところ盗賊なども出ているらしい。

業平、文の紙と香りを確かめました。卑しからぬ身分、と見ました。真名《まな》の筆にも格を覚えます。

車を用意し、その時刻を目指して小路を上ったのです。憲明は弓矢を身につけ、走り同道いたしました。

その所へ到り、辺りを見回すも人影はなく、灰色の車が一つ、闇に沈みこむように停まりおりました。一条大路の北側には雑木の林が鬱蒼《うっそう》と盛り上がり、月もなく、空と木々の境も見えません。梟《ふくろう》の一声が、いつまでも余韻を保つほどの寂しさ。

憲明が停めてあった車より戻りきて、申します。

「……怪しきお方にはございません。業平殿もかつてお目にかかられたお方のようで……牛車の内にてお話をしたいと申されております」

業平、人目をはばかりつつ、お方の牛車へと移りました。

牛車の中には甘い香が満ちております。

暗い中に、女人の髪の流れが見てとれます。女人は、何か大切なものを護り抱えておりました。その前に、身体を斜めにして業平を迎える老人。外の明るみが顔を斜めに浮かび上がらせます。

業平躙《にじ》り寄り、その老人を確かめました。

「あなた様は、斎宮の」

「はい、狩りの使いでお見えになりました折り、お目にかかりました長官でございます」

「たしかに」

と薄暗闇の中でも、老いた身体と白髪は判ります。このお歳ではもはや都に戻られることも無いのでは、とあの折り思ったことなどもぼんやりと。

「……斎宮にては流行《はや》り病が広がり、斎王も都よりのお使いにさえお会いにならないと聞きました。もしや長官殿の御用向きは……」

斎王の身罷《みまか》りを伝えに来られたのかと、胸潰れんばかり。

「……いえいえ、斎王はお健やかであられます」

業平の声の震えに、長官も身を寄せ声を潜めます。

「……斎王は、お健やかであられますが……ただ大変なお苦しみののち、斎王のお役を全うされるお覚悟が、ようよう整いましたわけで……」

お苦しみとは、お身体のことではなさそうで、であればお心のこと。

業平の胸が痛みます。

「……ここに同道いたしました女を、お覚えでありましょうか」

と、外の明るみに引きだされた女の顔を見て、業平は、あ、と声を洩らしました。

斎王の付き人をつとめ、業平の手引きをしてくれた、杉子と申す、いえ伊勢の名を持つ女でした。

あの折り、斎王に通じたのちは我も、とばかりに都人業平に、稚拙ながら恋を仕掛けてきた女。姿は童女に見えて、才のある風情が心に留まりおりました。あの折りよりいくらか長じて、髪も長く覚えます。

さらに驚いたのは、この杉子という女の衣に抱え込まれておりますのは、声もたてずに眠りおります、赤子でございました。

車の中の甘い香りは、この赤子の乳の匂いのようで。

「この赤子は」

といぶかり訊ねる業平に、長官も杉も俯《うつむ》き何も申しませぬ。

「……お尋ねになられますな」

「なぜに」

業平の不穏な気配に赤子が目を覚まして、むずかるような声をあげました。

杉は不慣れな手つきで、赤子をあやします。

「……ご心配召されますな……常は三人の乳母が付きおります……今宵《こよい》はこの杉が、さる御方の頼みで、ここにこのお子を連れ参りました」

「さる御方とは……もしや斎王」

杉は斎王の付き人でございます。

「……斎王に何を頼まれてのことで……」

躙《にじ》り寄る業平の胸には、じわじわと波が押し寄せてまいります。まさか、が、もしやになります。

「……もしや、この赤子は……」

に続く言葉が出て参りません。口にしてはならぬ、との思いが言葉を封じます。

恬子斎王がお産みになった……つまりはこの業平の子……。

口を突いて出て来そうな声を、押さえ込みました。

「……さよう……業平殿の御推察のとおりでございます……いえ、この赤子はこれよりある御方のお子となられます……その前に、ただ一度、業平殿のお胸に抱かれて欲しい……そしてそれを、この杉に見届けてほしい……斎王の願いはそれだけでございます。それを叶えるため、われらとこの杉と乳母たちは、密かに伊勢より都へ参りました」

業平の動揺は、全身を震わせます。

何と言うこと。

「……ならば、伊勢斎宮に渦巻いた流行り病と申すのは」

「……斎王をお護りするには、あのような噂を流布するしかございませんでした」

斎宮長官が語る事態を得心するのに、いかほどの時があればよろしかったのでございましょう。

業平はただぼうとしたまま、赤子の放つ甘い匂いに息をこらえております。その匂いは苦しくも心地良い。

外は風が強くなってきた様子。木々の枝のざわめきも、車の内に伝わり参ります。

そのあいだにも杉の胸に抱かれた赤子は、目覚めたり眠りに落ちたりを繰り返し、ぐずぐずと、夢に泳ぐばかりの声を発てております。

杉がそうっと、自らの胸より赤子を離し、業平に差し出しました。

「……内親王《みこ》さま、いのちを懸けて、お産みになられました」

杉の声は涙で震えております。

その白妙《しろたえ》の布に包まれた温かきものを、業平こわごわと受け取り、薄闇の中にて顔を覗き込みました。

白く丸い顔の中に小さな鼻と唇があり、唇は何かを求めて動いております。乳が欲しいのでありましょう。目は涙に濡れて薄く見開いておりますが、この暗闇では何も見えてはおりますまい。

業平思わず、その白い塊《かたまり》を抱きしめ、頰に唇を添えます。甘い乳の匂いが噎《む》せるほど顔にかかり、それはたちまち涙になり流れ落ちます。それを見た杉、

「……有り難いこと……このお姿を、伊勢へ戻りましたら、必ずお伝え申します」

袖で顔を覆いながら申しますと、長官は慌ててその声を遮ります。

「杉、それを申してはならぬ。このお子はとある優れたお方のお子であり、明日には乳母ともども、そのお方の邸にお移し申し上げる赤子でございます」

業平より苦悶《くもん》の声が零《こぼ》れます。杉も声をもらし泣きます。

赤子へのいとおしさ。恬子斎王がどのような思いでお手放しになったか。乳の匂いは、風になる枝葉となって業平を打ちつけるのでした。

高子様が入内なされたのは、この年の十一月でございました。高子様の齢は二十五。清和帝は高子様より八つお若い。良房殿の望みは、高子様が帝のお子をお産みになられることで、やがてそれが叶うこと、誰も疑いません。

業平には手の届かぬ高いところへ上がられた高子様。お目にかかれる折りも無くなりました。

藤の陰

応天門の変事で藤原良房《よしふさ》殿に逆らう者も無き様になり、変事の翌年は表向きは穏やかに過ぎ行き、ふたたびの春が巡り参りました。

さらに翌年のこと、女御高子《たかいこ》様に、念願でありました皇子がお生まれになりました。貞明親王でございます。

その祝賀は、恬子《やすこ》斎王の極秘の出産を知る業平にとりまして、二重にも三重にも苦しきことでしたが、高子様への思いを絶つには、有り難い報《し》らせともなりました。

嵐の夜、芥川にて奪われたものは、高子姫だけでは無かったのです。

そして業平に、正五位下の官位が下されました。貞観十一年のことです。

もはや良房、基経《もとつね》一族にとりまして業平は、政争上の目障りでさえ無くなったのでしょう。

二月、貞明親王の立太子。高子様は、やがて天皇の御母となられることが決まったのです。

三月の晦日《つごもり》、業平邸の庭に藤の花が垂れ、花房を伝うように雨がそぼ降っておりました。

その日は兄の行平《ゆきひら》殿より、弁官の藤原良近を正客にしての宴に、招かれておりました。

良き酒があるので、業平殿も参らせ給え。

良近殿は良房殿に近いわけではなく、むしろ行平業平らと語らう仲ではありますが、心ゆるして参じる心地にもならず、風情のわかる兄君のためにと、ただ庭の藤の枝を手折り贈りました。

正客への徒《あだ》心は無く、とは申せ、打ち解けて酔う心地も無いのを、兄は解られるであろうと。

添えた歌はこのように。

濡れつつぞしひて折りつる年の内に
　春は幾日《いくか》もあらじと思へば

雨に濡れながら、無理をして折りましたこの藤の花。今年はもう幾日も春は残されておりませんので。

藤の花を贈ったあと、行平殿よりすぐさま文が戻されました。

藤の枝でなく、業平殿こそ来られたし。

兄君のお気持ちは、業平にも伝わりました。藤原一族の権勢定まりしからには、藤原良近殿ほか藤原の方々と和し、宴を共にするのは業平の行く末にも良きことなりとの思《おも》ひ分《わく》ゆえでしょう。

もしや業平のための宴であるのかも。

行平は官人として、業平より早く重用され、敵を作らぬ性分です。

迷いはありましたが、業平は遅れて参じることにいたしました。

行平邸に着いたのは、瓶にさした藤の枝を題にして一同が歌を詠み回し、それも終わる頃でございました。

「おお、業平殿、よう来られた。間に合うて良かった。いそぎ、この藤の花を詠まれて下さい……」

「いえ、私ごときは、藤の花より酒でございます」

と拒みつつ瓶を見ますと、そこには数本の藤の枝が折り重なり、業平が雨の中で折り奉った一枝など、後ろに隠れて見るかげもありません。

目を引くのは、花の垂れ下がりが三尺六寸もありそうな、異様におおきな藤房の花。

業平、思わず知らず、歌を口にしておりました。

咲く花の下《した》に隠るる人を多み
　在りしにまさる藤の陰かも

咲く花の陰に隠れて居る人が多いので、昔よりさらに花の陰は大きいことですね。

在りし、は在原氏の在氏《ありし》でもあります。

歌の意を推しはかり、一同黙しますが、行平が、なぜにこのような歌を、と問うので、業平は有りのまま答えました。

「藤原氏はこのように大きな藤と同じく、格別に栄えておられますこと、そのまま詠みましたまでで。お目出度きことではありませせぬか」

それ以上はどなたも、何も申されませんでした。

藤の花をめぐる宴を、業平は抜けだします。

「飲み過ぎ申しました、春の風に吹かれて参りましょう」

これ以上、兄行平殿の面《おもて》を汚しては申し訳ない、との思い。

藤の花に罪はございません。

南池のほとりの築山をながめ、呟きます。

……やはり春の夜は一人が良い……政治《まつりごと》はまことに雅《みやび》とは遠いものなり……。

今宵《こよい》の振る舞いを悔いもいたします。

あのような歌を詠み、一同を黙らせてしまったのは、幼きことであったと。

……藤の花は、やがて桐に越えられる……花の季はただ移ろうのみ……。

節をつけ、謡うように呟きながら西の渡殿まで来ますと、声がかかりました。

「……藤より桐の方が優れておりますのか」

女童《めわらめ》の、高く弾む声。

渡殿にて、南池のほとりの篝火《かがりび》を眺めておられた様子。

「はてこれは、どなたでありましょう」

「……今君でございます」

「……行平殿の三の君であられますか」

手元にて三の君を育てておられると聞いておりました。

「三と申すのは、今だけでございます」

「それはいかなること」

「やがて内裏へ上がれば、一の后《きさき》となります」

良く見れば、まだ裳着《もぎ》も済ましてはおらぬ幼さ、十か十一か。

乳母たちが、その意味もしらぬ女童に、戯《たわぶ》れを申して、躾《しつけ》しておるのでありましょう。

「……内《うち》の上《うえ》には、美しき女御がおられますよ」

「存じております。高子様のことでございますね。でも、帝より八歳も年上の、老いた方だとか」

女童の邪気もない言葉に、業平胸をつかれます。

業平、いま少しこの女童と話していたく、渡殿に身を寄せました。

高子様を、老いた方であると吹き込み、あなたこそ内の上に相応《ふさわ》しい、などと言いくるめる家人が、この邸に居るらしい。

それはもしや、行平殿ではないのか。そのような下心が兄に在るのか。

女君を持たぬ業平には、いまひとつ解らぬ願いであります。

「やがて一の后になられるお方とか……この背にて、南池《なんち》のほとりに藤を眺めに、参られませぬか」

と背を差し出せば、衵姿《あこめ》の女童は、渡殿の高欄を越え、すぐさま業平の背に乗り移りました。兎《うさぎ》のような早業で、御身の軽いこと。

業平の背に胸を寄せ、両手にて首を掻き抱かれる女童は、さまざま湧き起こる興味に、まことに素直な様子。

あの方へ、などと指し示されます。差し出された小さなお手は、恬子《やすこ》様の幼き頃を思わせ、また、長岡にて遊び戯れた紫苑《しおん》の方までも、目に浮かんで参ります。

いずれも長じられて、いまや業平の手の届かぬお方たち。

ふと立ち止まり、我が身は幾つになり果てたかと考えます。はや四十の賀を幾つも越えておるのです。

寝殿の灯りが漏れきて、篝火も池の面を映し出しております。

その面にはみ出すように藤が植えられてあり、傍らより池の面を覗き込みます。

「ほうれ、藤の花は池の底にも咲いておりますぞ」

と背中の衵姿ごと覗き込めば、御体は業平の肩越しに落ちかかり、あれ、と声を立てられて業平にしがみつかれます。

「ほうれ」

「あれ、落ちまする、落ちまする、お止めくだされ」

背中の童女との戯れは、業平をしばし政治《まつりごと》への気配りも、女人への気遣いも忘れさせます。

とは申せ、この背負う小さな御体は、やがて帝へ捧げられるらしい。

「……そなたは、内《うち》の上《うえ》をご存じか」

三の君は、肩越しに訊ねます。

「はい、近くは存じおりませぬが、幼くして春宮に立たれて、お優しい上かと」

「私が一の后になること叶いましょうか」

「今より、髪も伸び、裳着《もぎ》を終えられれば叶うことかと……」

「内裏へ上がれば、双六《すごろく》の相手も居るのか」

「それは居られましょう」

「この邸にては、私より強い者は居らぬが、内裏には居られるのか」

業平、思わず背中の小さき塊を引き下ろし、抱きしめます。

「……内裏には双六の名手も大勢居られましょうが、恐ろしき女人たちも居られます……」

「父君が護って下さる」

その行平、果たしてこの三女を、どこまで護ることが出来ようか。高子様の後ろ盾である良房基経殿に、とても敵うものではない。

今宵《こよい》の宴も、それを思えば、いくらかなりとも藤原一族に取り入りたき慮《おもんぱか》りがあるようにも思えて参ります。

「……私があなた様をお護りできますなら……」

叶わぬと解っておりましても、篝火が届くか届かぬかの暗がりにては、声に出来ます。

「そなたの名前は何と」

業平は惑います。名乗れば、この藤の陰にての不思議なひとときが壊れる心地。

「……今宵の思出草《おもいでぐさ》に、池の藤、といたしましょう」

「池の藤殿」

「水の底に咲いておりますあの藤の花……見たこと、二人きりの忍び事に」

業平の手にぶら下がるようにされて、姫はこくり頷かれました。

花の宴

左京北辺四坊の邸宅染殿《ていたくそめどの》は、希に見る桜の名所でございます。

業平は、染殿に向かう車の中で、しきりに物見より空を見上げております。まことに花のために明けたと申せるほどの、薄く穏やかな空が広がりおります。

あの芥川にて、稲妻と雨風に叩かれた一夜と、これが同じ空でありましょうか。

あまりの穏やかな空に、しきりと暗き夜が思い出されて参るのです。

あの夜が業平にとり最悪であったなら、この染殿にての観桜の日は、最上と申せましょうか。

高子《たかいこ》様の花の宴が、桜満開の染殿にて行われる、その席に連なること許されたのを、最上と申せば申せましょう。

答えがございません。

世に憂きこと無ければ、桜花の美しさもまた、他の花と何も変わりませぬ。憂きこと在ればこそ、桜花は薄い色に透けて、淡い光りの中にても、花弁に神仏を宿らせます。

業平には、そう思えて致し方ございません。その憂きこととは。

花闇。そうとしか呼ぶことの出来ない心の闇。

染殿は、今をときめく御方、藤原良房《よしふさ》邸でございます。良房の六十の算賀が盛大に催されたのもこの染殿であり、清和帝も観桜に行幸なされましたし、何より女御高子様が貞明親王をお産みになられたのも、この染殿でございました。

それを思えば、高子様を主とする宴がこの邸《やしき》にて行われるのも得心がいきます。

なにゆえ、この私が宴に加わることが許されたのか。

有り難く思えて、心苦しきことでもございます。参じたい、参じたくない、諸々の思い。

芥川の夜よりこの方、高子様と間近にお目にかかる折りなどなく今日まで来て、久々のお姿拝見となるのです。

業平は、波立つ心を抑え、門前でゆるりと降り立ちました。

染殿の南庭にも、招かれた官人たちが溢れておりました。

今を盛りの桜花のもと、舞楽と酒宴、そして僧たちの声明《しょうみょう》が流れ、この世のものとも思えぬ華やぎでございます。

さすがに良房殿のご威光と、業平後ずさる心地いたしますが、その良房殿のお姿は無く、高子様のお兄上、国経《くにつね》殿、基経《もとつね》殿のお姿ばかりが際だっております。

簀子《すのこ》の高欄より、色とりどりの下襲《したがさね》の裾が並び垂れて、庭を囲む桜の薄い色に映え揃います。業平が東の対より寝殿まで参りますと、早速に見覚えのある高子様の侍女近江の方が、滑るように近く来られます。

跪《ひざまず》かれて申されます。

「ようお見えくださりました。お懐かしうございます」

何ひとつわだかまりのないお声に業平は言葉に詰まり、

「……躊躇《ためら》いおりましたが、親王《みこ》のご誕生と立太子のお祝いを申し上げたく、馳せ参じました」

ようやく声にいたしました。

この日のために受領《ずりょう》などから届けられた品々が、次々に供じられる先に目をやれば、母屋の薄い御簾の内に高子様のお姿が動いて見えます。その傍らに幼い親王のお姿も。

御簾の手前の厨子《ずし》棚には、布や絹の献上数を記した目録も目にうつります。

それにしましても、東廂《ひがしびさし》や南廂の女房たちの堂々たる打ち解け方は、扇で面を覆うぐらいでは、隠せるものではありません。

さんざめく男や女の声が、湧き流れております。

業平は母屋の御簾の前に躙《にじ》り寄り、他の方々に続いてお祝いの声を掛けるために、わずかに目を上げます。

業平、声を絞り申しました。

「……馬頭《うまのかみ》が、立太子のお祝いを申し上げるため、参じました」

御簾の内の空気が揺らぎます。

すると業平の後ろより、声がかかりました。

「馬頭殿……よう参られました。花の宴らしゅう、皆みな花の歌を詠むことになりました。歌の才はどの方より優れておられますゆえ、文にて申し上げましたとおり、歌合の判など、お願いいたします」

基経殿でした。忍び寄るように近くおられます。

その自信にみちて、高く朗らかなる声。

この御方が、芥川にて高子様を引き攫《さろ》うて行かれたのか。

「私の才など、どれほどのものでもございませぬが、お目出度きことゆえ、お役をつとめさせていただきます」

業平、低頭してきりり申します。

御簾の内にて、高子様はすべてをご覧になっておられます。

それが業平にとりまして、いささかも心苦しくございません。屈する心地もせず、むしろ晴れ晴れといたしておるのです。

私は朝廷の主たる流れとは遠く離れた、歌の世に生きるもの。失うかなしみに耐え、この身を用なき者と思いなした夜、私は死して生き返った。今日の花を愛で遊ぶ人は多けれど、それを言の葉にて永遠に、千年の果てまで留め置くことが出来るのは、私より他には居らず。

「……今日のこの花が、千歳《ちとせ》に咲き続けますよう、女御様と東宮の御ため、お祝い申し上げます」

業平は基経へではなく、他の官人や女人らにでもなく、御簾の内の御方へ声を届けました。

何かがふき切れ、新しい身に転じた心地。心中深くより、高子様と東宮の幸を祈ることが出来たのです。

花の宴は、夜桜となりましても、さらに賑やかさを増しました。

花に囲まれた四人の童が喜春楽《きしゅんらく》を舞います。

南庭の篝火《かがりび》の中、天子が舞い降りたかと思うほどの愛らしさ華やかさ。

春を寿ぐ舞いとして、いかにも東宮にふさわしく、蛮絵《ばんえ》の装束が篝火を受けて光る様はことのほか典雅。

高子様と親王も簀子《すのこ》にまでお出ましになり、この舞を眺められます。

業平は久々のその横顔に、見入りました。

高子様も業平の目にお気づきになり、暗がりに顔を傾けられ、たしかにほほえまれたのです。

それはすでに、天子の母としての神々しさと強さを宿しておられました。

歌合の判を果たしたあと、業平は自らの歌を詠み上げます。

花にあかぬなげきはいつもせしかども
　今日《けふ》の今宵《こよひ》に似るときはなし

花に飽きることなどなく、いつまでも見ていたいもの。溜息が出るのはいつものことでありますが、今宵の思いに似た時は、かつてありませんでした。

火影にて業平の歌を聞いておられる高子様が、ゆるり深く頷かれました。

花が空一面に広がる心地がいたし、涙が頬を伝います。

これでよろしいのか。これでよろしいのですね。

ああ、今日の今宵に似る時はなし。

花散り雪こぼれ

その歳もまた、惟喬《これたか》親王の水無瀬《みなせ》の離宮へ出掛け、花を愛で暮れるまで狩りを楽しみました。

いつものように夜が更けるまで酒を飲み、語り合います。

親王は、これもいつものことですが、酔われて先に寝所へ入ろうとなさる。十一夜の月もまた、西の山に隠れようとしています。

夜を惜しむ業平、親王を引き留めたくて詠んだ歌。

　あかなくにまだきも月の隠るるか
　　山の端逃げて入れずもあらなん

まだ満ち足りないのに、こんなに早く月が隠れるのか。十一夜の月は十五夜の月より早く入るとは申せ、名残惜しいこと。山の端よ逃げて、月を入れないでおくれ、親王も寝所に入れないで欲しいことです。

引き留めたのに、寝所に入られてしまわれたあと、親王の代わりに、同行の有常《ありつね》が詠みました歌。

おしなべて峯も平らになりななむ
　山の端なくは月も入らじを

いずれの峯も平らになって欲しいものです。山の端が無ければ、月も入らないでしょうから。

このような水無瀬の日々が続き、昼間の狩り、夜の御酒が重なります。

さらに数日を経て、親王が京の宮へとお戻りになりました。

業平は宮までお送り申し上げ、すぐに退出いたそうとしましたが、なかなか帰して下さらないのです。

お酒を振る舞われ、禄《ろく》も下され、物語りなどなされて、放していただけない。

常なら酔われて早々と寝所に入られた親王、今宵《こよい》はなぜかご様子が違います。

親王の常ならぬ引き留めに、業平戻りたくとも戻れぬことになり、観念して一夜を共に明かすことに致します。

枕とて草引き結ぶこともせじ
　秋の夜とだにたのまれなくに

旅寝の枕にするとて草を引き結ぶようなこと、しないでおきましょう、ここで寝るなどいたしませぬ。秋の夜は長いからといって安心できませせぬが、今は春、たちまち明けてしまいますので、寝ずにこのまま何時までも語り合いましょう。

時節は三月《やよい》の晦日《つごもり》。

この歌に心うごかされた親王は、寝所には入られず、業平とともに夜を明かされたのでした。

このようなことが幾度かありました。業平、そのたび、親王のお心に添うべく伺候したのです。

水無瀬より戻り来た夜の親王の心細いご様子が、業平の覚えから消えぬうちのある日。

思いもかけず、親王が御剃髪なされたのです。

いまだ三十にも届かぬお若さ、業平は驚き嘆きましたが時遅し。

思えば春の水無瀬や交野《かたの》のあたりより、お気持ちは定まりおりましたのか。

親王が幼きころより、傍に近く侍《はべ》り参りましたのに、気付かぬことでありました。

惟喬親王は、文徳帝の第一子であられるのに、第四子のお子が帝となられたのは、ひとえに母君が紀静子《しずこ》でありましたこと、明らかであります。

とは申せ、そのような物恨《ものうら》みを一度とて口にはなさらなかった。妹君の恬子《やすこ》斎王も同じであります。

業平の思いは沈みますが、いかなるお立場になられようと、この親王にお仕えいたそうと、深く思い定めるのでした。

惟喬親王の御剃髪より二月ばかり後、藤原良房《よしふさ》殿が亡くなられました。

あたかも惟喬親王が、仏界より招かれたような成り行きでございました。

歳があらたまり、業平、正月の御年賀を申し上げようと、比叡山の麓にあります小野に参上いたしました。

親王の御庵室《ごあんしち》までは、雪がたいそう高く積もりおりまして、車も立ちゆかず、足元も覚束なく難儀いたしましたが、ようよう辿り着くこと叶いました。

親王は、業平の御年賀を、ことのほかお喜びになられましたが、そのご様子は何も手に付かぬほど頼りなく、もの悲しそうにされておられます。

このお若さで、世をはかなく思われておられるのか。

業平、惟喬親王と同じ歳のころ、女人に歌を詠みかけ、返しを待つ喜びに打ち震えておりました自らを、遠く思い出しております。

親王をお慰めできるのは、昔のことなど語って差し上げることかと、幼き日々の内裏の在り様、花々の風情、さらには、女人たちの立ち居振る舞いなど、雅《みやび》なるあれこれを語り申し上げます。

いつまでもこうしてお傍に居たいものだと思いますが、明日はまた公務もあり、このままお仕えしていることも叶わず、夕暮れには退出せねばなりませぬ。

忘れては夢かとぞ思ふ思ひきや
　雪踏み分けて君を見むとは

現実を忘れてしまい、これは夢かと思ってしまいます。このように、雪を踏み分けて参りまして、あなた様にお会いしようなどと思いましたでしょうか。思いもしないことでございます。業平が袖で涙を拭いますと、親王もまた、袖を当てられます。しばし涙にくれてようよう、お別れいたしますが、車の中にても、業平の袖はさらに濡れてしまうのでした。

良房殿が亡くなり、基経《もとつね》殿が右大臣へと昇られ、朝廷も新たな世代へと移りました。やがてふたたび年が明けて、正月に惟喬親王に寿言《よごと》を申し上げようと、出家前にお仕えしていた方々が、比叡の御庵室《ごあんしち》へと集うことになりました。業平のように俗のままの官人も居りますし、禅師となられた方たちもおられます。水無瀬《みなせ》や交野《かたの》に共に馬を走らせ、花を愛でた方々のお姿も懐かしい。

日頃はそれぞれ公の宮仕えがあり、参上したくとも叶わないのですが、このときばかりは敬慕の心をそのままに、馳せ参じたのです。

比叡《ひえい》の山懐《やまふところ》は雪が深く、御庵室《ごあんしち》の外には、重き雪がつわつわと降り積もります。蔀《しとみ》を上げて庭を見遣れば、丈高い木々は、雪の中に灰緑色の葉枝がようやく覗くばかり。それもときおり、静まった中に、枝の雪がふり落ちる音のみ聞こえる、深い静けさがございました。都には無いその静けさを、雅《みやび》と思う方々でございます。

「この雪、降りやみませぬな」

簀子《すのこ》へ出て、雪の音無き音を聞き入る業平、その手には親王より頂いた御酒が。口に運べば、白き酔いが進みます。

行平《ゆきひら》なども簀子に集まり、いくらか足元の濡れるのも面白く、酒を酌み交わします。

「花もよろしいが、雪も心深く染みるものです」

と行平。

親王も杯を手に簀子にお出になり、

「……冷たき雪がありて、花の喜びがある。花の明るさありて、雪の深さも一段と興趣を覚えるもの。業平、いかがか」

「……花にも雪にも、それぞれの闇がございます。その闇を見る心こそ、雅であろうかと」

業平、静かに答えました。

みな、親王より賜りし御酒に酔いまして、心ゆるりと致します。

誰ともなく、廂《ひさし》へ入り、歌を詠もうとなりました。

「このように、雪に降り籠《こ》められておりますのを、即座に詠み交わすのはいかがか」

と申されたのは、どなたであったか。

幾人かが詠まれたあと、業平も詠みました歌。

　思へども身をし分けねば目離《めか》れせぬ
　　雪の積もるぞわが心なる

親王のことを思っておりますのに、我が身はひとつ。身を二つに分けることが叶わず、お側に居ることが出来ませぬ。いつもは都にての勤仕もあり、なかなかお訪ねすることが叶わぬのです。今日このように雪が積もっておりますのは、都へ帰ることなく、ずっとお逢いしていたいという、私の心の表れでもあるのです。

雪よ、我が身を親王のお側に、閉じ込めておいておくれ。

他の方々もそれぞれ、雪を恨むのでなく、親王のお側にて過ごせることの有り難さを詠みましたが、親王は業平の歌にもっとも心動かされたようで、

「この衣を」

と申され、雪よりも白い衣を脱がれます。その衣擦《きぬず》れの音とともに、自らのお手にて、業平に下賜《かし》されたのです。

業平、かしこまり捧げ受けながら、そのふうわりとした手触りに、親王の御身御肌の温もりを覚え、思わず涙いたしました。

今宵《こよい》はこのように、方々も集い昔の正月のように賑わいますが、やがて残された親王は、この深い雪の中で、いかなる御心地にて過ごされるのかと。

この雪深い山里にも、春は来るであろうかと。

千尋の竹

藤原氏一族にくらべ在原氏は、応天門の変以来身を細くして勤めおりますが、有能なる官人である兄行平《ゆきひら》殿は、三の君文子《ふみこ》様を内裏へ上げることを成し遂げ、なんと貞観十七年の三月、行平邸にて親王をお産みになられたのでございます。貞数《さだかず》親王でございます。

行平邸にて藤の宴が催された折り、酒宴より離れた業平の背中に負ぶわれて、南池を覗き込み、女童《めわらめ》らしい声を上げられてより、すでに六年の歳月が経っておりました。

幼き三の君に、一の后になられる御方であられると、行平も侍女たちも折りごとに耳に入れて来たのが、真《まこと》となりましたわけで。

后はおろか女御でもなく、身分としては低い更衣ではございましたが、貞数親王の母君となられたのですから、行平の望みは叶えられたと申せましょう。

在原一族にとりましても、落ちかかる陽を、山の端より天中に置きなおしたほどの、目出度きことでございました。

とは申せ、業平一人のみ憂き心地にて、行平邸にての産養《うぶやしない》の寿ぎに、向かいおるのです。供人らは、親王の産着として絹を二十疋《ひき》のほか、祝いの品々を運び入れますが、業平の心は家人たちや行平邸の一同のようには、晴れませぬ。

行平殿は、足も地に着かぬふうに、客人たちの言祝《ことほ》ぎを受け、宴に心を配られておられました。

「おお、業平殿、早う寝殿に参られよ。我らに光りを射し下さる玉の御子を、言祝いで下され。吾子は見事に御息所《みやすどころ》になりました」

兄弟の近さとは申せ、あまりに有りのままの直《なお》きお言葉に、業平いよいよ胸苦しく、足重くなります。

産室には、御息所のみおられました。

親王は乳母《めのと》とともに、北廂《きたびさし》にておやすみの御様子。

「……このたびは、まことにお目出度きこと」

と業平、南廂にて言祝ぎます。続けまして、この親王は朝廷と在原一族に、栄耀《えいよう》をもたらすこと、まことに有り難きことで、と申しました。

行平は産養《うぶやしない》の次第を業平に語り報《し》らせ、親王の歌の師として伺候いただきたい、などと先々のことまで弾み頼みます。

「去年《こぞ》の夏には、御息所に蛍の歌の手ほどきを頂いた。そののち、帝に蛍の歌を献上いたしましたところ、大変お褒め頂いたようで」

行平は嬉しさのあまり、業平の憂き様、また御息所が驚きのあまり、息も忘れておられることにも、思い及ばぬ様子。

たしかにあれは、蛍の夜でありました。

三の君、御里下がりなされており、西の対にお住まい、行平殿は伏見にお出かけになられておりました。

月の無い夜ゆえ、南池《なんち》の蛍の光りがいつになく明るく、西の対にまで入り込み、蔀《しとみ》にまでとまりおりました。

あの夜業平は、三の君と蛍の歌を合わせたいものと、西の対へと参ったのでした。

あれ、どなたか。

暗い中の三の君の声に、業平名乗りました。

幾歳か昔、私の背中にて藤の花を見られたのを、お忘れでありましょうか。

覚えております。池の藤殿。

蛍のように迷い入りましたが、この上は、蛍の歌合など、いかがかと。

その夜の歌合は、業平が二匹の蛍が戯れ飛ぶ姿を詠み、三の君は、その二匹の蛍は夜が明ければ消えてしまうのでしょう、今宵《こよい》の蛍も露と同じに儚《はかな》いものです、との歌を返されました。

三の君はすでに、昔の女童とも思えぬほど長じられておられたのです。

業平、さらに歌を返しました。

まだ夜は明けておりませぬ、露も降りてはおりませぬ。二匹の蛍も相和し飛びおりますと。

そこからの成り行き、蛍となり果ててしまったことなど、思い返すのも心苦しい。

行平が去り、業平は廂より躙《にじ》り寄り、声をひそめて申します。

「……内《うち》の上《うえ》が、蛍の御歌をお褒めなされましたとか。あの折りの歌合がお役に立ちましたのなら、業平、嬉しうございます」

しばし間があり、産室の奥より細い声がありました。

「……池の藤殿は……いえ蛍は……業平殿でありましたのか……先ほどより……驚きおりました」

「……このような陽の下と違い闇の中では、心妖しゅうございましたようで……」

まことにいま、冷たい汗が流れ落ちます。

「……まさにさようでございます……あの夜の蛍が……玉の御子となり生まれ参りました」

なんと。いえ、やはり。

見回しますが、二人の声、ほかに聞かれる方はおりません。

業平、額の汗を拭い、さらに頭を低くいたします。

「それはまことで」

「……ご案じなされませぬよう……蛍の子は露のようには消えず、父君の申されるとおり、在原のお血筋をお守りすると存じます……」

帝のお子をお産みになられると、これほどまでに、自らを頼む力が備わるのかと、業平、心打たれるばかり。

御息所《みやすどころ》のお声を聞きましてからは、業平の鬱の心もいくらか晴れまして、産養《うぶやしない》の宴にも直な心地で加わりました。

朝廷からの祝い人も参り、いよいよ言祝ぎの歌を詠み合うことになりました。

最後に業平が詠みました歌。

わが門に千尋ある竹を植ゑつれば
　夏冬誰か隠れざるべき

わが在原一族の門にも、立派な竹を植えましたからには、夏も冬も、誰がその千尋もある影の恩恵を受けないことなどありましょうか。みな有り難く、天子様の影に護られ、恩恵を受けることでありましょう。

竹は、斎王の寝殿を護るほどの強さと、末代まで根をはる力を持っております。この国にて、深く好まれております竹。

業平の胸には、この邸《やしき》にて藤の花が咲き誇りおりました六年昔の宴のことが、ございました。

藤原氏の影が大きく、みなその下へと入り寄る有様を、憂き心地のままに歌に詠みましたことなど、思い出されておりました。

ことのほか喜びを見せられたのは行平殿でありますが、産室より出られて、この歌の会をご覧になられる御息所のお姿も、たっぷりと弥生の空に染まられて、おおどかに笑みおられます。

その傍らには、乳母に抱かれた赤子が、まだ目も見えぬままに広やかな空に目を放たれておられました。

恐ろしきことなれど、すべては定められた天の命のようにも思える業平でございます。

図らずも生まれ出て来た玉の子が、在原一族の救いとなるのにくらべて、業平の周りには、衰亡や別れもありました。

長年慣れ親しんだ紀有常《きのありつね》の妻が、尼になり、姉が先立って仏門へ入りました所へと、出て行くことになったのです。

有常は三代の帝にお仕えして、栄えたころもございましたが、御代が変わり、世の移ろいもあり、零落して参りました。

そのようであっても、雅な趣味ふるまい、直な心は、恵まれしときと変わらず、日々の俗なことには関わらず、貧苦にもなすすべなく過ごしておりました。

今は睦まじい仲ではなくなった妻ですが、いざいざ出て行くとなると、有常も気の毒で心痛み、何ほどか扶《たす》けねばと思いますが、貧しさゆえ叶いませぬ。

思い苦しみ、業平のもとへ、この次第を書き送りました。

このような成り行きにて、今はお別れ、と出て行こうとする妻です。とは申せ、なにひとつしてやること出来ず、このまま出て行かせるのが心残りなのです。

手を折りてあひ見し事を数ふれば
十《とを》といひつつ四つはへにけり

指を折り、夫婦として生活してきたのを数えれば、十を数え、また十を数え、それが四回も経ってしまったのです。

この文を受け取り業平、舅となる人の悲しみに胸ふたがる思いです。

昔のこと、有常の邸に立ち寄り、西の対より釣殿へと歩みし折り、廊が途中にて崩れたままであったのを思いだし、またあの折りに目にした業平の一子のこと、和琴の方のことなど、いかになされておるかと、案じられるのでした。

有常に業平は、女のために衣類や夜具なども贈りました。嵩《かさ》のある衣は縫い糸を抜けば、たちまち布となり、物々に代えることも叶います。

衣に、このような歌を添えました。

年だにも十とて四つはへにけるを
いくたび君をたのみきぬらん

歳だけでも十を数えて四回が経ってしまったとか。その間に、あの御方は幾たびあなたを頼りになさったことでしょう。

本当に深い仲でございますね。

衣類などと歌を受け取られた有常は、業平の懇《ねんご》ろな心遣いに感じ入り、涙を流しました。

この衣を出て行く妻に贈り、業平に歌を返しました。

これやこのあまの羽衣むべしこそ
君が御衣《みけし》とたてまつりけれ

この衣こそ天人《あまびと》が身につける羽衣なのですね。だからこそ、あなたのすばらしいお召物として着ておられたのですね。

有常は心安らぎ、有り難き温情を頂いた業平に、もう一首重ねて、このような歌を贈ったのでした。

秋やくる露やまがふとおもふまで
あるは涙のふるにぞ有りける

秋が来たので、それゆえ露が置いたのでしょうか。露か涙か判らぬほどに私の袖が濡れております。あなたへの感謝の涙が、この袖に降り、濡らしたのでございます。

業平、和琴の方と一子のこと、心を尽くさねばならぬと、思い定めたことでございました。

紅葉の錦

清水《きよみず》の音羽山より西をのぞめば、小塩山《おしおやま》のなだらかな姿を、遥か遠くにとらえることができました。

その小塩山の麓に大原野《おおはらの》神社がございます。

この社は、藤原一族の女人にとりまして、とりわけ内裏へ入られた女人には、つねづね疎《おろそ》かには出来ぬ神社なのでございます。

始まりは桓武帝が長岡へ遷都なされた折りのこと。奈良の春日大社より分霊され、藤原家の守り神として建立されました。

藤原一族の女人が、皇后や東宮の母となるべく祈願を行い、叶えられた折りには御礼の行列をなして参詣いたしました。

さて、御息所《みやすどころ》高子《たかいこ》様が、大原野神社へ行啓《ぎょうけい》なされたのは、紅葉の鮮やかな頃でございます。

すでに貞明親王は立太子され、その位をおびやかすものとて他になく、祈願と申すより御礼の参詣でございました。

都を出てより行列は、おおしし、おおしし、の前駆《さきがけ》の声も賑わしく進みます。

御息所が乗られた糸毛車《いとげのくるま》は花で飾られ、遠くより一目でそれと判ります。

女房たちの牛車や、お伴の上達部《かんだちめ》などの官人たちもあとに続きます。

近ごろ、これほど大層な行列はないようで、見物人は後を追うように都より続きます。

都より外れますと、たちまち稲穂の黄金色の波。

秋の陽が注ぐ中を進む行列に、都人も在地の田子《たご》たちも、拝みぬかずきます。

業平は近衛《このえ》の御役《おやく》にて、この行啓を護らねばならぬ立場でございますが、それにしてもこの大和絵のような景色に、心奪われる一人でございました。

私はその昔、あの糸毛車の中におられる御方と、心を交わし密《みそ》か事を持った。

それが恐ろしくもあり、誇らしくもあるのです。

大原野神社本殿へは杉山のふもとより、長い参道が続きます。

御息所、小輿《こごし》に乗り移られ、神官の迎えの案内《あない》にて本殿へと進みますが、傍らには、杉の間に楓紅葉の朱《あか》や紅が散り溢れておりました。

そのすべてを業平、離れたところより護り見ております。

御息所はこの日のために御衣《おおんぞ》を新たにされ、髪も良く調《ととの》えられ、杉山の中の一点の輝きとなられました。

女房たちも主人が誇らしげで、今日は女たちの日であると言い立てんばかりに、背を伸ばし勢いついております。

参道もまた、長い行列となりました。

御息所の他はみな、石畳を徒歩《かち》にて行きます。

供物《くもつ》を運ぶものたちの沓《くつ》音が、木々に吸い込まれ、ふたたび鳥たちの声とともに、天上より降り下りて参ります。

神社はこの日のために準備なされておりました。都より貴人の参詣は数ありますが、この度はまた、特別なのでございます。

御息所高子様は、社殿の控えにて身を繕い、供物を奉じたのち、滞《とどこお》りなく儀式が行われました。

御神酒《おみき》がふるまわれ、それが下々にも回されて参りますと、前庭にて奉納の東遊《あずまあそび》が始まりました。控えの者が舞台を囲みます。

舞人《まいびと》は、青摺《あおずり》の小忌衣《おみごろも》に細太刀《ほそだち》を佩《は》き、和琴や笛に合わせてゆるゆると舞い動きます。

音曲は朱塗りの本殿を這い上り、空へと抜けて参るのです。

覗き見た高子様の御面《おんおもて》は、本殿の朱を映してことのほか神々しく浮き上がります。業平は持ち場より息を詰めて見上げるのでした。

嵐の夜、業平の背に縋りつかれた御方と、今このお姿と、いずれが真《まこと》であろうかと。

車に戻られた御息所は、用意されてありました禄《ろく》を、人々にお与えになりました。

参詣に従駕《じゅうが》したものたちへの、御労《ねぎら》いでございます。

衣装や巻絹など、位により差がありますが、いずれも有り難く押しいただきます。

皆には女官たちが順に、お渡しになりましたが、業平へは最後に、車の後ろより高子様自らの手にて、単衣の御衣を渡されたのです。

さらに御声を掛けられました。

「警護の御役目、ご苦労でございました。業平殿より、言祝《ことほ》ぎの歌、頂きとうございます」

その御眼差しは、包み込むほどの柔らかなもので、業平、御息所の面を目近に見上げながらお応えいたしました。

「言祝ぎの役は、このような翁《おきな》にこそ、相応《ふさわ》しうございます」

ことさらに翁、と申したのです。あなた様との密《みそ》か事《ごと》はすべて若きころのこと。いまや翁の身、せめて言祝ぎの歌を。

大原や小塩《をしほ》の山も今日こそは
神代《かみよ》のことも思ひ出づらめ

この大原の小塩の山も、今日の良き日こそ、遠き神代のことを思い出していることでありましょう。私もまた、あなた様との昔のことを、神の代のことのように有り難く思い出しているのです。

業平の歌をなぞるように、供人たちが声にて和します。

それによりこの言祝ぎは、皆の思いとなりました。

御息所と業平、車の上と下にて、ひたと目が合いました。

そこには年月の距たりこそございましたが、執心より離れた友のような、深くあたたかな思いが満ちておりました。


大原野参詣を終え、間を置かず高子様の女官が御文を届けて参りました。業平打ち驚き、文を開く手が震えます。

その御文には、大原野参詣の警護への謝意とともに、あの折りに歌会《うたかい》を行うことが出来なかったのを無念に思う高子様の御気持ちが、綴《つづ》られておりました。

御文の意は、このようなもので。

嵯峨帝の御代より、神泉苑や交野《かたの》離宮などへの行幸後の宴にては、随行の侍臣たちによる詩会が持たれましたが、この度の参詣はそれが叶わず、心残りなことでございました。大原野の紅葉を思い、歌会を催したく、業平殿をはじめ、業平殿が目に留められる方々にお計らい下さりたく、とのこと。

女官が話すには、高子様は帝や院の御幸に合わせて行われてきた詩会を、自らは漢詩《からうた》ではなく和《やまと》歌《うた》にて催したいと、長く願って来られたのだとか。

嵯峨帝がお命じになられた初の勅撰《ちょくせん》漢詩集、凌雲集《りょううん》も、重ねて読み込んで来られた高子様ですが、真名による漢詩にはどうにも馴染めず、仮名による和歌こそ広めたきもの、とのお気持ちのようで、業平殿にもご賛成、ご甘心いただきたい、とのこと。

「私め、心より同意いたします。紅葉の歌会、能ある御方々を伴い、よろこび参じます」

と、文をお返ししたのです。

その夜、大原野神社にて賜った単衣の御衣を胸に抱き、業平は遠く高みに昇られた高子様を思いました。

恋情の顚末《てんまつ》を越え、いま高子様は業平を、歌詠みとして高く評して下さっている。

畢竟《ひっきょう》、残るは歌のみ。身は枯れて土となり果てても、歌は残る。言の葉に乗せた思いのみ、生身にかわり生き残る。

唐より来た文字の真名には、唐の思いが宿るが、仮名にて詠まれるこの国の和歌は、この国の人の思いとして伝わり残るのを、あの高子様が感得されておられるのです。

高子様が召し集められた歌会に、業平は若い素性《そせい》と、藤原敏行《としゆき》を伴い参じました。

素性は僧正遍昭《へんじょう》のお子で、早くに出家なされていますが、洒脱《しゃだつ》な歌を詠まれる才の方。また敏行殿も歌詠みとして優れておられるのみならず、有常殿の娘を妻になされており、その姉妹である和《わ》琴《ごん》の方を妻にした業平とも、何かと縁《えにし》がございました。

邸に着いてみれば、文屋康秀《ふんやのやすひで》殿の顔もありました。皆、高子様の大原野神社参詣に従駕されており、歌詠みとして名のある方々ばかり。

高子様のお力と和歌への思いを、あらためて深く知ることに。

御簾より出られた高子様は、ゆるりと皆を見回され、

「……大原野より戻り、紅葉の錦が褪《あ》せぬうちにと、この歌会を催すことにいたしました……このたびのご参集をよろこび……」

とお声を掛けられます。皇妃としてはあり得ぬこと。

そのお顔には、帝ばかりではなく、妃も公の行事ののち、歌会を行うのが道理であるとの自信に溢れております。

「……唐より渡来の真名文字は、理《ことわり》の文字でございますが、仮名にて詠む歌は、何より情深《なさけ》うございます。この先は、情けを伝える世となりましょう。帝により選ばれました詩集のように、やがて勅撰《ちょくせん》の歌集も編まれることになりましょう。後の世にては、真名に並ぶ仮名となるよう、御方々のお力をこそ……」

高子様の御声に、皆みな顔を見合わせたのち、手をつき伏します。

これほどまでのお気持ちの表明は、よほどの御覚悟があってのことでありましょう。

業平は漢詩を好みませぬが、ここに集い参られた方々はみな、真名による絶句や律詩にも心得が

あり、白居易などそらんじておられます。

とは申せ、後の世にては真名の詩に並ぶ仮名の歌となること、みな得心し、頷きおるのでした。

さてどのような趣向の歌会になるのかとみな、様子を窺いおりますところ、女房たちにより、屏風が開かれました。

ほう、と潜めた声がありました。

紅葉と川の絵でございます。

紅葉は流れに散りかかり、水の面《おもて》に浮かび沈む朱《あか》や紅が、鮮やかに描かれております。流れは急にて、岩や淵に紅葉が溜まり、それがまたすぐにも流れの面に戻り行きそうな、一刹那をとらえてすべてが動いて見えます。

「去年《こぞ》の秋、竜田川に逍遥《しょうよう》いたしました者が、戻り来てこの屏風に描かせたものです」

この絵はいかがかと問われますと、皆それぞれに、竜田川のこと思い出《い》だし申し上げました。

「あのあたりの秋の逍遥は、まことに風情があります。信貴山より大和川に沿い下りました。竜田川の紅葉も、このようでありました」

と申されたのは文屋康秀殿。情多く、歌の才も有り余る御方。

「竜田川へは、奈良に狩りをした折り、馬にて参りましたが、紅葉の季節には早く、心残りでございました」

これは敏行殿でございます。

「私はまだ、竜田川の紅葉を知りませぬが、このように色鮮やかであれば、またもや神の代を思います」

これは業平。

大原野神社への参詣の折り、禄《ろく》を賜《たま》わりまして詠んだ歌、神代のことも思ひ出づらめ、につなげて、申したのです。この歌会は大原野参詣の後《のち》の宴《うたげ》として召されておりますので。

「この屏風の紅葉を見て、歌にしてはいかがかと」

若い素性《そせい》は、初々しく僧衣の腕をめくり上げ、すでに筆と紙を取り上げておりました。

早々と歌を詠んだのは、素性《そせい》法師。

もみじ葉の流れてとまるみなとには
紅《くれなゐ》深き波や立つらむ

紅葉の葉がこのように流れて行く先の港には、深い紅の波が立つことでしょう。

急ぎ詠んだとわかる、直な歌。

屏風絵のそのままの景でなく、紅葉が流れゆく先の様子を、紅の波に見立てたのは面白い。

他の方々も、さまざま詠みましたが、最後は業平の歌となりました。

業平こそ歌会の要であるとの、高子様のお示しでありましょう。

業平は、この歌会が大原野参詣の後の宴としてあることを忘れず、神の代を詠い込みました。

ちはやぶる神代も聞かず竜田川
唐紅《からくれなゐ》に水くくるとは

神代の昔にも聞いたことがございません。この竜田川の紅葉は、唐紅の色に括《くく》り染めをしたように、紅くまだらに、錦をなしております。何と華やかで哀れなことでございましょう。

神の代から今日の日、さらに末々まで、この艶やかさは色褪せません。

そのような意の歌でございます。

皆は頷き、唐紅の括り染めの鮮やかさを言い合いました。

布を糸で括り、草木などの汁にて染めたのち解けば、そこに現れる文様は、まさに紅葉の葉のようであります。

歌会の終わりに皆、高子様より禄など賜りました。

業平、この歌会の成り行きに安堵し、覚悟もいたしたのです。

これからは詩でなく歌の世にしなくてはならない。それが高子様の望みであり、業平に頼まれたお役目でもあるのだと。叶うことのなかった恋情は、行く末々まで歌の世を、子宝としてこの国に残すのだと。

潮《しお》干《ひ》潮《しお》満《みち》

清和帝が皇太子貞明親王に譲位されたのは、貞観十八年の冬でございました。

翌春の即位の用意も整いまして、母君高子《たかいこ》様は、いよいよ皇太夫人《こうたいふじん》となられます。国母としての立場は、揺るぎなきものとなりました。

基経《もとつね》殿は引き続き摂政となられており、亡き良房《よしふさ》殿の願いは、全きまでに叶ったのでございます。

譲位に伴い、天皇の御名代として伊勢へ遣わされておりました恬子《やすこ》斎王が、退下《たいげ》なされましたのもこの冬。

恬子斎王は三十一、業平は五十の峠を越えておりました。

狩りの使いとして、伊勢斎宮を訪ねてより、すでに十年《ととせ》を越す歳月が経ちおります。

恬子様は尼となり、東山の山里に隠れ棲まわれること、恬子様の兄君惟喬《これたか》親王より聞き及んでおります。

斎王を務められた御方がみな、退下ののち尼となられる訳ではございませんが、一度は伊勢の神にお仕えした身、ほかに処《し》すべき道もないと思われ、業平、胸が痛みます。

ご無事で都へ戻られたとの報らせは喜びでございましたが、あの夜、客殿の逢瀬にて生まれた子のこと、さぞお苦しみがあったであろうと思えば、お迎えに参るのも憚《はば》かられました。

斎宮の長官の車にて相見た子も、すでに十歳になるはず。

付き人の伊勢に抱かれた赤子の行き先は、恬子様にも業平にも明かされてはおりませぬが、風のたよりでは、伊勢神宮のお役を勤める高階家にて養われておりますとか。

高子様が皇太夫人となられるのに比して、なんという寂しき成り行きでありましょう。

その責は、業平にもございます。

とは申せ、片割れ月の夜の共寝は、一夜限りのことゆえ尚更《なおさら》に、身に焼き付いておりました。


東山には、業平も隠れ棲むことがありました。芥川にて高子様を失い、失意の中にて世を恨んで暮らした日々のこと。

恬子様の兄君惟喬親王も、出家なされて東山へ移られております。妹君の恬子様が兄君を頼られて山里にて尼になられるのも、流れでありましょう。

とは申せ、雪深い山里の、白い闇に包まれた暮らしは、都の彩りとはあまりに離れておりますようで。

業平は、訪れるお許しを得たくて文を贈りましたが、尼の暮らしに都人の唐絹の綺《き》や綾《あや》は似合いませぬ、山が色を纏《まと》う時節になればあらためて、とやんわり拒まれたのです。

業平は、尼となられた恬子様のお姿、とりわけ背の半ばにて絶ち切られた御髪を思いますと胸痛み、さらに文と歌を贈りました。

あなた様が世の中をいとわしく思われましょうとも、世の中はあなた様をいとわしくは思わぬもの、と詞を置き、歌を詠みました。

そむくとて雲には乗らぬものなれど
世のうきことぞよそになるてふ

世を背く身と申しても、仙人のように雲に乗ることなどありはしませぬが、山里に隠れ棲まわれると、世の憂きこととは縁が無くなると申しますね。

いかがでございますか。憂きことに染まり暮らす私には、羨ましき心地でございます。

羨ましい、のは真《まこと》でございました。すべてを脱ぎすて、身を山里の雪深い庵に捨て置くことが叶うものなら。

惟喬親王は二十九の齢《よわい》に、妹君の恬子様は三十一になられた折りの出家。

いずれも世の彩りを捨てるにはお若過ぎました。業平は五十を越してもまだ、その境地には到りませぬ。この執心を仏は、受け入れては下さらないでありましょう。

東山に雪あるうちは、業平も尼となられた恬子様をお訪ねするのを、ひかえておりました。伊勢より退下《たいげ》され、いまだ日も浅いことゆえ、まことに木々が錦を纏う季《き》になれば、業平の訪れをお許しいただけるのではなかろうかと。

そのように待ち居ります折り、都に夏の報《し》らせをもたらす賀茂《かも》の祭がありました。その祭見物に、恬子様が都に来られて居るとの憲明《のりあきら》の耳打ちに、業平、胸騒ぎます。木々の色付くまではと、拒まれておるのを思えば、そのつれなさが身に染みます。とは申せ、祭見物なさるまで、お心を開かれておられると思えば、安堵され、まことに有り難くもあります。業平はいくらか浮き立つ思いに、弄ずる心地が加わり、このような歌を、祭見物の牛車に贈ったのでした。

世をうみのあまとし人を見るからに
めくはせよともたのまるるかな

俗な世を厭《いと》われて尼となられたあなた様。海女ではなく尼であられますのに、海布《め》を食わせて、いえ目配せなどしてほしいと、人は期待をしてしまうのではございませぬか。

期待してしまうのは、業平自身でございますが、この歌を恬子様はどのように受けとめられたのか、祭の途中にて車を返して、東山にお戻りになられたのです。

文使いを果たした憲明は、その次第を伝えたのち、申しました。

「……まことに、控えめに、目に立つのを避けられ、いよいよ尼の暮らしを全うされましょう」

業平が口軽く詠んだ歌を責める様子。

業平もいささか悔いを覚えますが、恬子様らしいとも、苦笑いでございました。


さて賀茂の祭より日がたち、蛍飛び交う短夜となりました。

業平のもとへ、恬子様より文が届いたのです。

お願い致したき事ございますれば、秋風の立つまえに、庵をお訪ねください。

ああ、ようやくお目にかかれるお許しが。

嬉しさのあまり弾みおります。

とは申せ、女人を多く知りたる業平も、深くは解らぬのが女人の真《まこと》なのです。

ましてや世を捨てておられる恬子様でございます。

どのような御用でありましょうか。

山へ入る供人へあれこれ命じておる最中《さなか》にも、掻き曇る心地がきざします。木立を抜けて東山へさしかかるあたりになるといずこからか、夕鐘の低い音が山肌を這い参ります。枝が車を撫でる音もまた、風情と申すより漫心《すずろごころ》にて、落ち着きませぬ。庵に着き、先駆《さき》の者が告げましたところ、迎えに来られたのはなんと、かの地にて杉あるいは杉子と呼ばれた、伊勢の方でございました。

十年《ととせ》もまえ、牛車の中にて、赤子を抱き護《まも》っておられたのを覚えておりますが、恬子様が伊勢へ発遣《はっけん》される折りより、離れずにおられたのでありましょう。

あらためて見れば、斎宮にて紙燭《しそく》を手に斎王を案内《あない》して参られた女童《めわらめ》とは思えぬ、艶なる風情。とは申せ、伏し目ながら、あのころの気丈な姿が、振る舞いの其処此処《そここ》にも見えて、業平にはおもしろい限りです。

奥の庵室へと入りますと、そこには鈍色の几帳《きちょう》が置いてありました。すでに暗く、几帳の前に置かれた高灯台の油皿の中で、細い炎が心もとなげに揺らめいております。

几帳の内より、声がありました。

「……このような山里まで、ありがとう存じます……」

紛れもなき恬子様の御声。

「お懐かしうございます。あまりに久しうお目にかからぬまま、このように俗世を離れたお姿となられてお会いしますとは……どうぞこの几帳をお取り払い下さい」

「いえ、しばしこのままにて」

伊勢の客殿にて共に見た月や白砂が、目の前をたゆたいおります。

一夜かぎりでございました。

「……この業平、伊勢より京へ戻る道も、ひたすらあなた様を思いつづけておりました。応天門が焼け、変事が起きますと、都より伊勢の方が安らかにお暮らしになられると、安堵さえいたしておりました」

「……都の平安を祈りおりましたが、私の祈りなど力及ばぬことばかりで」

「なにゆえ出家など」

恬子様は応えられず、几帳も取り払われることなく、静かに申されたのです。

「……千の夜を共寝したところで、忘れるときは忘れます……一夜のみでありましても、生ある限り変わらぬものもございます」

「まことに」

業平、たしかにあれは一夜かぎりであったのだと、不思議な心地がいたします。

幾度も通った女人より、身に深く入り込んでおるのです。

「……一夜を忘れぬために、重ねてはお会いいたしませんでした。退下の報に、すぐさま出家を決めました……さすれば都も、業平殿がお暮らしの俗世ではございませぬ」

「それはまた、恨めしきこと。お姿を……」

「……どうぞそれはお許し下さい。髪を下ろした私などより、おそばでお世話申し上げる人がそこに……」

見れば几帳の傍らに、伊勢の方が両手をつき、侍りおられます。

恬子様の声に、あらためて体を向け目をやります。

几帳の傍にて両手をつく姿は、首筋に竹を入れたほどの直ぐさ。業平の目を受けとめても、動じる様子はございません。

伊勢の方は、斎王との逢瀬が叶いしのちに、歌を詠みかけてこられた才の持ち主。

都の殿方は珍しいとの、在るがままの直《なお》な気持ちを詠まれた歌でございました。

業平には思いがけないことではありましたが面白く、とは申せ、斎王への思いも強く、その折りは返しの歌もありきたりで捨て置いたのでありました。

斎王の気高いつよさが鋭い月の光りとすれば、伊勢の方は、白き陽の満ち溢れるつよさと申せます。これぞ若さか。

業平の惑いに、恬子様が声を掛けられます。

「……お願いと申すのは、この杉でございます。今日まで長く私に仕え、縁付くこともなく参りましたのを、かねがね心痛めておりました。都へ戻りしのちには、良き縁などあればと案じておりましたが、このような山里の暮らしでございます。業平殿のおそばに……」

業平は驚き、しばらく言の葉も出ません。妾《しょう》か妻に、との申し出でございます。

恬子様は几帳の内より、透き通る声にて続けられます。

「賀茂の祭見物に、都へと参りましたのは、この杉の願いがありましたからで……杉にはこの山里の暮らし、堪えがたきことのようで……」

それとは知らず業平、弄する歌など贈り、この山里へ追い返すことになりましたこと、胸痛みます。

「……どうぞ業平殿、このまま杉をお連れなされて、都へお戻り下さいませ。杉には言い含めてございます」

伊勢の方は、恬子様の杉という呼びかけに、肩をふるわせております。

業平、恬子様の頼みに呆れ、思い惑いました。

伊勢の地にてこの付き人が、業平に懸想の歌を詠み贈ったことを、ご存じなのかもしれません。

いえ、杉こと伊勢の方は恬子様に、何かの折りに、躊躇《ためら》いもなく語りあかしたとも思えます。

恬子様の願いとは、若いこの女人を預け頼まれることであったとは。

お答えできぬまま、しばし時が経ち、伊勢の方が、伏せておられた面《おもて》を上げられました。

そしてきりりと張りのある声にて、申されたのです。

「……私は業平殿の元へ参ります。内親王《みこ》の願いに背くことは致しませぬ。ではございますが、妾《しょう》にも妻にもなりませぬ。私はこのような年寄りは好みませぬ。下女としてお仕えいたします」

本心からか、恬子様へのはばかりか。それとも伊勢にて捨て置かれた業平への、当てつけか。業平、あまりにいさぎよい伊勢の声に、思わず笑い声を立てました。伊勢の方も自らの声に、童のように笑われます。つられて几帳の内の内親王も、鈴虫のような声を上げられました。

このように自らの心を言いつのる女人がおられようとは。

「ならば急ぎ、お発ちくださいい。お二方のお背を、几帳の内より垣間見にて、お送りいたします」

業平、笑いがたちまち心苦しさへと変じ、袖を顔に当てて息を止めております。

「……このような願い事など、思いも及ばぬことでありました」

「今生は儚《はかな》く、あの世もまた朧《おぼろ》にて、すべて夢かうつつか判らぬまま……お別れいたします」

伊勢にての歌、夢かうつつか、を思い出し、さらに袖が濡れます。

疾《と》く発たれましょう、の声に追われて、業平は伊勢の方の手をとり、几帳より離れます。

去りかけていまいちど几帳に振り向き膝を突くと、溢れる思いの中、深く低頭いたしました。

恬子様、これにてお別れでございます。

都へ連れ戻りました伊勢の方でございますが、高倉邸の西の対にしばらくお住まいになられました。

このような年寄りは好みませぬ。

恬子様の御前にて、ありのままのお気持ちを申されたのは、業平の胸に刺さりおります。

このお方の優れたところはまさにこの直なお気持ち。

さよう、私は年老いた。

業平は五十を過ぎた我が身を、静かに眺めております。

伊勢にて業平に、懸想文を贈り寄越したのも、自らのお気持ちを偽らないゆえのこと。月日が経ち、今となりましては、業平を年寄りと呼ばわり、妻となるのを拒まれるのも、偽りのないものでありましょう。

業平も、若きころのように、強いて西の対を訪ねることをいたしません。このお方の気丈さを楽しみ面白がっております。

たとえばこのように。

長雨の昼など西の対に参り、伊勢の地を懐かしみながら昔を偲《しの》ぶ折りのこと。

老いたればこそ、あの白き明るさの満ちた伊勢へ、共に行き住みたいものだと誘い試《ため》すと、このような歌を返して参ります。

大淀の浜に生ふてふみるからに
心はなぎぬ語らはねども

伊勢の国の大淀の浜に生えていると申す海松《みる》ではございませんが、私はあなた様のお顔を見るだけで、心は穏やかに満ちております。共寝などしなくとも。

いつもながらにつれない様子。

とは申せ、歌の才は見事でございます。

共寝より歌の遣り取りこそ面白い、などと思う業平です。

業平、伊勢の方のつれなさに溜息をつきつつ、歌を返してみました。

　袖濡れて海人《あま》の刈りほすわたつうみの
　　みるをあふにてやまむとやする

袖を濡らして海人が刈り干す海松《みる》ではありませんが、見るだけで共寝したことにして、終わりにされるおつもりか。

それは何とも恨めしきこと。

するとなかなかに早く、お返しがありました。

　岩間より生ふるみるめしつれなくは
　　潮干潮満かひもありなん

岩の間に生えている海松布《みるめ》に掛けて申しますが、見る目だけ、顔を見るだけではつれないと仰るのであれば、潮の満ち干の時に貝が在りますように、日を重ねて来られますなら、効《かい》も現れるでしょうに。

遣り取りこのように面白く、業平ふたたび歌を返します。

涙にぞ濡れつつしぼる世の人の
　つらき心は袖の雫《しずく》か

あなたを思い流す涙に濡れて、ぐっしょりと萎れております。この世の中のつれない女人たちのお心は、私の袖の雫となり、濡らしてしまうことですよ。

打ち負けた様子にて、恨み言など申しますが、業平この伊勢との遣り取りに、満たされておりました。

恬子様は良き人を遣わされた。才ある人は、飽かず味わいのあるものよ。

鶯《うぐいす》のこほれる涙

陽成帝が即位された翌春の除目《じもく》で、業平は右近衛権中将《うこのえごんのちゅうじょう》に任じられました。歌人としては宮中にても信厚く、頼りにされておりますが、官人としての栄達は諦めておりましただけに、業平にとりまして、何よりも驚きでございました。

そのような折り、いまや皇太后となられた高子《たかいこ》様の女官より、文が届けられたのです。高子様は、宮中の常寧殿にて、歌会《うたかい》なども催され、すぐれた歌に白き大袿《おおうちぎ》などを与えられております。

先の、紅葉の屛風を見ての歌会よりこの方、こうして召し集うこと、幾度かございましたので、歌会の報らせとばかり思い、文を開けました。

歌ひとつ、記されておりました。

雪の内に春は来にけり鶯の
　こほれる涙今や解くらむ

まだ雪が降るなか、立春を迎えた嬉しさゆえ、凍っていた涙を解かして鶯は、鳴くことになりましょう。

長き冬でございましたね。これからは涙も解けますゆえ、鶯のごとく存分に鳴き、どうぞ歌を詠いあげて下さい。

この文ひとつにて、業平の昇進が高子様のご配慮によるものだと判りました。

難路を耐え進むだけでなく、拓《ひら》き整えるお力を高子様はお持ちなのだと、業平いまさらながら有り難く、仰ぎ見る心地がいたします。

漢詩の世から仮名の和歌の世へ。

高子様ならば、その大夢を叶えてくださる。

歌を詠み継ぐことで、あが国の言の葉は、潤いのある情や恋を後の世まで運ぶことが叶うのだと、業平は鶯となり都の空を飛び回りたい心地でございます。

業平の昇進に比して、思わぬ凋落《ちょうらく》や不幸せもございました。

これも世の定めでございましょうか、何事も思いにまかせず、常ならずなのです。

そのひとつは、有常《ありつね》殿が身罷《みまか》られたのでございます。

長年の妻が尼となり山里に移られてより、さまざまなご心労が重なりましたのか、正月のあれこれの儀式が終わるのを待たれたかのように、お命は儚《はかな》くなりました。

業平、和琴《わごん》の方と一子に、相応のことを致しました。

ほかにも思わぬ凋落がございました。

歳は業平より二つ上ながら、官人として早々に昇進をとげ、風流人としても六条に大きな河原院を造営され、羨《うらや》む人の多き源 融《みなもとのとおる》殿でございましたが、基経《もとつね》殿との確執がいよいよ顕わになりまして。

陽成帝の御即位を機に、基経殿のお力が目に見えて強くなられたことが、大いなる因由《いんゆ》と思われます。

源融殿は、左大臣正二位のお立場、基経殿は摂政右大臣従二位でございます。

業平にとりまして基経殿は、高子様の御兄君であり、いまや政治《まつりごと》の采配をふるわれるお方、融殿は私事《わたくしごと》や歌のお仲間として、長らく信じ寄り添う間柄でございます。

年の暮れになりまして、基経殿の振る舞いに立腹なされた融殿が、上表をなされました。

帝への訴えでございます。

左大臣の職を解かれんことを請うと。

自ら職を辞することで、基経殿への異議となされたのです。

帝のお許しはなく、詔《みことのり》をもって収め置かれて参りました。

ところが、歳あらたまりましても融殿は重ねての上表。お気持ちの固さが、業平の心を重くさせました。

源融殿の辞意を受けた帝は、辞意の撤回を諭すお役に、業平を選ばれたのです。

ここにも、わずか九つの幼き帝にかわり、高子様のご采配が働いたのでございましょう。

朝廷の中は、常に力の勢いがせめぎ合うております。

業平の立場は、そのせめぎ合いの仲立ちを為したり、心を通じ合わせて収めたりの、お役が多くございました。

歌会などにて、人の思いの哀しさ儚さを伝え合う、要の人物であります。荒立つ政治《まつりごと》の押し合い引き合いを鎮めるのにも、相応《ふさわ》しいお方であると、皆が認めておられるゆえで。

官位のみでなく、和歌に優れた人物が尊重されるのも、そのためでございましょう。

業平が新たな年号、元慶元年の冬に従四位上の位階を頂きましたのも、そのような能を頼みとされたに違いなく。

ならば源融殿に、辞意を収めてもらわねばなりません。

とは申せ、業平も融殿の怒り、身に染みて得心いたしておりますゆえ、心苦しいお役でございました。

融殿のお住まいは、その名の通る六条の河原院ではなく、このところは父君嵯峨帝ゆかりの嵯峨の地に、河原院とは趣きの異なる御堂をつくられ、ひそやかに隠れ暮らしておられるのでした。

河原院は何と申しても、都の真中に鄙《ひな》の暮らしを持ち込まれて風情となされたのですが、嵯峨の地はもとより山里でございます。

おのずからなる山里の哀れがございます。

いまだ完成はいたしておりませぬが、この山里の邸《やしき》を、融殿は棲霞観《せいかかん》と呼び、その名のとおり霞の中に棲み暮らしたいとの、隠棲《いんせい》のお気持ちが邸の名にも表れておりました。

正月三日、業平は融殿を訪ね参りました。

嵯峨野は風強く、竹林をしならせる音は恐ろしげで、業平の心持ちも重苦しいばかり。

大覚寺の南あたりに、その御堂はございました。

車を降り歩みますと、流れの音聞こえて参ります。

西山より流れ下る川に松の影落ちて、山里の哀れが極まります。

父君嵯峨帝の離宮の縁《えにし》があるとは申せ、このような地に侘《わ》び棲《す》みたい、とのお気持ち、業平には半ば与《くみ》する心あれど、半ばは心得難し。

業平の来し方を知りおられる融殿です。基経殿の隆盛を目の前にして、なにゆえ諄々と官人の勤めを受け入れているのかと、業平を口惜しく思われてもおられましょう。

いかにすれば、度重なる辞意を翻すことが叶うのか。

先に文を遣りましたので、融殿は業平のお役を心得て、待たれておりました。

まことに簡素に作られた御堂に上がれば、融殿は、ささやかながら酒席の用意も調《ととの》えられておられました。

「在五の中将殿、嵯峨野の果てまで、よう見えられました」

この呼び名を、融殿より聞こうとは、嬉しくもまた、心恥ずかしくもございます。

在原氏の五男にして、いまや右近衛権中将となりました業平、このところ在五中将と呼ばれることも増えて参りました。

在原一族の名が、政治《まつりごと》とは別の流れとして世に残ることを、ひそかに誇りに思い居ります。

「……あれほどお見事な河原院の邸をお造りになりながら、このような簡素《ことそぎ》たる御堂にお棲まいとは……」

「いえいえ業平殿、よう耳をそばだてられてくだされ。滝音など聞こえませぬか」

たしかに何処からか滝の音が致します。とは申せそれは、西山よりの清流の音に混ざり、事々しくは聞こえません。

融殿は侘《わ》び棲まいとは申せ、やはり滝など造られておられるのでした。

都の真中に、塩竈《しおがま》の煙を立ちのぼらせる事々しさに比すれば、この山里の滝はいかにもわざとならず。

わざとならず、に見えますのも、秘された技とご意志があればこそでございましょう。

河原院に比して、趣きへの思いは一段と深まりましたように思えます。

業平は、用向きを申し出《いだ》すこと叶わぬまま、家人の運び来ました酒と酒菜を、ありがたく頂きます。

　こうして融殿と二人で、もろもろ話しの出来るのが、嬉しくもあるのです。

「……遠き日々にございますが、難波津より芦屋までお伴いたしたことがございました」

「さよう、芦屋よりさらに布引の滝まで馬を駆りました。白玉の飛び散る、大きな滝でありましたな」

「……いずれの地でありましたか、明らかには思い出すこと叶いませぬが……融殿は山に入る夕陽を見て、あの山の端を崩せば、良き邸が造れると申された……私はそれを耳にして思いました。融殿は、想念の中の風情をそのまま地の上に現すため、自然《じねん》の貌《かたち》さえ変えてしまう、大きなお力をお持ちなのだと……」

　融殿は、業平の声を、しずかに受けとめておられます。

　お返事があるまで、長い間がございました。

「……業平殿は、思いを閉じて諦らむること、私などより長じておられます……羨ましきことで……」

「なんと、融殿が私めを羨ましいと……ご身分もお姿も歌の才も、何もかもすべてをお持ちの貴殿がそのようなことを……」

　業平、融殿の心奥を覗き見たくて、杯の手を止めたのです。

　融殿は、遠き昔を眺めるような目にて、このように申されました。

「たしかに、この齢《よわい》まで、私は御仏より幸運を頂いております。業平殿のように、良房殿基経殿《よしふさ》のお怒りに触れることもなく、恵まれて参りました。何が不足にて、官職を辞するのかと、内《うち》はじめ、いぶかりおられるのを、よう存じております」

「……まさにさようで……とは申せ、基経殿のこのところの専横ぶり、耐えがたきこともよう推し測りてございます。私めは、その朝廷より、融殿の翻意を頼まれて参りおります」

融殿は、杯を手に立ち上がられ、茅萱《ちがや》の繁るあたりを見て呟かれました。

「……業平殿は桓武帝の血を継がれておられます」

「父の阿保《あぼ》親王は、子のため早々と在原姓を賜りました。朝廷の内にての争いを嫌われたのでございます」

融殿もまた、嵯峨帝の直ぐなる血筋。源氏姓を賜わることで、皇位継承より外れられておられます。

「私も業平殿も、血筋をあきらめ、臣下となる途を歩き参りました。ただしそれが、正しくこの国のためになるのかどうか、このところ危うい心地がしております。基経殿一族の血は、私には邪《よこし》まに思われる……たとえ臣下となり姓を頂こうとも、卑しからぬ優れた血こそが、この国のためになるのでは……」

なにを申されておられるのか。

「……政治《まつりごと》の正しさが何かはわかりませぬが、私は歌に生きております。歌は叶わぬこと、為しえぬことも、詠み込むことが出来ます。命を越えて生き長らえるのも、歌でございます」

「……それで満足なのか」

「満足ではございませぬが、叶わぬこともまた、歌には必要なのでございます」

業平、重ねて申しました。

「私は、飽かず哀し、の情を尊く存じます。叶わぬことへのひたすらな思いこそ、生在る限り、逃れること叶わぬ人の実情でありましょう……飽くほどに手に入れようといたしましても、それは歌の心には叶いませぬ」

「飽かず哀し……業平殿はまことに、強い方だ。十分でなきこと、足りぬことに耐えるお力がお有りになる」

業平、日頃より思える歌のこと、融殿へは他のどなたより通じると思えて、嬉しい限り。

「……強うはありませぬ。私とて、飽くまで求め、満ちるまで手に入れとうございます。ではございますが、歌においては、すべてに満ちた歌の何と趣き薄きこと。言祝《ことほ》ぎの歌など、つまらぬものばかりでございます。恋情《こいなさけ》こそ、飽くことなどございませぬ。叶わぬゆえ歌に哀しみや趣きが生まれます」

融殿、業平の近くに戻られ、深く息を吐かれました。

「私はそこまでの境地になれない」

「さようでございましょうか。河原院の全き様より、このような山里の、川に映る松陰を好まれる心ばえ、融殿はとうに流離のご境地におられます。それこそ、尊きお血筋の成せるところかと」

融殿、笑みを浮かべられました。

「……業平殿がここへ参られたお役は」

「まことにさようで、融殿を朝廷へ引き戻すお役目でございました」

「……戻りたくはない。あのような摂政右大臣のおられる朝廷へは……」

「お心、得心いたしました。内へは程好く申しあげますゆえ、ご案じなされませぬよう」

業平、親しき融殿の思いを、受け入れたのです。

「……それにしても、面白きことよのう……私が嵯峨の山里に籠もり、業平殿が朝廷にて盛りの時を迎えられるとは……これも御仏のお心か」

さまざま思いはあれど業平、ただ面《おもて》を伏せるばかりでした。

ほととぎす

五月の白く濁る空を見上げて、業平は遠い昔に思いを馳《は》せております。あの薄い雲の上には何があるのかと。

華やぎに満ちた現《うつつ》とは別の、遠い昔の日々が、優しくも悲しげに、あの上に漂うておるようで。

元慶二年の正月、業平は相模権守《さがみのごんのかみ》に、そして翌三年十月、帝のお側に仕え、太政官の連絡に当たる職の要である、蔵人頭《くろうどのとう》を任じられました。

齢五十五の官人として、これより高い位は望めぬことを、誰より知る業平でした。

このところお腹の具合悪く、食べる気力が落ちて、朝は夢を見て目を覚まし、夜も夢の中を経て寝入る始末でございます。

業平の身がすぐれぬのは、春まだきころの、憲明《のりあきら》の思いがけなき身罷《みまか》りによるものでした。幼きころよりともに過ごし、業平の半身とも思えた乳母子が、突然倒れたのでございます。

以来、業平は出仕の他は邸《やしき》から出ることなく、鬱々と過ごす日々。世話をする伊勢は、恬子《やすこ》様にお仕えしていたころより丁寧に、業平の傍にて尽くします。伊勢はまた、業平の歌の相手としても申し分なく、邪気もなく思うままに、申したきこと口に致しますのも心地良いこと。

業平が詠んだ歌やその返しなどを、憲明が誠実《まめ》に書き留めてきた分厚い綴《と》じ紙が届けられましたときは、憲明の衷情《ちゅうじょう》に、思わず袖で顔を覆い、泣き崩れた業平でした。

その綴じ紙を、あちらこちらと開き読みますのが、このところの業平の楽しみでございます。

ふと目に留まりましたのは、まさにこの季《き》に詠んだほととぎすの歌。

あれは父君阿保《あぼ》親王がお健やかであられたころのこと、阿保親王より二つばかり若くおられた賀《か》陽《や》親王が、ご寵愛《ちょうあい》になられていた女人がありました。

良き女人なれどこのお方は好色者《すき》との噂あり、若き業平は密かに面白がり懸想し、歌を贈ったのでございます。人がなまめいて思いをかける女人へ、吸い寄せられる男の癖を、何と呼びましょうか。

賀陽親王はその思い人を、我のみの情と思われておりました。そののびやかなる思驕《おぼしおご》りに、若き業平が密かに挑み贈った歌を、憲明がこうして書き付けておりましたとは。

ほととぎす汝《な》が鳴く里のあまたあれば
猶《なほ》うとまれぬ思ふものから

ほととぎすよ、お前が行って鳴く里は沢山あるのですね。あなたを思う私はそれが、やはり疎ましく思えてしまうのです。

この歌に添えて業平は、ほととぎすの絵を描き加えておりました、まことに若気にて。

この女、傍らよりの業平の囀《さえず》りを囃《はや》すかのごとく機嫌をとり、歌を返して参りました。

名のみ立つしでの田長《たをさ》は今朝ぞ鳴く
庵《いほり》あまたとうとまれぬれば

何もないのに噂の立つしでの田長のほととぎすは、今朝は泣いております。あちこちに出掛けるなどと、疎まれておりますので。

やはり好色者《すき》でありましたようで。

時はほととぎす鳴く五月。業平面白がりさらに返しました。

庵多きしでの田長は猶たのむ
わが住む里に声し絶えずは

出掛けて行く先の多いしでの田長のほととぎすではありましょうが、やはり当てにしてしまいますよ、私が住む里に声が絶えないのであれば。

この女人と後にどのようになりましたかは覚えおりませぬが、業平、ほととぎすが霊界より死出の山を越えて来る、という言い伝えに、ふと心を摑まれておるこの頃です。

咳《せき》するたびに、伊勢が白湯を運び参ります。

「あれあれ、また昔の歌など」

と傍らより綴じ紙を覗きこみ、

「あが君は、女人にはすべからく誠実《まめ》ゆえ、思いを袖にされたことなど、ございますまい」

などと挑み申しますので、中の贈答を取りだし見せたのです。

「……これは小野に住まわれておられた見目優れたお方で、歌に秀でて小町とも呼ばれておられました……共寝を許すとも拒むとも申されず、やりすごしておられましたころに、私が贈りました歌……」

秋の野にささ分けし朝の袖よりも
逢はで寝る夜ぞひぢまさりける

秋の野に生えている笹《ささ》をかき分けて露に濡れながら帰る後朝《きぬぎぬ》の別れの袖よりも、逢えないままの独り寝の夜の方が、袖は涙でしとどに濡れまさっておりますよ。逢えない辛さゆえ。

「色を好まれる優れたこのお方が、返された歌もこれこのように……」

見る目なきわが身をうらと知らねばや
かれなで海人《あま》の足たゆく来る

顔を合わすことのない私であると、ご存じないからでしょうか。あなたは足がだるくなるほどに通ってこられますことですね。

「……このお方ばかりは、思い叶わぬことでした」

業平、叶わぬことも懐かしく、またこの歌の返しを有り難くも詠み返します。

見る目を海松布《みるめ》に重ね、「うら」に「浦」と「裏」をかけております。海松布なき浦ならば海人が来ても無駄の意、つまり無駄なことだとやんわり申されておられます。裏には女の憂き身がほんのり重なり見えて、拒まれはしたものの、今となればこれほどの歌人との贈答を、誇らしく思うのでした。

日々、身体の弱りゆく業平ではありますが、遠い昔への思いはさらに明らかに蘇り参ります。春日野の里より見舞いの品などが届きますと、若き日に憲明らを伴い鷹狩《たかが》りに馬駆けさせたのを、初冠《ういこうぶり》を終えたばかりの昂《たか》ぶりとともに、昨日のことのように思い出すのでした。

柴垣《しばがき》より垣間見た姉妹、あの折りは幼き心ゆえ行き過ぎましたが、その後の二人とのあれこれも、今となっては懐かしくございます。

歳の瀬、姉の方と共寝した業平が訪ねると、妹が泣きくずおれておりました。問えば、身分の低い官人を夫にもつ妹が、夫のために袍《ほう》を手ずから洗い、糊《のり》にて張りを作ろうと心を込めてつとめましたが、そのような下女の仕事に慣れておらず、肩の布を破いてしまったと申すのです。袍は正月の公の儀式において、官人すべてが身につけます。妹は夫に恥ずかしい思いをさせるのを悲しみ、嘆いておるのだと聞きました業平、すぐさま都へ戻り、たいそう素晴らしい緑衫《ろうそう》の袍を見つけ出して贈ったのでした。

その折りの歌を、あらためて読みなおします。

むらさきの色こき時はめもはるに
　野なる草木ぞわかれざりける

紫草《むらさき》の根で染めた紫の色が濃く、思いも強いときは、目を見張りはるばる見はるかす武蔵野の草木はみな、区別できなく美しく思えるものです。思う人への思いが濃く強いと、それにつながる人もまた、いとおしく労《いたわ》しく思えるこの不思議。

この歌を業平は、武蔵野の草はみながら、の歌を元に、詠んだのでした。

紫のひともとゆゑに武蔵野の
　草はみながらあはれとぞ見る

好きな紫草《むらさき》が一本生えているゆえに、武蔵野の草はみな好もしく思えるもの。人を思う真《まこと》は、いずこも同じようで。

あの姉妹、春日山の若草のように匂やかでございましたが、今はさていかに。

憲明の記した綴じ紙は、枕にもよろしくて、打ち伏す日中に頭を載せれば、夢もまた綴じ紙より立ちのぼり参ります。

近寄り伊勢が、女童《めわらめ》のように邪気もない声で申しました。

「あれあが君、烏帽子《えぼし》の下より、毛筋が薄《すすき》の穂のごとく、白う靡《なび》いております……蔀《しとみ》を下ろし、風を閉ざしましょう……お寒うはございませぬか」

このところ、汗を覚えたり寒さに震えたりと、心地悪しき有様が続いております。

「いやいや、翁《おきな》となれば白い毛筋など珍しうもない」

と言いながら、思い出したのは、懐かしいと言うよりいささか心痛む老婆のことでございました。

憲明はその折りの歌も、綴じ紙に記しておりました。幾日か前にそれを読み返し、白髪が俄《にわか》に増えた心地がいたしましたのは気のせいか。

いつの頃かは忘れましたが、業平の浮き名が都に流れておりました。男女のことに執心する女が、どうにかして情《なさけ》ある男と逢いたいものだと、見てもいない夢を、見たかのように子三人に語ったのでした。

子らを前に色恋を願うのは浅ましく、言い出すのも憚《はばか》られ、夢語りにして伝えましたようなわけで。

上二人の子は、受けとめることもせず、情の無い様子で冷たく去りましたが、三男のみ母を哀れと思うたのか、その夢は良い男が現れるという兆しでありましょうと、夢合わせをしたのでした。それでこの女はたいそう機嫌が良くなりました。

三男は兄たちの情の無さを嘆きました。そして都に浮き名を流している業平殿を、どうにかして母に逢わせたいと思うたのです。

この殿であれば、女たちすべてが満ち足りて共寝をするであろう。母にも良き思いをさせてあげたい、との孝行心でございましたようで。

あれは狩りに出掛けた折りでありました。

若い男が近寄り、おもむろに声を掛けて参ったのです。

どうぞ馬のお世話をさせて頂きたい。

道中、馬の口を取り、心を込めてお仕えしたいと重ねて申します。

誠のありそうな男の様子に、業平心をゆるし、つれづれに話しを聞きましたところ、このように男が懇願いたしました。

私の母に、どうにかして良き殿を逢わせたいのです。このままでは母も思いを残し、無念のままあの世へ旅立つことになりましょう。業平殿のような良き御方ならば母も今生の思い出になろうかと思い、勇をふるいお願い申し上げます。

好色者《すき》として名のある業平ではありましたが、子よりの頼みに驚き、哀れにも感じ、馬の口取りが案内《あない》するままに、女の暮らす家に参ったのです。

その家は身分も悪くない風情でございましたが、簀子《すのこ》の端が崩れ、侘《わ》びる様子もそこかしこに。

帰ることも叶わず、夜の闇にまぎれて共寝をいたしたものの、月明かりに見えた女の髪が白く荒れ立っていたのに鼻白み、今宵《こよい》が最後と戻って参ったのでした。

その後業平はこの女を訪ねることもせずおりましたが、ある日垣の外より、あの女が業平を覗いているのをちらりと見て、思わず声にして詠んだのがこの歌でございます。

百年《ももとせ》に一年足らぬ九十九髪《つくも》
　我を恋ふらし面影に見ゆ

百より一を引けば白。白い髪の老女が、私を恋い慕っているらしい。面影となり、目の前にちらついておりますことで。さてはて。

業平は出掛ける様子を見せたものだから、この女も慌てて家に戻りますが、道みち、野茨《いばら》や枸橘《からたち》の棘《とげ》に引っかかり、衣も足も傷だらけ。それでも家で横になり、業平を待っておりました。

業平は老女の家に行き、女がしていたように外に立ち、中を覗いて見ると、女は溜息まじりに、もう寝ます、と言い歌を詠みかけました。

さむしろに衣かたしき今宵もや
　恋しき人に逢はでのみ寝む

敷物の上に一人分だけの衣を敷いて、今宵もまた恋しいあの御方に会うこともなく、一人で寝ることにいたします。

野茨と枸橘《からたち》に引っかかれた身を横たえていると思えば、業平にも哀れな心が湧いて来て、女の臥《ふし》所《ど》に近寄りました。

業平の来訪に気付いていても、気付かぬふりを装う女に、ならばこのまま立ち去ろうと足を返せば、女はたちまち咳払いし、あなうれし、と童女のような声をかけたのです。

女の裏返る声に、業平も童子のように高い声で笑い、そのまま女の衾《ふすま》の中へと入ったのでした。

その一夜は、思いのほか情の濃い共寝となり、鶏が鳴くまでゆるりと時を過ごしたのでございます。

再び三たび訪ねてみたいほどの妙な執心に、業平は心動かされましたが、女からはあの夜満たされたのか、その後文も来ないまま、業平もそのままにしたのでございます。

幾年か後、業平が東の国より都へ戻り来たころでありましたか、見知らぬ男が文を届けて参りました。

その文のこと、綴じ紙には記されておりませぬが、心覚えによれば、九十九髪は良き方に逢えて、穏やかに旅立ちました、の報がございました。あの折り、馬の口を取った親孝行な三男でございましょう。

業平はいま、真白な髪にて臥《ふ》しつつ、九十九髪の女との一夜を思い出しております。老いた女との縁《えにし》がいま、若い女たちより趣き深く蘇って来ますのが、まことに不思議なことでございます。

つひにゆく

業平、いよいよ食が細くなり、伊勢は煮炊きの所にてあれこれ指図までして、主の好みを叶えようとするものの、いずれも口に入りませぬ。

とは申せ、細りゆく身はさほど苦しくもなく、心は紙に記された細筆のごと自在に跳ね、また留まり、やがて紙より離れて宙を行く心地さえ致します。

それを伊勢に申しますと、

「……あが君は、紙と筆の中に生きてこられたのでございますもの」

と得心が行った貌《かお》になります。

「いや、紙と筆のみでは無かった……」

と抗い申しますが声が続かず、手に持つ綴じ紙は、はらり落ちてしまいます。

伊勢が拾い上げ目を流しますと、またしても恋の歌。

「どなたへ贈られた歌でありましょう」

などと訊ねても業平答えませぬ。

ご自分の歌をよすがに、遠き日の中に生き直しておられる、と伊勢には思われ、それが切なく、また安堵できることでもございました。

そのときの業平は、伊勢の目にも若やぎ、いのち蘇って見えるのです。痩せ衰えた頬にも、明るい光りが射し込むように。

この御方の来し方には、どれほどの思いが溢れ在るのか。歌は短い文字でしかありませぬが、そこに纏《まと》わる心の浮き沈みの大きさはいかほどのものかと、伊勢はただ溜息をつき、見守るばかり。

「……これこのお歌、私めも頂きたかった」

と拗ねて申しますと、業平の貌の力が緩み、哀しみと悦びが幾層にも重なり浮かび上がって参るのです。

葦辺漕ぐ棚無し小舟《お》いくそたび
ゆきかえるらん知る人も無《な》み

葦辺を漕ぐ棚無し小舟のように、どれほど多く行き帰りしているのか。葦に隠れての密かな思いを、知っている人もおりませんでしょう。

今は国母となられた二条の后への、若きころの想いが、業平の身を経巡っているのでございました。

またあるとき、業平の気が戻り、言の葉も明らかになるとき、伊勢は業平の半身を起こし口を漱ぎ、快復を祈り期する思いで、綴じ紙を開きます。

「あれ、このお歌はどなたへ、どのような場にてお詠みになられたのか……妬《そね》みさえ覚えます」

と甘えた素振りで歌を読み上げるのです。

あふなあふな思ひはすべしなぞへなく
　高きいやしき苦しかりけり

身分が釣り合う者同士で懸想はするもの。高い身分の御方と低い身分の者との恋は、苦しみとなります。

伊勢は胸突かれる思いで主の貌《かお》を見ますと、遠き人を間近に見たような懐かしさを口元にたたえて、静かに申されるのでした。

「……わが身はあのお方にくらべて賤《いや》しかった……とは申せ、この世に二人とないほどの優れたお方に懸想したのです……あのころ、ほんの少しは期待出来そうにも思えて……臥《ふ》せっていても起きていても思いつづけ、思うことが苦しくなり詠んだ歌が先ほどの……」

「……神よりの賜りものと思われた幸いの時もございましたはず」

業平は声にしては答えず、ただ胸の内にて自らに申します。

神よりの賜りもの……幸いの時の時……確かに私の人生にもあった……目も開いておられぬ嵐の夜、私は命を賭して一人のお方を背負うていた……あの夜の幸いと不幸こそ、神からの賜りものであった……。

業平、ここぞと首を持ち上げ、声に致します。

「……身を滅ぼすほどの懸想でなければ、何も残らぬもの……私は身を尽くしたゆえ、あのお方は私に歌の世を託された……」

あの嵐の夜、背負うていた女人の小さき身体が、歌の世を継ぎゆく重い責に取って代わり、私をこれまで生かしてくれたのだ。

「ああ、どうぞ安らかに」

とその昂《たか》ぶりを鎮める伊勢でございます。

別の日、伊勢は枕元に寄り訊ねました。

「あが君……良き男《おのこ》に生まれられ、多くの女人に懸想し、思いを遂げられました……そのいずれの時が、恋の最上でございましたか……」

消え入りかかる主の気を引き戻すためばかりでなく、伊勢にとりましても知りたき事でございました。

業平、深く息を吸い、あれこれと昔へ思いを馳《は》せております。

細い声にて、ようやく申しました。

「……いまだ叶うか叶わぬか見えぬ時……憧《あくが》れが立ちのぼり、その中にわずかな望みが見え隠れするときこそ、懸想の最上の時……」

「叶うか叶わぬか見えぬ時とは……ああ、そのような歌が綴じ紙の中にございました……たしか右近の馬場の騎射《きしや》の日に、詠まれておられます……ほれこのお歌」

業平は、右近の馬場の騎射、だけで、その場面がありありと蘇っております。

向かいに立っていた車より、女人の顔が下簾《したすだれ》を通して、かすかに見えたのです。

業平は、歌を贈りました。

気丈にして愛らしいお顔への憧れが、たちまち立ちのぼりましたわけで。

見ずもあらず見もせぬ人の恋しくは
あやなく今日《けふ》やながめ暮さん

全く見ないわけではなく、とは申せ、はっきりと見たわけでもないあなたが妙に恋しくて、今日一日、物思いにふけりぼんやりと暮らすことになりましょう。

あの折りの車の中のお方と、生涯にわたり縁を結ぶことになろうとは、思い及ばぬことでありました。

いえ、車のしつらえなどより、お顔が見えたか見えぬか判らぬほどのお方のご身分が、並々ならぬことに、うすうす気付いてはおりましたが。

車の中より、疾く疾く、お返しがありましたのはこの歌。

知る知らぬ何かあやなくわきて言はん
　思ひのみこそしるべなりけれ

知っている、いえ知らない、などとなぜに意味もない分け方をなされますのか。私への思いの灯だけが、道しるべとなりましょうに。思ひ、は思う火《ひ》でございます。そのような火を貴方様は、お持ちでございましょうか。

このお返しの高き心根は、やはりあの御方藤原高子《たかいこ》様と、業平は瞬時に得心したのでした。

業平は伊勢の手をとり、胸にあてます。

「……今はこのように、伊勢ひとりを頼んでおる。神仏は、生涯に波風を立てられて私を試されたが、性骨《しょうこつ》込めて生き抜いたゆえ、最後には褒美にそなたを与え下された」

「……ありがたきこと」

伊勢も涙ぐみ、業平の痩せた手を強く握り返します。

「あが君はお生まれになられし時より、才にお姿に恵まれておられました……叶わぬことなど無きように思えますが、いずれの時にか申されたように、今この時も、飽かず哀し、のお気持ちでございますか」

業平、胸底よりふつふつと笑いが湧き上がります。

「さよう、飽かず哀し……どこまでも満ち足りてはおらぬ」

「それではあまりに、もの悲しうございます……なぜにまた」

業平は伊勢の手を放し、呟きました。

「……男の恋は二つ方向へ向かうもの……叶わぬ高みの御方への憧れと、弱き御方を父か兄のようにお護《まも》りしたい恋と……いずれも叶うこと難《かた》く……ゆえに飽くことも無し……」

業平は、飽かぬことを哀しと思いつつも、それが生きることの有り難さだと、深く感じ入り目を閉じるのでした。


五月の、風が良き匂いを運び来る日でございます。

業平の目にも、開け放たれた蔀《しとみ》の向こうに、南庭を飛び交う燕の姿が映ります。

燕見たさに、久しく臥《ふ》したままでいた身を起こそうとすると、たちまち伊勢が寄り来て手を助《す》けました。

「……心地良い日だ……溜まりおる文の返しを書こうと思う……硯《すずり》をここへ」

二条の后をはじめ、どれほどの見舞いの文が届いておりますことか。見舞いの品も、母屋の屏風の前に並べ置かれてあります。

出家なされた有常《ありつね》の妻や恬子《やすこ》様も、都より離れた山里にてのお暮らし、いかにして業平の病をお知りになられたのか、手厚い文に里のものなど添えて贈りこられました。惟喬《これたか》親王は見舞いの衣を、源 融《みなもとのとおる》殿は六条の河原院にて焼かれた藻塩などを、届けられております。

どなたとも判らぬ御方よりの見舞いの品もあり、細い女の筆で一行、かならずや、とのみ記されておりました。

返しが出来ぬままであったのを、この日業平は、上身を支えられながら書き終えました。その筆の続きに、何気なくしたためられた歌に、伊勢は打ち据えられるほどの驚きを覚えたのです。

思ふこと言はでぞただに止みぬべき
　我とひとしき人しなければ

思っていることは言わずに、そのまま終えるべきであろう。私と同じ人などこの世には居ないのだから、心の底より解ってもらえるはずなどないのだ。

お身体が弱られたせいで、すずろな心地に覆われておられるのかと伊勢は思うのです。これほどまで数多《あまた》の方が、在五中将業平を思い、情をかたむけ、かたむけられ、惜しみ、その歌を愛でておられるというのに。

それとも、優れた歌人《うたびと》は、誰も届かぬ虚無を、身内に抱えておられるのであろうか。

疲れて横になる業平に、伊勢は涙ながらに申しました。

「……あが君のお歌は、末々までも残り、この国に受け継がれて参ります。この伊勢もまた、お歌を伝え記して参ります。

我とひとしき人し無ければ……

先ほどのお歌のとおり、ひとしき人などこの世には在りませぬが、ゆえにこそ、見知らぬ人の恋情に哀しみを覚え、驚きや新たに見出《みい》づることもございます。

すでにこの世に在る業平様のお歌は、業平様がいかに望まれようと、言わで止むことなど叶いませぬ。お歌が優れておれば、優れておりますほどに、業平様より離れ、いのちあるもののごとく、後の世の方の歌心に寄り添い、学び真似《まね》られ、生き続けましょう……」

聞きおられた業平の閉じたまぶたに、うっすらと涙が滲みおります。

「……伊勢よ、才ある人よ……憲明《のりあきら》が記したこの歌の数々、そなたに預けます。私が世から去ってのち、そなたの才にて、歌物語など綴《つづ》るのも良いでしょう……物語は、恋に身を染めた男の、幸いに満ちた姿として終えて頂きたい……

さてもこの良く晴れた空と、清らかな気を、ひとりゆるりと愉《たの》しみたいものです」

主の願いを叶えるため、伊勢は業平の床より去りました。
暮れるなか、伊勢がふたたび床へと参りますと、清々しく白き面《おもて》を庭に向けた姿にて、ことき
れておられました。
綴じ紙の最後の一枚に、覚束ないながら読み取れる筆にて、最後の歌が書かれてあります。

つひに行く道とはかねて聞きしかど
　昨日今日とは思はざりしを

思わず知らず、伊勢に笑みが浮かび参ります。業平様らしい軽やかな真心と、自らの死さえ面白がっておられる趣きの深さに、少しの間、涙を忘れる伊勢でございました。

（完）

あとがき

伊勢物語は日本の文学史上、もっとも愛され読み継がれてきた百二十五章段からなる歌物語です。九世紀の歌人在原業平が主人公だとされていますが、作者不詳の原形にさまざま手が加えられていきました。現在通行する百二十五章段の形は、十三世紀に藤原定家が書写した本が基になっております。能楽や歌舞伎の典拠にもなり、江戸時代にはパロディさえ作られてきたのは、それだけこの物語が魅力的であったからでしょう。物語の作者は、業平自身だという説もあります。

歌を中心に編まれていますが、業平の私家集とは違い、小説的な面白さがあればこその、息の長さと愛好者の多さだと思われます。業平の人間的な魅力がその核にあったのは言うまでもありません。

彼の一代記を小説にするには、百二十五章段をシャッフルし取捨選択し、時間軸の糸を通しながら物語にして行くことの困難さがありました。周辺の文献をあたりながらも、最終的には私の業平像を創るために、蛮勇をふるうことになりました。やがて彼の人生を辿るというより、彼自身が歌でもって私を誘《いざな》い、先導してくれたのです。

死の床で業平は、若い女伊勢に生涯の歌を託します。これが伊勢物語の発生とタイトルを暗示させるという顚末は、読む限りの考証にはありませんでしたが、斎宮の専門家から頂いたアイデアであることを記しておきます。ちなみに、ここに登場する伊勢は、百人一首の歌人伊勢とは別人物です。

古典との関わり方として、私は現代語訳ではなく小説化で人物を蘇らせたいと思ってきました。現代小説にするには、現代の言葉と表現を用いるのが簡単で自然なことです。けれどその方法には抵抗があり、抵抗の理由をうまく説明出来ませんが、「人間は千年昔も現代も、本質的には変わりない」という大雑把な認識に、小さな引っかかりを覚えてしまうからです。千年昔には身体感覚において、どこかが違う人間が生きていて、私たち現代人は、現代にも通じる部分においてのみ、かの時代の人間を理解し、表現しているのではないか。

この疑問は、書くことに矛盾をもたらし、手足を縛り、文体を模索させました。こうした矛盾を抱えつつ、平安の雅《みやび》を可能なかぎり取り込み、歌を小説の筋の中に据えていくために編み出したのが、この文体です。

じっくり味わい読んでいただければ、在原業平という男の色香や、日本の美が確立した時代の風が、御身に染みこんでいくものと信じます。

時代考証は平安文学・文化のご専門、大妻女子大学教授の倉田実先生に大変お世話になりました。また和泉市久保惣記念美術館の河田昌之館長、斎宮歴史博物館の榎村寛之博士の学識にも援けられました。先生方の御著書は、素晴らしい平安の景色を繰り広げてくれました。あらためてお礼を申し上げます。

参考にさせて頂いた図書文献、現代語訳は多数ありますが、片桐洋一著『伊勢物語全読解』と新潮日本古典集成『伊勢物語』は、学術的な検証として、常に傍らにありました。こうした地道な国文学の成果に、あらためて尊敬と感謝の念を抱くばかりです。

国文学者の生涯をかけた御研究の上澄みを頂くことでしか、古典の小説化は成立しません。小説家の役割とは何かを自らに問い続け、その答えに誠実でありたいと深く思います。

新聞連載中、美しく気品に満ちた挿画で本作を支えて下さった大野俊明画伯のお力は大きく、心より感謝申し上げます。挿画の一部はこの本にも収録させていただきました。

また、連載中の担当編集者桂星子さんのご尽力は素晴らしく、美しい本を作って下さった苅山泰幸さんと共に、ここに深く感謝申し上げます。

令和二年春

高樹　のぶ子

初出　日本経済新聞夕刊（二〇一九年一月四日～十二月二十八日）

髙樹のぶ子 たかぎ・のぶこ

一九四六年山口県生まれ。八〇年「その細き道」で作家デビュー。八四年「光抱く友よ」で芥川賞、九四年『蔦燃』で島清恋愛文学賞、九五年『水脈』で女流文学賞、九九年『透光の樹』で谷崎潤一郎賞、二〇〇六年『HOKKAI』で芸術選奨文部科学大臣賞、二〇一〇年「トモスイ」で川端康成文学賞。

芥川賞をはじめ多くの文学賞の選考にたずさわる。

二〇一七年、日本芸術院会員。二〇一八年、文化功労者。

著作はほかに『甘苦上海』、『オライオン飛行』、『格闘』、『ほとほと』、『明日香さんの霊異記』など多数。

小説伊勢物語 業平《なりひら》

二〇二〇年五月十一日 第一刷
二〇二三年四月二十七日 第八刷

著者 髙樹のぶ子

発行者 國分正哉

発行 株式会社日経BP
日本経済新聞出版

発売 株式会社日経BPマーケティング
〒一〇五‐八三〇八
東京都港区虎ノ門四‐三‐一二

印刷 錦明印刷

製本 大口製本

ISBN 978-4-532-17156-8 Printed in Japan